DU MÊME AUTEUR

Aux Éditions Gallimard

INVERSION DE L'IDIOTIE, roman, 2002.

ENTRE LES OREILLES, roman, 2002.

LE POTENTIEL ÉROTIQUE DE MA FEMME, roman, 2004 (« Folio » n° 4278).

QUI SE SOUVIENT DE DAVID FOENKINOS ?, roman, 2007.

NOS SÉPARATIONS, roman, 2008 (« Folio » n° 5001).

LA DÉLICATESSE, roman, 2009 (« Folio » n° 5177).

LES SOUVENIRS, roman, 2011 (« Folio » n° 5513).

Aux Éditions Flammarion

EN CAS DE BONHEUR, roman, 2005 (« J'ai Lu » n° 8257).

CÉLIBATAIRES, théâtre, 2008.

Aux Éditions Grasset

LES CŒURS AUTONOMES, roman, 2006 (« Livre de Poche » n° 32650).

Aux Éditions Plon

LENNON, 2010 (« J'ai Lu » n° 9848).

Aux Éditions Emmanuel Proust

POURQUOI TANT D'AMOUR ?, 2 tomes en collaboration avec Benjamin Reiss, 2004.

Aux Éditions du Moteur

BERNARD, 2010.

Aux Éditions Albin Michel Jeunesse

LE PETIT GARÇON QUI DISAIT TOUJOURS NON, en collaboration avec Soledad Bravi, 2011.

LE SAULE PLEUREUR DE BONNE HUMEUR, en collaboration avec Soledad Bravi, 2012.

JE VAIS MIEUX

DAVID FOENKINOS

JE VAIS MIEUX

roman

GALLIMARD

PREMIÈRE PARTIE

1

On sait toujours quand une histoire commence. J'ai immédiatement compris que *quelque chose se passait*. Bien sûr, je ne pouvais pas imaginer tous les bouleversements à venir. Au tout début, j'ai éprouvé une vague douleur; une simple pointe nerveuse dans le bas du dos. Cela ne m'était jamais arrivé, il n'y avait pas de quoi s'inquiéter. C'était sûrement une tension liée à l'accumulation de soucis récents.

Cette scène initiale s'est déroulée un dimanche après-midi; un de ces premiers dimanches de l'année où il fait beau. On est heureux de voir le soleil, fût-il fragile et peu fiable. Ma femme et moi avions invité un couple d'amis à déjeuner, toujours le même couple finalement : ils étaient à l'amitié ce que nous étions à l'amour, une forme de routine. Enfin, un détail avait changé. Nous avions déménagé en banlieue dans une petite maison avec un jardin. On était tellement fiers de notre jardin. Ma femme y plantait des rosiers avec une dévotion quasi érotique, et je comprenais qu'elle plaçait dans ces quelques mètres carrés de verdure tous les espoirs de sa sensualité. Parfois je l'accompagnais près des fleurs, et nous éprouvions comme des soubresauts de notre passé. Nous montions alors dans la chambre, afin de retrouver nos vingt ans pendant vingt minutes. C'était rare et précieux. Avec Élise, il y avait toujours des instants volés à la lassitude. Elle était tendre, elle était drôle, et j'admettais chaque jour à quel point j'avais été formidable de faire des enfants avec elle.

Quand je revins de la cuisine, portant le plateau sur lequel j'avais disposé quatre tasses et du café, elle demanda :
« Ça va ? Tu n'as pas l'air bien.
— J'ai un peu mal au dos, c'est rien.
— C'est l'âge… » souffla Édouard, avec ce ton ironique qui était inlassablement le sien.

J'ai rassuré tout le monde. Au fond, je n'aimais pas qu'on s'intéresse à moi. En tout cas, je n'aimais pas être le sujet d'une discussion. Pourtant, il était impossible de faire autrement ; je continuais à ressentir comme de légères morsures dans le dos. Ma femme et nos amis poursuivaient leur conversation, sans que je puisse en suivre le cours. Totalement centré sur la douleur, j'essayais de me rappeler si j'avais commis quelque effort particulier ces derniers jours. Non, je ne voyais pas. Je n'avais rien soulevé, je n'avais pas fait de faux mouvement, mon corps n'avait pas été soumis à un quelconque hors-piste qui aurait pu provoquer la douleur actuelle. Dès les premières minutes de mon mal, j'ai pensé que cela pouvait être grave. Instinctivement, je n'ai pas pris à la légère ce qui m'arrivait. Était-on conditionné de nos jours à prévoir toujours le pire ? J'avais tant de fois entendu des histoires de vies saccagées par la maladie.

« Tu veux encore un peu de fraisier ? » me demanda alors Élise, interrompant ainsi le début de mon scénario macabre. J'ai tendu mon assiette comme un enfant. Tout en mangeant, je me suis mis à palper le bas de mon dos. Quelque chose me semblait anormal (une espèce de bosse), mais je ne savais pas si ce que je sentais était réel ou le fruit de mon imagination inquiète. Édouard arrêta de manger pour m'observer :

« Ça te fait toujours mal ?

— Oui... je ne sais pas ce que j'ai, ai-je avoué, avec une légère panique dans la voix.

— Tu devrais peut-être aller t'allonger », dit Sylvie.

Sylvie était la femme d'Édouard. Je l'avais rencontrée pendant ma dernière année de lycée. Cela remontait donc à plus de vingt ans. À l'époque, elle avait déjà deux ans de plus que moi ; l'écart d'âge est la seule distance impossible à modifier entre deux personnes. Si j'avais été attiré par elle au tout début, elle avait toujours vu en moi un petit garçon. Elle m'emmenait parfois le samedi visiter des galeries improbables, ou des expositions temporaires que nous étions les seuls à arpenter. Elle me parlait de ce qu'elle aimait et de ce qu'elle n'aimait pas, et je tentais de former mon goût d'une manière autonome (en vain : j'étais systématiquement d'accord avec elle). Elle peignait déjà beaucoup et incarnait à mes yeux la liberté, la vie artistique. Tout ce à quoi j'avais renoncé si vite en m'inscrivant à la faculté d'économie. J'avais hésité pendant un été, car je voulais écrire : enfin disons que j'avais un vague projet de livre sur la Seconde Guerre mondiale. Et puis finalement je m'étais rangé à l'avis général[1] en optant pour une orientation concrète. Sylvie, étrangement, m'avait

1. C'est-à-dire à l'avis de mes parents.

également poussé vers ce choix. Pourtant, elle n'avait rien lu de moi ; son conseil n'avait donc rien à voir avec une quelconque dépréciation de mon travail. Elle ne devait pas croire en ma capacité à vivre une vie instable, pleine de doutes et d'incertitudes. J'avais sûrement le visage d'un jeune homme stable. Le visage d'un homme qui finirait, vingt ans plus tard, dans un pavillon de banlieue avec un mal de dos.

Quelques mois après notre rencontre, Sylvie me présenta Édouard. Elle annonça sobrement : « C'est l'homme de ma vie. » Cette expression m'a toujours impressionné. Je demeure fasciné par cette éloquence grandiose, cette stabilité énorme qui concerne la chose la plus imprévisible qui soit : l'amour. Comment peut-on être certain que le présent prendra la forme du toujours ? Il faut croire qu'elle avait eu raison, puisque les années n'avaient pas entamé sa certitude initiale. Ils formaient l'un de ces couples improbables dont personne ne peut réellement saisir les points communs. Elle qui m'avait tant vanté l'art de l'instabilité était donc tombée folle amoureuse d'un étudiant en stomatologie. Avec les années, j'apprendrais à découvrir le côté artistique d'Édouard. Il était capable de parler de son métier avec l'excitation des créateurs ; fiévreusement, il épluchait les catalogues de matériel dentaire en quête de la roulette dernier cri. Il faut sûrement une forme de folie pour passer sa vie à contempler les dents des autres. Tout ça, j'allais mettre du temps à m'en rendre compte. Après l'avoir rencontré pour la première fois, je me rappelle avoir interrogé Sylvie :
« Franchement, qu'est-ce qui te plaît chez lui ?
— Sa façon de me parler de mes molaires.
— Arrête, sois sérieuse.
— Je ne sais pas ce qui m'a plu chez lui. C'est comme ça, c'est tout.

— Tu ne peux pas aimer un dentiste. Personne ne peut aimer un dentiste. D'ailleurs, on devient dentiste parce que personne ne vous aime… »

J'avais dit cela par jalousie, ou juste pour la faire sourire. Elle avait passé sa main sur mon visage, avant de dire :

« Tu vas voir, tu vas l'aimer toi aussi.

— … »

À mon grand étonnement, elle avait eu raison. Édouard devint mon ami le plus proche.

Quelques mois plus tard, je rencontrai l'amour à mon tour. Cela avait été d'une grande simplicité. Pendant des années, j'étais tombé amoureux de filles qui ne me regardaient pas. Je courais après l'inaccessible, gangrené par le manque de confiance en moi. J'avais presque renoncé à l'idée d'être deux quand Élise fit son apparition. Il n'y a rien d'exceptionnel à raconter ; je veux dire, ça a été quelque chose d'évident. On se sentait bien ensemble. On se promenait, on allait au cinéma, on évoquait nos goûts. Après tant d'années, cela demeure si émouvant de repenser à cette période de nos débuts. J'ai l'impression que je peux toucher de la main ces jours-là. Et je ne peux pas croire que nous avons vieilli. Qui peut croire d'ailleurs au vieillissement ? Édouard et Sylvie sont toujours là. Nous sommes ensemble pour le déjeuner, et nous aimons aborder les mêmes sujets. La vie n'avance pas sur nous. Rien n'a changé. Rien n'a changé, sauf une chose : la douleur que j'éprouve aujourd'hui.

Sur le conseil de Sylvie, je suis monté m'allonger. Ma tête tournait comme après une soirée alcoolisée. Pourtant, je n'avais pas bu plus d'un verre de vin à l'apéritif. Le mal continuait à me narguer, insaisissable. Quelques minutes plus tard, Édouard m'a rejoint :

« Ça va ? On s'inquiète, tu sais.

— Ce n'est pas drôle, je suis sérieux.

— Je sais. Je te connais suffisamment pour savoir que tu n'es pas du genre à faire du cinéma.

— ...

— Je peux voir où tu as mal ?

— C'est là, ai-je dit en montrant la zone en question.

— Si tu veux bien, je vais regarder.

— Mais tu es dentiste.

— Oui, enfin, un dentiste c'est un médecin.

— Entre le dos et les dents, je ne vois pas vraiment le rapport.

— Écoute, tu veux que je regarde ou pas ? »

J'ai soulevé ma chemise et mon ami a palpé mon dos. Après quelques secondes où flottait la possibilité d'une mauvaise nouvelle, il a annoncé d'une manière rassurante qu'il ne sentait rien de particulier.

« Tu ne sens pas la petite bosse ?

— Non, il n'y a rien.

— Mais moi je la sens.

— C'est normal. Quand on a mal, il arrive qu'on imagine des modifications sur son corps. C'est une forme d'hallucination liée à la douleur. Ça m'arrive très souvent avec mes patients. Ils ont l'impression d'avoir la joue enflée, alors que non.

— Ah...

— Le mieux, c'est que tu prennes deux Doliprane, et que tu te reposes un peu. »

Dans mon for intérieur, j'ai pensé : c'est un dentiste. Ce qu'il vient de me dire, c'est un diagnostic de dentiste. Il n'y connaît rien en dos. Aucun dentiste ne s'y connaît en dos. Je l'ai remercié du bout des lèvres, avant de tenter de trouver le sommeil. Étrangement, les deux cachets m'ont fait du bien. Et je me suis endormi. Pendant ma sieste, j'ai pensé que la douleur avait été un mirage et que tout allait rentrer dans l'ordre. Quand je me suis réveillé, j'ai regardé par la fenêtre. Nos amis étaient sûrement partis, car Élise était à genoux dans le jardin en train de renifler nos fleurs. Je ne sais pas comment c'est possible, mais souvent les femmes sentent qu'on les regarde. Comme par magie, la mienne a tourné la tête vers moi. Elle m'a adressé un sourire, auquel j'ai répondu par un sourire. J'ai pensé que ce dimanche allait enfin devenir un dimanche. Pourtant, en fin de journée, la douleur est redevenue vivace.

2

Intensité de la douleur[1] *: 6.*
État d'esprit : inquiet.

3

Pendant la nuit, je n'ai cessé de me réveiller. Je regardais alors le petit transistor près du lit qui indiquait les heures et les minutes avec des chiffres lumineux. Je m'en voulais de ne pas être passé à la pharmacie avant de me coucher, pour acheter des antidouleurs. Je pensais avec angoisse au lundi matin qui m'attendait. J'avais une réunion très importante

1. Sur une échelle de 1 à 10.

avec des clients. Tout le monde serait bien installé autour de la table, et je ne voyais pas comment j'allais m'en sortir avec mon mal de dos. Depuis des semaines, je préparais ce rendez-vous avec les Japonais. M. Osikimi en personne s'était déplacé pour rencontrer les responsables de l'agence. C'était aussi pour moi l'occasion de prouver enfin à Yann Gaillard que je valais plus que lui. En vue d'une promotion significative, je me retrouvais en rivalité avec ce collègue, et si j'avais opté pour une sorte de combat équilibré et honnête, je le sentais prêt à utiliser tous les coups pour me mettre à terre. Ma vie en entre-prise était dès lors devenue insoutenable. Mais je devais m'ac-crocher, je m'étais battu pour progresser dans le système (et j'avais une maison à rembourser). Je regardais avec envie cer-tains de mes amis épanouis dans leur vie professionnelle, alors que la mienne prenait des proportions inhumaines de lutte.

Quand le réveil a sonné, j'avais déjà les yeux ouverts. J'ai annoncé à ma femme que je n'avais pratiquement pas dormi de la nuit.

« Ça devient inquiétant, effectivement. Je vais t'accompa-gner aux urgences ce matin.

— Je ne peux pas. Tu sais bien, j'ai la réunion.

— Regarde-toi, tu ne peux pas y aller comme ça. Appelle au bureau pour dire que tu vas arriver un peu en retard. Je suis certain qu'ils vont t'attendre. Tout le monde sait que tu n'es pas du genre à faire du cinéma… »

Ça faisait deux fois en deux jours que j'entendais cette expres-sion à mon propos. Je ne savais pas comment je devais le prendre. Mon entourage savait sûrement que je n'avais pas de propension à l'exagération. Mes mots étaient toujours en adéquation avec mes pensées, ça devait être ça « ne pas faire de cinéma ».

Ma femme s'étant montrée convaincante, nous sommes partis pour l'hôpital. J'ai envoyé un message à Mathilde, ma secrétaire d'origine suisse, pour prévenir de mon retard.

« Je suis certaine que c'est lié, fit Élise pendant le trajet en voiture.

— Quoi ?

— Ton mal de dos, et la réunion de ce matin. Tu somatises. Tu n'arrêtes pas de dire que c'est tellement important pour toi.

— Oui... peut-être... »

Quelques minutes plus tard, alors que nous roulions toujours, j'ai reçu un message de Gaillard : « Mathilde m'a dit pour ton dos. Ne t'en fais pas, les Japonais aussi ont prévenu qu'ils seraient en retard. On t'attendra. A+. » Je déteste les gens qui finissent leur message par : A+. De toute façon, je détestais tout ce qui avait un lien avec cet homme-là. Avec lui, n'importe quelles lettres m'auraient fait le même effet. Heureusement, Élise était toujours près de moi, atténuant par sa présence une manifeste montée d'agressivité. Elle avait mis la radio. Des chansons du passé berçaient notre lundi matin. Terriblement inquiet du présent, j'abandonnais mes oreilles à la nostalgie.

Une fois arrivés, nous nous sommes installés dans une immense salle perfusée aux néons jaunes. Autour de nous, il y avait de nombreux visages crispés. Je n'étais pas seul dans la communauté du dimanche saccagé. Chacun paraissait anxieux. De façon un peu honteuse, le fait de voir certaines personnes souffrir davantage que moi me rassurait. Ça sert à ça, une salle d'attente : à évaluer son état par rapport à celui des autres. On s'épie, on s'ausculte du regard. Je n'avais pas l'air d'être le plus urgent des urgents. Un jeune homme plié en deux près de moi soufflait de manière alarmante ; il prononçait des mots

incompréhensibles, cela ressemblait à une prière. « Vous
devriez peut-être d'abord vous occuper de lui, non ? » ai-je sug-
géré quand l'infirmière m'a appelé. Elle se montra franchement étonnée, sûrement accoutumée au « chacun pour soi ».
« Ne vous inquiétez pas. Un médecin va venir.

— ...

— Vous êtes attendu en salle 2.

— Ah très bien... merci. »

En me levant, j'ai fixé une dernière fois le jeune homme.
Élise aussi semblait perturbée par ce malade. Pourtant, au
moment où je la quittai pour ma consultation, elle me dit :

« Je vais en profiter pour aller à Décorama. C'est dans
le coin. J'aimerais bien trouver une nouvelle lampe pour le
salon.

— Ah...

— Téléphone-moi en sortant. »

Elle qui faisait preuve de tant de tendresse depuis le début,
elle qui m'avait poussé à venir ici, la voilà qui m'abandonnait
subitement. Elle avait peut-être peur d'assister au rendu du
terrible verdict. Non, ce n'était pas plausible : si elle avait
redouté le pire, elle n'aurait pas pu aller faire des courses. Je
n'avais pas le temps de m'attarder sur les raisons de sa fuite.
Cela pouvait être une fébrilité déguisée ou une manifestation
d'insensibilité (celle qui surgit parfois avec le temps dans les
amours stables), peu importe. Je crois surtout qu'elle tentait
de dédramatiser le moment, en le rendant aussi anodin qu'une
promenade soumise aux aléas des boutiques croisées. Au
fond, elle avait sûrement raison. Car je commençais à sentir
le poids du monde sur mes épaules. Je n'arrivais pas à
affronter avec dignité ce qui m'arrivait. C'était absurde, cela
arrivait à tout le monde d'avoir mal au dos, ce n'était rien ;

c'était le genre de rendez-vous médical pendant lequel une épouse pouvait tout à fait faire des courses.

Dans la salle 2, j'ai attendu encore un peu. Après avoir passé l'étape du tri sélectif, j'étais maintenant dans le service adéquat. Depuis mon arrivée à l'hôpital, mon esprit s'était focalisé sur tout ce qui se passait autour de moi, avec une étrange conséquence : ma douleur avait disparu. Le médecin m'a alors appelé pour le suivre. Je souffrais depuis plus d'une journée, et là, face au spécialiste, je ne sentais plus rien du tout. J'allais apparaître comme un malade imaginaire qui consulte pour un oui ou pour un non ; un de ceux qui encombrent les hôpitaux publics de leur chochotterie. En d'autres termes : j'allais passer pour quelqu'un qui fait du cinéma. Plus tard, au moment où je lui raconterais cet épisode, Édouard m'expliquerait à quel point il s'agit d'un phénomène psychologique classique. Dans un environnement médical, il n'est pas rare que les douleurs s'échappent, comme si elles avaient peur d'être mises au jour, et donc anéanties.

Le médecin m'a accueilli avec beaucoup de chaleur, et regardé comme si j'étais son unique patient de la journée. On sentait qu'il aimait son métier, qu'il enfilait sa blouse chaque matin avec une émotion intacte. Je l'imaginais marié à une femme qui exerçait une profession libérale à mi-temps. Ensemble, ils allaient partir en Sicile cet été, pour faire de la plongée sous-marine. Elle aurait peur, mais il saurait la rassurer ; ça devait être bien de partir en vacances avec lui.

« Vous avez de la chance. Il n'y a pas grand monde ce matin.

— Ah… tant mieux.

— Souvent, les patients attendent quatre ou cinq heures. Ça peut monter jusqu'à huit heures.

« — Effectivement. J'ai de la chance...

— Alors, qu'est-ce que je peux faire pour vous ?

— J'ai une douleur au dos qui persiste depuis hier.

— Ça vous arrive souvent ?

— Non, c'est la première fois.

— Vous avez fait un effort particulier ?

— Non, rien de spécial. C'est arrivé comme ça, hier. Pendant le déjeuner.

— Vous parliez de quoi ? Quelque chose vous a crispé pendant la conversation ?

— Non... vraiment, je ne vois pas. Tout était normal.

— Vous êtes stressé en ce moment ?

— Un peu.

— Le stress est la première cause du mal de dos. Ce n'est pas pour rien qu'on dit "en avoir plein le dos". C'est dans cette partie du corps que les soucis se réfugient.

— Ah... »

Je pouvais facilement l'imaginer répéter cette statistique à tous les souffreteux du dos. Cela permettait de rendre quasi normale une situation qui ne l'était pas forcément. J'étais un salarié sous pression, et cela n'avait rien d'extraordinaire. Nous étions une armée à nous laisser envahir par l'angoisse ; tout paraissait logique.

« Enlevez votre chemise, et allongez-vous sur le ventre. » Je m'exécutai docilement. La dernière fois que je m'étais retrouvé ainsi, c'était lors d'un lointain voyage en Thaïlande avec Élise. Une jeune femme aux longs cheveux noirs m'avait massé à l'aide d'huiles essentielles. On pouvait difficilement trouver deux moments aussi différents. Le médecin palpa mon dos un long moment sans parler. Je transformais mentalement son silence en sentence. Enfin, il s'exprima :

« C'est ici que vous avez mal ?

— Oui… enfin… dans cette zone-là.

— D'accord… d'accord… »

Pourquoi avait-il dit deux fois d'accord ? Ce n'est jamais bon signe de répéter les choses. On aurait dit qu'il voulait gagner du temps avant d'annoncer le verdict.

« Bon… le mieux est de faire des radios. On en saura un peu plus, et ça nous aidera…

— Ça nous aidera à quoi ?

— À avancer dans le diagnostic.

— …

— Vous pouvez aller au service radiologie ce matin, si vous voulez.

— C'est un peu compliqué, j'ai une réunion importante. Est-ce que ça peut attendre ce soir ou demain matin ?

— Oui, sûrement… enfin, ne tardez pas… », conclut-il d'une manière franchement inquiétante, comme s'il essayait de masquer l'urgence de ma situation. J'ai tenté de conserver mon calme, en repoussant bravement les milliers d'idées noires qui attaquaient mon esprit. Je l'ai même remercié, avant de me rhabiller mécaniquement. Sur le pas de la porte, juste avant de partir, j'ai espéré que le médecin prononce une phrase rassurante. Comme un chien qui quémande un os, je voulais ronger un petit mot réconfortant. Mais non, rien. Il semblait déjà ailleurs ; son regard était plongé vers d'autres patients, d'autres dos que le mien. Je ne sais pas pourquoi, mais cet instant me parut presque humiliant.

De retour à l'accueil, j'ai pris rendez-vous pour le lendemain matin. Plusieurs fois, la secrétaire m'a demandé de répéter ce que je disais. Les mots restaient coincés dans ma bouche. Je me sentais tellement mal. Je pensais encore et encore à ce qui venait de se passer. J'aurais voulu que le médecin me dise : « ce n'est rien » ou « c'est juste un point de tension », mais il n'avait rien dit. Il avait laissé un long silence avant d'annoncer qu'il fallait des radios. Cet homme-là voyait des dos toute la journée. Il s'y connaissait mieux que quiconque en dos, et il avait pris cette décision de continuer avec moi. Pire, il avait dit qu'on devait *avancer dans le diagnostic*. Il y avait forcément un problème, puisqu'on parlait d'un début de diagnostic. C'était un mot à consonance très négative. Je ne pouvais pas l'envisager autrement. On ne diagnostiquait pas un bien portant. Le mot sonnait comme le préliminaire d'un drame.

J'essayais de reprendre mes esprits. À l'évidence, je noircissais le tableau. Mon angoisse avait transformé la réalité, j'avais inventé la gêne du médecin. Il avait parlé simplement, de manière neutre et détachée, comme on peut le faire avec un patient qui n'a rien de grave. Pendant quelques secondes je vivotais dans l'illusion de cette option rassurante, avant de me vautrer à nouveau dans la vérité cruelle. J'étais certain que quelque chose l'avait perturbé. J'étais lucide, et c'était bien ça qui me faisait craindre la suite des événements. D'ailleurs, dès la fin de la consultation, la douleur s'est à nouveau présentée. Les crispations ont repris de plus belle. Il m'a alors semblé que la zone du mal prenait une nouvelle ampleur, se répandait, comme une tache d'encre sur une feuille. Le blocage touchait maintenant le coccyx, et s'élargissait pour couvrir la totalité des reins.

J'ai retrouvé Élise à la sortie de l'hôpital.
« Ça va ? Tu es tout pâle.

— Je dois faire des radios demain.

— Des radios ?

— Oui, juste pour vérifier.

— ... »

Il me semble qu'elle a enchaîné avec deux ou trois commentaires, mais je n'arrivais pas à l'écouter. Je tentais de me raisonner et de penser à la réunion à venir. Mais rien à faire, j'étais systématiquement happé par la scène avec le médecin. Je repensais à son interrogatoire initial. Y avait-il eu quelque chose dans le déjeuner du dimanche qui aurait pu me troubler ? Un mot, une phrase, un geste ? J'ai repensé à notre discussion, et je ne voyais rien qui explique ma souffrance actuelle. Mais pour le moment, je me sentais trop encombré pour retrouver tous les mots d'hier. Ce soir, plus au calme, il me faudrait retranscrire notre conversation. Il fallait mener une enquête, ne négliger aucune piste, revenir méthodiquement sur les traces du moment où tout avait commencé. L'apparition d'une douleur, c'est une scène de crime. Alors que nous étions dans la voiture, et que je ne disais toujours rien, Élise s'est tournée vers moi :

« Tu m'en veux de t'avoir laissé ?

— Mais non... pas du tout...

— Ça m'a angoissée d'attendre là, avec toi. Ça m'a rappelé ma mère quand elle accompagnait mon père à l'hôpital pendant sa chimio.

— ... »

J'étais surpris que ma femme puisse établir un lien entre le cancer de son père et ce qui m'arrivait. La comparaison n'était pas des plus rassurantes. Mais je comprenais son sentiment, et il me soulageait : sa fuite n'était pas le fruit d'une quelconque insensibilité. D'ailleurs, pourquoi avais-je imaginé cela ? Elle était parfaite, dosant savamment ce qu'il fallait de compassion et d'optimisme. Vu mon état, elle n'aimait pas trop l'idée que j'aille au travail, mais elle savait l'importance de la réunion de ce matin. Elle décida de m'accompagner. J'ai voulu prendre un taxi pour ne pas la retarder davantage, mais elle refusa. Elle a simplement prévenu son assistante de son retard. Ma femme était sa propre patronne, ce qui simplifiait l'aménagement de ses horaires. Elle dirigeait une crèche; ses clients étaient des hommes et des femmes ravis de retrouver leur progéniture le soir. Tout cela baignait dans une ambiance bienveillante, un petit monde d'avant le monde adulte. Élise était heureuse professionnellement, à une exception près : les enfants ne se souvenaient pas d'elle. Il lui arrivait d'en croiser dans la rue, et ils la regardaient comme une parfaite inconnue. Elle disait souvent : « Je regrette tellement que la mémoire ne commence pas plus tôt. »

Nous sommes arrivés un peu avant dix heures; j'allais pouvoir assister à ma réunion. Juste avant que je ne descende de voiture, Élise a posé sa main sur ma joue en soufflant : « Tout va bien se passer. »

4

Intensité de la douleur : 6.
État d'esprit : anxieux.

5

Cela faisait plus de dix ans que je travaillais chez MaxBacon, un des plus importants cabinets d'architecture. Je m'occupais de la partie budgétaire des projets, ce qui ne m'empêchait pas d'avoir un avis sensible, pour ne pas dire artistique, sur les dossiers. Si mon emploi n'était pas à proprement parler palpitant, je m'étais néanmoins attaché à cette vie rythmée par les comptes rendus et les bilans. J'avais même effleuré la possibilité sensuelle des chiffres. J'aimais trouver des raisons affectives, y compris aux choses les plus anodines comme le mobilier de mon bureau. J'éprouvais par exemple une forme de tendresse pour mon armoire, qui grinçait de manière émouvante. C'était le versant mobilier du syndrome de Stockholm. Si certains se mettent à aimer leur bourreau pendant leur captivité, j'éprouvais un certain bien-être à côtoyer le monde anesthésié de la vie d'entreprise. J'avais passé des années formidables dans cette étroitesse sans âme, et cela m'attristait de devoir abîmer ce bonheur-là par la bêtise de la compétitivité. C'était ainsi, le monde avait changé. Il fallait être efficace. Il fallait être productif. Il fallait être rentable. Il fallait se battre pour lutter contre tous les « il faut ». On entendait frapper à notre porte la nouvelle génération, affamée par le chômage, et robotisée par les nouvelles technologies. Tout cela générait chez moi beaucoup de stress. L'époque où l'on buvait l'apéro le vendredi soir chez les uns ou les autres paraissait révolue. Maintenant, on se méfiait. Avoir une relation amicale pouvait presque paraître suspect. Après les années d'insouciance, la vie en entreprise ressemblait à un pays sous occupation, et je ne savais pas si je devais résister ou collaborer.

En arrivant ce matin-là, je me suis précipité dans l'ascenseur pour atteindre le septième étage où avait lieu la réunion. Pendant l'élévation, j'en ai profité pour me regarder. Un grand miroir permettait à chacun de se recoiffer, d'ajuster sa cravate ou les plis de sa jupe. J'ai constaté à nouveau la mine pathétique que j'arborais, mais ce n'était pas là le détail majeur. Je fus happé par quelque chose de bien plus étonnant : une goutte de sueur. C'était la première fois que la sueur se manifestait ainsi chez moi, sans le moindre lien avec un effort physique. J'ai observé un court instant cette perle sur ma tempe avant de l'essuyer. Aussitôt sorti, je suis tombé sur Gaillard :

« Ah, te voilà. Heureusement que les Japonais étaient en retard, tu n'as rien loupé.

— Ah... tant mieux...

— Et tes soucis, ça va ? Tu étais aux urgences, c'est ça ?

— Oui, oui, mais ça va, merci. C'était une fausse alerte.

— Parfait, c'est pas le moment de nous laisser tomber. On a besoin de toi, mon vieux ! »

Il prononça cette dernière phrase en me tapant dans le dos. On avait l'air de deux amis de toujours, et son inquiétude paraissait vraiment sincère. Un instant, je me suis dit que j'avais peut-être surestimé notre rivalité. Il semblait heureux de mon retour. Cette réunion portait sur un très vaste projet de reconstruction après la catastrophe de Fukushima. Il allait être question avec Osikimi et ses collègues de la partie financière du dossier. Gaillard et moi nous étions réparti cette tâche majeure. Notre patron, Jean-Pierre Audibert, assistait bien sûr à cette rencontre capitale. Il était le prototype du dirigeant qui tente parfois de se montrer proche de ses salariés, tout en étant incapable d'établir une réelle relation humaine. On pouvait presque croire qu'il était né patron. Perfusé aux cours particuliers, il avait connu les conditions parfaites pour intégrer une grande école. Après son entrée à HEC, il s'était un peu laissé aller. Ne supportant plus la pression permanente, il avait commencé à fumer de l'herbe et à boire beaucoup. Mais il admit assez vite qu'il n'était pas doué pour la dérive, et se ressaisit dans sa rigidité naturelle. Il avait alors passé sa vie à se tenir droit ; même ses moustaches fines et grises, d'un type presque anglais, ne déviaient jamais de la plus parfaite horizontalité.

Dans les moments cruciaux, Audibert savait bien sûr faire preuve de chaleur. Les Japonais étaient franchement gênés : dans leur pays, le retard est une des formes suprêmes d'impolitesse. En les accueillant, il avait tenté de faire un peu d'humour en disant qu'il appréciait leur tentative de se soumettre à nos coutumes. Il voyait même dans leur retard « comme un hommage à la France ». Tout le monde avait souri de manière un peu crispée : c'était un humour de réunion terriblement classique qui eut l'avantage de détendre l'atmosphère au moment de démarrer. Nous avons alors procédé méthodiquement, exposant point par point les détails de l'ambitieux projet. Concentré sur mon dossier, oubliant même à cet instant mon mal de dos, j'étais parfaitement à l'aise quand, soudain, l'un des conseillers d'Osikimi (celui qui parlait le français) m'a coupé :

« Pardonnez-moi de vous interrompre, mais je ne comprends pas comment vous pouvez arriver à un tel résultat.

— À propos de quelle partie ?

— À propos du centre commercial.

— Ah...

— Oui. Cela est bien trop évalué. Je ne sais pas quelle est votre base de calcul ou comment vous procédez, mais je préfère vous dire tout de suite que nous n'allons pas du tout apprécier votre proposition.

— Mais...

— Si je la communique à mon patron, je crains qu'il ne quitte la table.

— Je ne comprends pas… il est impossible d'être plus compétitif… », ai-je balbutié.

Il y eut alors un blanc, pendant lequel tout le monde s'observa. Et au cœur de ce blanc, je pouvais percevoir sur moi le regard noir d'Audibert. À cet instant, j'ai senti une seconde perle de sueur se former sur ma tempe (la première avait été comme la prémonition de celle-ci). J'avais tellement travaillé sur ce dossier : nos marges étaient très faibles, je ne comprenais pas cette réaction. Je repassai rapidement dans ma tête tous les calculs des derniers mois, à la manière d'un mourant qui voit défiler les images de sa vie avant de partir. Non, vraiment, je ne voyais pas où était le problème.

Pourtant, le problème était bien là, assis en face de moi. Gaillard s'est subitement mis à parler :

« Je pense que notre collaborateur n'a pas intégré toutes les données, et s'est basé sur une mauvaise plateforme. J'ai compris son erreur, et donc votre réaction…

— …

— À vrai dire les choses sont simples… on va pouvoir réajuster immédiatement le chiffrage… regardez ce document… blablabla… blablabla… »

Je n'ai pas écouté la suite de sa dissertation victorieuse. Il m'avait piégé en me faisant travailler depuis des semaines sur de faux documents. Et il avait attendu que je me plante devant tout le monde, pour sauver la situation. Le pauvre avait dû avoir peur que je ne vienne pas ce matin ; je comprenais mieux son soulagement quand j'étais arrivé. Ce moment me paraissait être l'apothéose de la capacité dè nuisance de cet homme. Que faire ? Crier ? Tout casser ? Non. Pour ne pas mettre en péril le projet, je devais me taire. Ce que je fis, jusqu'au départ des Japonais. La réunion dura encore une heure : une longue torture humiliante, la version japonaise du supplice chinois.

En partant, les Japonais qui étaient pourtant la politesse incarnée me saluèrent à peine. Dans la salle devenue vide, je suis resté assis sur ma chaise, sans bouger. J'ai observé le tableau de réunion sur lequel étaient griffonnées les perspectives encourageantes d'un nouvel urbanisme post-Fukushima. J'ai entendu Audibert crier dans les couloirs : « Mais il est où ce con ?! », puis finalement il m'a trouvé. Mon patron me parut alors grand, démesurément grand, on aurait dit que sa tête frôlait le plafond. Il est resté un instant sans rien dire, et je savais bien que le silence était pire que tout. Les gens appellent ça : le calme avant la tempête. Moi, je voyais déjà la tempête dans son calme. Elle se débattait dans son calme pour exploser le plus vite possible. Maintenant :

« Qu'est-ce qui vous a pris ? Vous voulez nous couler ou quoi ?!

— Mais…

— Il n'y a pas de mais ! Heureusement que votre binôme était là. Je ne suis pas près de vous confier de nouvelles responsabilités dans cette entreprise !

— …

— Vous m'avez déçu. Terriblement déçu…

— …

— Jusqu'à nouvel ordre, vous ne faites plus rien ici. Vous ne touchez à rien, c'est compris ?

— …

— C'est compris ??!!

— Oui... »

Il me parlait comme à un enfant. J'en étais réduit à une soumission totale. J'avais envie de pleurer, mais heureusement je ne savais plus comment faire ; je n'avais pas pleuré depuis si longtemps ; mes yeux avaient perdu le mode d'emploi des larmes. Il a continué de crier encore un peu, avant de repartir enfin. J'étais vaporeux, et mon dos se rappelait à moi. Mon corps voulait rejoindre mon esprit dans la course au désastre. Pourtant, je demeurais à cet instant persuadé que mon mal de dos n'était pas lié à une quelconque somatisation. On allait me trouver quelque chose de grave, et d'irrémédiable. Ça m'arrangeait presque. Mon patron n'allait plus m'en vouloir si j'étais atteint d'un mal incurable. C'était la seule solution que je pouvais envisager pour redorer mon image auprès de lui. Il regretterait sûrement de m'avoir crié dessus, et de m'avoir écarté de tous les projets. Après tout, j'allais mourir.

Gaillard est alors revenu dans la salle avec sa démarche de petit caïd de bureau, et sa mine de pervers salarié. Son visage transpirait la jouissance. Je me demandais comment on pouvait arriver à une telle volonté d'écraser les autres. Surtout avec moi ; je n'étais pas le collègue le plus encombrant ni le plus ambitieux. La gratuité de sa violence devait l'exciter davantage ; dénué de fondement réel, le désir de m'écraser décuplait. Il m'a regardé droit dans les yeux avant d'énoncer : « C'est chacun pour soi. » C'était la phrase la plus idiote que j'eusse jamais entendue ; pourquoi avait-il besoin de mettre des mots sur sa saloperie ? Je me doutais bien que c'était chacun pour soi, je n'avais pas besoin de son slogan pour comprendre la violence déclarée entre nous. Il avait surtout envie de me pousser à bout. Après sa phrase, il a continué à me fixer encore un instant. Il devait se dire : « Ce n'est pas possible qu'il ne réagisse pas, ce n'est pas possible... » Mon attitude semblait le surprendre. Je ne bougeais pas, et ce n'était pas un choix. Je ne pouvais faire autrement. Après la matinée à l'hôpital, je sombrais entièrement dans la stupéfaction de ce qui m'arrivait. Cela n'aurait qu'un temps. Je ne savais ni quand ni comment, mais j'en étais certain : cette affaire n'en resterait pas là.

6

Intensité de la douleur : 8.
État d'esprit : prêt à tuer.

7

Le lendemain matin, en observant tous les patients dans la salle d'attente de l'hôpital, j'ai repensé : « C'est chacun pour soi. » Nous étions tous là, côte à côte, sur la ligne de départ du diagnostic. Parmi nous, il y aurait des tumeurs, des cancers peut-être, et il y aurait des rescapés. S'il y avait un quota de valides à choisir, alors nous serions comme des chiens à nous battre pour être en bonne santé. L'injustice du hasard annulait la lutte. Ici, « chacun pour soi » voulait dire : chacun est seul face à son destin. J'avais tellement peur de perdre ma vie d'avant. Tout ce qui m'avait paru si normal (les jours sans maladie) m'apparaissait maintenant dans un nouvel éclat. Je voulais bénir les heures où je n'avais pas su mon bonheur fou. Souffrant du dos, tétanisé par la peur, je me faisais la promesse de savourer à jamais la vie valide, si je sortais vivant de cette affaire.

Cette fois-ci, ma femme n'avait pas pu m'accompagner, et ça m'arrangeait. Si jamais on repérait sur mes radios quelque chose de grave, je préférais ne pas avoir à parler. C'était sûrement ça le pire, devoir annoncer aux autres son drame, et pousser parfois cette situation jusqu'au comble de son ironie en devant les rassurer. Ce goût de la discrétion, c'était ma nature astrologique de Scorpion. J'aimais me recroqueviller, je vénérais le secret, j'adorais plus que tout me sentir à l'ombre et à l'abri du monde. Par exemple, je n'avais rien raconté à Élise de ce que j'avais vécu la veille au bureau. De manière évasive, j'avais laissé entendre que tout s'était bien passé ; et finalement, il n'avait pas été très compliqué de s'extirper ainsi de la vérité, car elle avait aussitôt parlé d'autre chose. Son intérêt pour ma cruciale réunion avait été évoqué avec cette politesse de ceux qui vous demandent si vous avez passé une bonne journée sans vraiment écouter la réponse. Notre couple baignait dans cette affection polie où il est si facile de survoler les plaies de l'autre. Cacher ma vie ne nécessitait nul effort violent. En général, ce que je vivais n'était pas soumis à une attention débordante de mon entourage. Au fond, je me mentais sûrement un peu : j'aimais le secret pour me conformer au manque d'attention des autres. Si quelqu'un venait à me poser la moindre question personnelle en marquant *un réel intérêt*, j'étais prêt à raconter ma vie de fond en comble. J'enviais parfois l'impudeur de ceux qui parlent d'eux pendant des heures, perfusés à l'égocentrisme douillet.

Quelques minutes plus tard, je fus appelé par le radiologue. Contrairement à son collègue de la veille, il me parut assez distant. Il indiqua sommairement ce que je devais faire, sans même prendre le temps de me regarder. Pour me rassurer, je me persuadai que tout cela était normal. Lui, il devait simplement s'occuper de la partie technique de ma consultation. Le diagnostic avait été établi, je devais passer cet examen radiologique, il n'y avait pas de quoi ergoter pendant des heures sur mon état. Et d'ailleurs, ça m'arrangeait presque qu'on exécute la chose d'une manière relativement froide. Cela dit, il était accompagné d'une jeune assistante, à mon avis une stagiaire, qui me lançait de petits sourires discrets. Cela faisait une moyenne avec la froideur du chef. En quelques secondes, je pus percevoir toute l'admiration qu'elle éprouvait pour lui. Il devait en rajouter dans le rôle de l'autorité médicale un peu distante; sans elle, il aurait peut-être été l'homme le plus chaleureux du monde. Il était modifié par le regard fasciné d'une jeune femme sur son travail, et rien n'était plus compréhensible.

Être malade est déjà suffisamment pénible, mais il me fallait à présent coller mon dos contre une plaque froide, et même glaciale, tout en bloquant ma respiration. L'angoisse paralysait ma capacité de compréhension, si bien que je devais avoir l'air d'un parfait demeuré quand je redemandai les consignes. Je n'arrivais pas à comprendre précisément quand je devais bloquer ma respiration. J'avais toujours un souffle de décalage. À la peur du résultat s'ajoutait la petite honte d'être un mauvais patient; chaque malade veut prouver d'une manière pathétique qu'il est un bon client; on pratique même parfois un peu d'humour, pour offrir l'éclat trompeur de sa décontraction. Ce n'était pas mon cas. Je m'étais décomposé très vite, et j'avais presque envie qu'on m'annonce sur-le-champ une maladie incurable pour qu'on en finisse avec cette forme de torture moderne. Oui, « torture », le mot n'est pas trop fort. J'entendais les directives du radiologue sans le voir (il était de l'autre côté d'une glace sans tain) à la manière des tortionnaires qui vous éblouissent pour ne pas être vus. Il me disait de me positionner à gauche, puis à droite, exactement comme quand on photographie un criminel qui vient d'être arrêté. J'allais peut-être être condamné.

Après une session intensive, les indications cessèrent. Je crus entendre chuchoter le radiologue. Il devait analyser avec son assistante ce qu'il voyait. Mais pourquoi pas devant moi ? Il me laissait ainsi, torse nu, collé à une plaque froide, pendant qu'il faisait le malin devant une étudiante qui devait avoir l'âge de sa fille. J'hésitais à demander « Tout va bien ? » ou n'importe quoi qui leur rappelle ma présence. Mais je ne le fis pas. Je n'en revenais pas d'être tombé sur un radiologue équipé d'une stagiaire ; j'étais bien trop fragile psychologiquement pour devenir un cas d'étude. Je voulais bien qu'il tente de la séduire, qu'il lui promette un week-end à Venise ou à Hambourg, je m'en foutais du moment qu'ils se souvenaient que j'existais. Ma séance de radiographie commençait à prendre une tournure anormalement longue. Dans la salle d'attente, j'avais pu calculer le temps moyen que nécessitait un patient, et je me rendais bien compte que je me situais dans le haut de la fourchette.

Le médecin sortit enfin de sa cabine :
« Je vais procéder à une nouvelle série.
— Une nouvelle série ? Mais pourquoi ?
— Je préfère être sûr...
— Sûr de quoi ?

— De rien… c'est juste que… pour une des radios… j'ai besoin de plus de précision.

— …

— Ça va être rapide, ne vous inquiétez pas… »

Il est reparti très vite, sans même me laisser le temps de réagir à sa dernière phrase. Rien n'est plus inquiétant que de s'entendre dire : « Ne vous inquiétez pas… » J'essayais de garder mon calme, d'affronter la situation avec sérénité. Paniquer ne servait à rien. Il voulait juste vérifier… mais vérifier quoi ?

« Prenez une grande inspiration… et bloquez.

— …

— Très bien, vous commencez à être doué. »

J'avais bien entendu. Il avait fait de l'humour. Rien n'est plus inquiétant que quelqu'un qui fait de l'humour quand la situation n'est pas drôle. Je ne supportais pas qu'il fasse son malin, alors que je me sentais de plus en plus mal. Le moment devenait insoutenable. Tout m'oppressait ici. Combien d'hommes et de femmes s'étaient retrouvés comme moi, seuls et à moitié nus, à attendre le verdict ? Combien étaient entrés ici sereinement, avant d'en repartir pétris d'angoisse ? Je ne connais pas ce radiologue. Il n'est rien pour moi, je ne sais rien de sa vie, et voilà qu'il détient entre ses mains mon destin. Sa vie, c'est de distribuer les bonnes et les mauvaises nouvelles. On peut difficilement faire plus démiurgique. Je ne pourrais vraiment pas exercer un tel métier. Si je devais me retrouver face à des radios catastrophiques, si j'avais à annoncer une mort imminente à un patient, je me sauverais en courant. Pour l'instant, mon radiologue était toujours là ; il n'avait pas encore décidé de fuir.

De sa cabine, il m'annonça que je pouvais me rhabiller. C'était déjà ça. J'étais heureux de retrouver mes vêtements, comme une forme de protection. Il s'est avancé vers moi pour m'annoncer :

« Écoutez, vos radios semblent dans l'ensemble parfaitement normales...

— Dans l'ensemble ?

— C'est bien dans le bas du dos que vous avez mal ?

— Oui... oui, c'est ça.

— Pour tout vous dire, je pense qu'il n'y a rien de grave. Mais un peu plus haut, au-dessus du point de douleur que vous m'indiquez... il y a comme une petite tache...

— ...

— Regardez, c'est ici..., dit-il en me montrant la radiographie en question.

— Je ne la vois pas.

— Oui, elle est vraiment minime. Et elle n'est pas méchante. Vous ne la voyez vraiment pas, là ?

— Ah oui, effectivement.

— Il n'y a pas de quoi être inquiet... mais je pense qu'il est préférable de faire une IRM.

— Une quoi ?

— Une IRM... c'est pour avoir une vision plus précise des radios. Ça permet de déceler d'éventuelles tumeurs.

— Une... tumeur ? Mais pourquoi vous me dites ça ? Vous pensez que j'ai une tumeur ?

— Mais non... je vous dis ça d'une manière générale. Si ça se trouve, vous avez simplement deux disques qui se touchent.

— Vous n'avez pas l'air de croire à cette option...

— Mais si...

— ... »

Les mots de cet homme, ajoutés à la douleur que je ressentais depuis deux jours, m'ont fait vaciller. Je ne me sentais pas bien. J'ai avancé vers le mur pour m'y adosser, mais lui aussi paraissait fuyant. Le radiologue demanda à la stagiaire d'aller chercher un verre d'eau, puis s'approcha de moi :

« Écoutez, c'est un examen très fréquent… Ça nous permettra d'être certains que vous n'avez rien…

— …

— Ce qui est fort probable », dit-il sans conviction, voulant faire marche arrière pour éviter que je ne fasse un malaise dans son service, et que je ne le mette en retard pour la suite de sa journée, et de sa pause déjeuner où il espérait bien sauter la petite pute qui lui servait d'assistante. Je n'étais pas fou. Cet homme n'était absolument pas rassurant. Il avait une façon si angoissante de ne pas finir ses phrases, de laisser des points de suspension entre ses mots, ça signifiait forcément quelque chose, on ne laissait pas ainsi des blancs si on n'avait rien à cacher, des arrière-pensées, des drames déguisés. Pourquoi avait-il à ce point manqué de délicatesse ? On ne peut pas prononcer le mot de « tumeur » comme ça, et après faire comme si de rien n'était. J'ai demandé quand je devais passer cet examen.

« Le plus tôt sera le mieux. Comme ça… vous serez débarrassé.

— Vous dites ça comme ça, ou pour masquer le caractère d'urgence de la chose ?

— C'est comme ça. Juste pour que vous soyez rassuré plus vite…

— …

— Vous ne sentirez rien. C'est comme une cabine pour faire des UV », conclut-il en regardant son assistante qui revenait dans la pièce un verre d'eau à la main.

Je me suis rhabillé dans la cabine. Cet homme n'avait cessé d'alterner le chaud et le froid. À l'écouter, ce n'était rien ; mais cela nécessitait tout de même de pousser les investigations. Lui aussi, il voulait *avancer dans le diagnostic*. Et puis, il avait prononcé le mot : « tumeur ». Un des mots de la langue française qui m'effraye le plus [1]. Je voyais comme une araignée en moi. J'ai mis de longues minutes à enfiler ma chemise. Chaque bouton était un marathon. En sortant, je croisai la stagiaire. Elle m'adressa un grand sourire, avant de dire :

« Il aime bien faire sa comparaison avec les UV, pour détendre l'atmosphère.

— ...

— C'est normal d'être stressé. Avoir mal au dos, ça tape sur les nerfs.

— ...

— Tout va très bien se passer. Bon, je vous laisse... », fit-elle en souriant.

J'ai tenté de sourire aussi, mais ma mâchoire était crispée. J'ai éprouvé une forme de honte d'avoir pensé ce que j'avais pensé d'elle. Elle semblait réfléchie, travailleuse, humaine. Je l'ai regardée partir, et soudain son dos me parut merveilleux.

8

Intensité de la douleur : 8.
État d'esprit : désespéré.

9

Je parvenais à peine à me déplacer. J'éprouvais la sensation d'avoir une partie du corps coincée entre deux portes.

---

1. Tout comme : « gérer », « fraction », « bilan », « juilletiste », « chroniqueur », « consanguin », « ponction », « derechef », « râpeux ».

Avant de quitter l'hôpital, j'ai voulu repasser voir le médecin de la veille. Par chance, je suis tombé sur lui dans un couloir. Il m'a aussitôt demandé comment j'allais, ce qui me fascina. Il avait dû voir des dizaines de patients depuis notre rendez-vous, et pourtant on aurait pu croire que nous venions à peine de nous quitter. J'ai soufflé que le radiologue m'avait conseillé de passer une IRM. L'éclair d'un instant, il parut surpris, mais en professionnel il se ressaisit aussitôt dans l'apparence de la normalité. Oui, tout était normal. Il ne fallait surtout pas s'inquiéter. C'était un examen minutieux qui permettait vraiment d'établir un diagnostic précis. Il prit le temps d'ajouter quelques mots pour décrire le déroulement de l'IRM et me rassurer. En moins d'une minute, il m'avait apaisé. Gêné de le déranger davantage, j'ai tout de même parlé des douleurs incessantes.

« Ah oui... je vais vous prescrire des antidouleurs. Ce sont des cachets à la codéine. Mais si vraiment ça persiste, je vous mets aussi sur l'ordonnance des morphiniques.

— ...

— Il y a aussi les piqûres de cortisone, mais ça, je n'y crois pas. »

Je n'avais aucun avis sur la question. J'éprouvais une confiance totale en cet homme. Après qu'il m'eut donné l'ordonnance, je l'ai vivement remercié pour son aide et sa gentillesse. Son attitude m'avait permis de me relever un peu, et d'être en mesure de continuer dignement ma journée.

Dans la rue, j'ai cherché une pharmacie. Il me semblait aberrant de ne pas en trouver tout de suite, en face d'un hôpital. Autour des cimetières, il y a bien des fleuristes partout. Au moins deux cents mètres plus loin, j'en ai enfin aperçu une. Je fus accueilli par une femme souriante mais un

peu lente. Elle mit au moins cinq minutes à déchiffrer l'or-
donnance et à saisir les références sur son ordinateur ; et il lui
fallut aussi cinq minutes pour récupérer les boîtes. Quand on
souffre, dix minutes, c'est une éternité. Après une première
impression agréable, j'avais maintenant envie de la tuer. Au
moment de payer, elle me parla :
« Vous avez mal au dos ?
— Oui.
— Vous n'êtes pas le seul. En ce moment, tout le monde a
mal au dos.
— Ah...
— C'est vraiment à la mode.
— ... »
Je ne voyais vraiment pas ce que je pouvais répondre à ça.
J'avais donc un mal à la mode. Je pouvais au moins en tirer
une petite satisfaction. Et puis, il y avait des avantages : je ne
souffrais pas d'une maladie orpheline, inconnue de tous. La
vie médicale s'organisait pour nous. J'ai demandé un verre
d'eau à la pharmacienne pour pouvoir prendre deux cachets
immédiatement. Et je suis sorti, en constatant la longue file
d'attente qui s'étirait derrière moi.

Une fois dehors, je ne savais que faire. Aller au travail était
au-dessus de mes forces. Je n'avais pas l'énergie nécessaire
pour affronter le désastre. Et puis, à quoi bon ? J'étais devenu
un paria, on ne voulait pas de moi. J'évitais le licenciement
car ce que j'avais fait n'avait pas de conséquence directe ; ma
prochaine mission serait une expérimentation de l'expression
être mis au placard. J'évitais aussi d'être viré grâce à mon
passé d'employé honnête, ma carrière ayant été sans tache
jusqu'ici. Et même, il me semble que j'étais apprécié de tous
(j'excepte Gaillard bien sûr). Je peux le dire sans prétention :

j'étais un bon collègue. Je savais travailler en groupe, être à l'écoute de chacun; je savais inclure une dose d'humanité dans la bureaucratie. Hier, dans l'après-midi, Audibert était revenu me voir. Alors que j'avais quitté un homme furieux, investi par la tempête, il était apparu dans mon bureau très calmement. Instinctivement, j'ai pensé : c'est le prototype du protestant. Homme loyal et droit, soumis depuis sa plus tendre enfance aux lois de la justice et de l'équité, il émanait de lui en permanence une sorte de *force tranquille*. Même si sa réaction à mon égard avait été justifiée, en le voyant apparaître dans mon bureau, j'ai deviné qu'il devait s'en vouloir. Il n'aimait pas déraper de la route des relations cordiales. Il avait tout du diplomate froid, du gestionnaire hautain : ça ne lui allait pas d'avoir crié comme un marchand de tapis. D'une voix posée, mais assez faible, il dit :

« Ça peut arriver à tout le monde de faire une erreur, un jour.

— ...

— Et je connais vos qualités. Vous avez sûrement été victime du surmenage.

— Ça doit être ça...

— Vous devez comprendre que je ne peux plus vous confier de responsabilités dans les prochains temps...

— ...

— Mais je ne doute pas que la confiance pourra se rétablir entre nous, et nous pourrons alors aborder sereinement l'avenir... »

La bienveillance subite de cet homme m'avait surpris au point de me rendre incapable de réagir. C'eût été le bon moment pour tout lui dire, lui raconter la machination dont j'avais été victime. Mais quelque chose me retenait. Au fond, je me sentais coupable. Je n'avais pas d'excuse. J'étais responsable d'avoir fait confiance à Gaillard. J'aurais dû vérifier les documents qu'il me transmettait. On ne pouvait pas dire qu'il avait agi d'une manière sournoise ; il m'avait toujours fait clairement comprendre notre rivalité. Il méritait toute ma haine, mais j'avais été terriblement naïf de ne pas tout contrôler. Je ne pouvais qu'admettre ma part de responsabilité dans ma chute.

Alors que je marchais difficilement dans la rue, et que je repensais à la visite de mon patron, je dus m'avouer une chose terrible : ce qui m'arrivait ne me surprenait pas complètement. C'était comme si j'avais toujours su que j'allais finir au sous-sol du monde. Certains ont la certitude de leur réussite, ils débordent d'ambition en sachant que ça payera un jour ; les politiques sont comme ça. Moi, il me semblait que j'avais vécu ma vie avec le sentiment que dans mon corps croupissait le compte à rebours de l'échec. J'avais vécu avec la certitude inconsciente du précipice. Ce sentiment s'était aggravé ces dernières années ; quelque chose s'était effrité en moi, et m'avait définitivement écarté de la race des vainqueurs. La journée d'hier avait marqué l'accomplissement d'un ressenti que j'avais été incapable d'exprimer jusqu'ici : je subissais ma vie.

Étrangement, je n'étais pas désespéré par la situation professionnelle délicate dans laquelle je me trouvais. J'étais mal bien sûr, mais ma propension au pessimisme me sauvait de l'effondrement total. J'en étais à ce point de mes réflexions quand j'ai reçu un message d'Élise sur mon téléphone[1]. Elle s'inquiétait du résultat des radiographies. J'ai répondu que

---

1. Nous sommes reliés les uns aux autres avec ces machines ; certains jours, j'en éprouve un bonheur réel ; d'autres, le sentiment d'un étouffement..,

tout allait bien. J'aimais notre modernité pour cela : on pouvait se donner des nouvelles, sans avoir à parler. Je n'avais jamais été très doué pour les conversations téléphoniques ; souvent, elles s'enlisaient ; et il y avait toujours une forme de brutalité à raccrocher. Au moins, ma femme n'avait pas pu percevoir l'angoisse dans ma voix. Les cachets m'avaient fait du bien, mais cela ne changeait rien à ma destination : demain, j'allais faire une IRM. Tous s'étaient efforcés de me rassurer, c'était leur rôle, mais je ne cessais de tourner et retourner la situation dans mon esprit. On ne faisait pas une IRM comme ça. Tout le monde savait à quel point les hôpitaux étaient encombrés. C'était fini le temps des consultations à la légère. On manquait trop de moyens pour ne pas aller directement à l'essentiel, aux cas les plus graves. J'ai respiré un grand bol d'air pour arrêter l'hémorragie du scénario macabre. Marcher, marcher calmement, je ne voyais que ça pour me calmer. Il y avait si longtemps que je n'avais pas regardé ma ville un mardi matin. J'avais quasiment oublié l'existence des mardis. La vie de bureau m'avait écarté de tant de jours. Sans cesse, j'alternais le chaud et le froid en moi. La cyclothymie parcourait mes veines. J'ai commencé à apprécier mon errance ; c'était magique de pouvoir se promener en pleine semaine, comme ça, sans but précis. J'observais chaque détail avec un nouvel émerveillement. Il me fallut quelques minutes pour admettre à quel point tout cela était banal. Mon amour subit du mardi était pathétique. Il faut avoir peur de perdre les choses pour les aimer passionnément. Tout ce que je voyais autour de moi me paraissait irrésistible de beauté. J'étais comme le héros de *La Mort à Venise*, le choléra en moins.

J'ai alors pensé à Édouard. Si j'avais eu l'impression que nous étions moins proches ces derniers temps, c'était lui que je voulais voir maintenant. Il était le genre d'ami avec qui je pouvais partager un mal-être sans avoir à le justifier, ni même à le préciser. J'ai marché une bonne heure pour atteindre son cabinet. La salle d'attente était vide. Je me suis installé sans bruit. Quelques minutes plus tard, il est sorti. Sans montrer le moindre signe d'étonnement, il a demandé :

« Tu as mal aux dents ? »

10

Intensité de la douleur : 7.
État d'esprit : mystique.

11

Non, je n'avais pas mal aux dents. On pouvait encore rendre visite à un ami dentiste sans souffrir des molaires. Il paraissait franchement surpris ; mes amis voyaient donc en moi un homme sans affinités avec les imprévus de la relation humaine. Si je n'étais pas du genre à faire du cinéma, on pouvait aussi dire que je n'étais pas du genre à *passer à l'improviste*. C'était vrai ; j'aimais planifier, prévenir, prévoir.

« Ça me fait vraiment plaisir que tu sois venu. En plus, c'est fou, Mme Garriche vient d'annuler son rendez-vous, donc ça nous laisse du temps. Je n'ai rien avant 14 h 45.

— Ah, tant mieux.

— On va pouvoir aller à l'italien du coin. Tu vas voir, ils font un très bon tiramisu.

— …

— À moins que tu ne préfères une île flottante ? »

Avant d'aller au restaurant, il voulut à tout prix me montrer sa dernière acquisition. Un fauteuil ultra confortable pour ses patients :

« Regarde, ils peuvent mettre leurs mains ici, c'est molletonné...

— Ah...

— Ça peut leur permettre de soulager la douleur. Ça ne paraît rien comme ça, mais tu réduis d'au moins 10 % l'appréhension du patient...

— Ah...

— Et là, tu vois, pour les jambes... le niveau s'adapte. C'est comme une première classe sur Air France...

— ...

— Je te dis pas, bientôt, aller chez le dentiste, ça va devenir un vrai plaisir... »

À cette dernière phrase, je n'ai pas réagi. Lui-même semblait un peu conscient d'en rajouter. C'était beau d'aimer ainsi son métier (il est dentiste, tout de même) et de penser à ses patients avec émotion. Si dans un premier temps cela ne m'avait pas intéressé, je commençais à être touché par son excitation professionnelle. J'allai jusqu'à lui poser quelques questions, afin d'avoir des précisions sur son fauteuil. Cela le rendit tellement heureux que nous restâmes un long moment à observer cet objet, comme saisis par une profonde émotion mobilière.

En chemin pour le restaurant, Édouard s'arrêta subitement :

« Mais... tu ne travailles pas aujourd'hui ?

— J'ai pris ma journée.

— Ah... ah..., fit-il, inquiet. Rien de grave au moins ?

— ...

— Tu as quelque chose à m'annoncer ?

— Non…

— Tu viens déjeuner avec moi sans prévenir. Et tu veux me faire croire que tu n'as rien à me dire ?

— Justement, c'est ce que je suis venu te dire : rien. Je suis juste passé te voir, comme ça. Comme avant.

— Mais tu n'as jamais fait ça avant non plus.

— Eh bien, alors, disons que je commence… »

C'est vrai, je n'étais jamais venu le voir de cette façon. Notre amitié reposait sur des instants balisés, et le subit déraillement que je nous faisais subir nous plongeait dans la perplexité suivante : pouvions-nous être amis en dehors des lieux et des moments prévus par notre amitié ? Tout comme moi, Édouard progressait dans la vie de manière prévisible. Au restaurant, sa table était réservée, toujours la même. Les gens qui aiment avoir ce genre de repères me fascinent. Je ne supporte pas l'idée d'être identifié, car cela impliquerait de parler ; et je n'ai pas toujours les bons mots avec moi. Cette façon d'être fermé aux habitudes, personne n'y voit l'éclat de ma timidité. Édouard était tout l'opposé ; il aimait qu'on le reconnaisse, qu'on s'occupe de lui, qu'on le prenne en considération. Avec le patron du restaurant, ils se tutoyaient, se demandaient « Comment ça va ? » pour se répondre « Et toi comment ça va ? ». Après les préliminaires de la politesse, ils enchaînaient toujours quelques généralités sur la politique, la météo, le business, le tout en moins d'une minute, une sorte d'éjaculation précoce de la conversation, avant de finir irrémédiablement par la commande. Si tout paraissait immuable, il demeurait une sphère dédiée à l'imprévu : *le plat du jour.* Cette variation suscitait quotidiennement un soupçon d'adrénaline chez l'habitué. Je décelai clairement le pétillement dans l'œil de mon ami au moment de demander : « C'est quoi le plat du jour ? »

Je pouvais imaginer Édouard venir seul certains midis. Je le voyais déguster des boulettes de viande en lisant les pages saumon du *Figaro*. Ce journal lui donnait une importance bourgeoise, une inquiétude financière, alors que rien ne l'intéressait moins que les mouvements boursiers. Il lorgnait sûrement sur les trois femmes installées près de nous, qui semblaient elles aussi venir régulièrement. Elles devaient toujours avoir les mêmes discussions sur les mêmes collègues ; rien ne changeait jamais dans le monde des tickets-restaurant. La première réfléchissait à voix haute ; j'étais prêt à parier qu'elle prononçait chaque jour ces mots : « Euh…, je prends des pâtes ou une pizza aujourd'hui ? » Après un temps, elle renonçait : « Non, je vais prendre une salade, c'est plus raisonnable. » Ses copines, contaminées par sa culpabilité, prenaient alors elles aussi une salade, si bien qu'elles ne mangeaient jamais ni pizza ni pâtes. Tant de fois, je m'étais également perdu dans le dédale de ce choix. On ne sait jamais que manger ; faire un choix, c'est anéantir tous les autres. La carte du restaurant est la métaphore absolue de toutes nos frustrations. Les trois femmes mangeaient leur salade en rêvant d'escalope milanaise. Bien plus tard, elles divorceraient de la salade pour tenter une nouvelle vie avec les lasagnes. Mais ça ne serait jamais simple ; on se lasse aussi des lasagnes.

Édouard regardait tout comme moi les trois femmes. Un jour, il oserait peut-être les aborder. Mais c'est si difficile d'accoster une femme, comme ça. Qui peut faire ce genre de chose ? Qui peut trouver les bons mots sans passer pour un dragueur de bas étage ? Si seulement elles avaient des problèmes de dents, ce serait plus simple, rêvait-il. À cet instant, il m'avoua qu'il ne serait pas contre une petite aventure extraconjugale, histoire de mettre un peu de piment dans sa vie

« Vous voulez un peu d'huile pimentée avec votre pizza? demanda le serveur.

— Non, non merci... », répondit Édouard.

Nous avions opté pour deux pizzas quatre fromages. Je ne pensais pas pouvoir manger, mais mon estomac se révélait vivre de manière autonome, à peine perturbé par mon dos. Édouard me surprenait. Bien sûr, il pouvait éprouver du désir pour des passantes, mais là, il avait parlé d'une histoire. Profondément amoureux de sa femme, il n'en était pas moins soumis à l'envie d'*aller voir ailleurs*. Je crois surtout qu'il avait besoin de formuler ce désir, pour qu'il ne se transforme pas en frustration. Parler est un palliatif au passage à l'acte. Je le savais incapable de vivre une autre histoire et il n'en évoquait librement l'éventualité que parce qu'il s'en sentait justement incapable.

« Avec Sylvie, ça va bien? ai-je demandé.

— Très bien. Elle travaille beaucoup. Elle est à fond sur sa grosse exposition. Tu devrais passer la voir à son atelier. Ça lui fera plaisir.

— Oui, je lui ai promis de passer.

— ...

— Mais entre vous, ça va?

— Entre nous?

— Oui, entre vous.

— Pourquoi tu me demandes ça?

— Je ne sais pas. Je trouve ça dur, la vie à deux... et vous, vous semblez toujours si...

— Ça ne va pas avec Élise?

— Si, ça va très bien. Enfin, avec le temps… ce n'est pas toujours évident.

— Écoute, nous, on est épargnés. C'est assez magique… »

Il s'est alors approché de moi, pour dire tout bas :

« Tu sais, c'est dingue… cette nuit, on a fait l'amour trois fois. Tu te rends compte ? Ça fait vingt ans qu'on est ensemble, et on n'arrête pas.

— C'est beau…

— Mais toi, depuis que les enfants sont partis, ça doit y aller ? »

Je trouvais étrange cette phrase. Comme si le départ des enfants provoquait un espace de liberté propice au renouvellement érotique. Non, leur départ n'avait rien changé. Et même, cela avait empiré. Nous avions été déstabilisés par un concours de circonstances : ils étaient partis tous les deux simultanément. À la fin de l'été, Alice nous avait annoncé qu'elle partait vivre avec Michel, son fiancé. Il avait douze ans de plus qu'elle et je le connaissais très peu. Ils s'étaient rencontrés deux ou trois mois auparavant, et ce qui aurait pu ressembler à une passion incertaine avait rapidement pris la forme d'une union stable. Elle m'en voulait, me semblait-il, d'avoir été si froid quand elle m'avait appris la nouvelle. Et puis, je n'étais toujours pas passé la voir dans leur appartement commun, malgré mes molles promesses. C'était au-dessus de mes forces. Les choses s'étaient passées trop précipitamment, trop brutalement. Une fille ne pouvait pas quitter son père ainsi ; il fallait procéder par étapes, méthodiquement.

Comme une mauvaise nouvelle n'arrive jamais seule, mon jeune fils avait annoncé qu'il partait poursuivre ses études aux États-Unis. Une année entière à New York. Élève brillant, il avait obtenu une bourse sans même nous avoir avertis qu'il avait fait une demande. N'importe quel père se serait réjoui de ce beau parcours, mais là, juste après le départ de notre fille, ça me paraissait trop. Et je n'étais pas le seul. Je partageais ce choc avec ma femme. Quasiment du jour au lendemain, nous nous étions retrouvés tous les deux. Mon fils n'avait pas encore dix-huit ans. Deux ans auparavant, il en avait seulement quinze ; et encore trois ans plus tôt, il en avait tout juste douze. Je pouvais tourner les chiffres dans tous les sens, rien ne ferait ralentir le rythme affolant de sa croissance. Non, le départ des enfants n'était pas un nouveau départ dans notre vie de couple. C'était un nouveau départ dans notre vie, une mutation brutale, une mutation à laquelle nous étions mal préparés et qui nous avait davantage effrayés qu'excités.

Sentant qu'il avait abordé un sujet délicat, il passa à autre chose : mon dos. Pendant quelques secondes, j'hésitai à lui cacher la vérité. Mais après tout, j'avais besoin d'en parler au moins à une personne. D'ailleurs, n'étais-je pas venu le voir pour ça ? Je lui ai tout raconté : l'étrange et anormalement longue séance de radiographies, suivi de la sanction de l'IRM.

« Ah bon ? Une IRM ?

— C'est bizarre, non ?

— Non… ils veulent en savoir plus… c'est tout…

— C'est grave, tu crois ?

— Je ne sais pas, je n'ai pas vu tes radios. Mais ne t'angoisse pas, c'est très fréquent comme examen.

— Il a dû repérer quelque chose, c'est pas possible autrement.

— Ça ne sert à rien de t'inquiéter pour le moment. Tu as toujours mal ?

— Oui, ça me lance régulièrement.

— Tu pourrais faire des séances d'acupuncture. Il paraît que c'est très efficace.

— Ah non... je préfère mourir plutôt que de me faire planter ces aiguilles.

— Alors un ostéo. J'en connais un bon, si tu veux.

— ...

— Bon, ne fais pas cette tête. Tu seras fixé demain, et tout ira bien. Tu sais, parfois, les mecs ils se font du fric comme ça... en prescrivant des examens supplémentaires... ils marchent au chiffre...

— ...

— Je ne devrais pas te le dire, mais ça m'arrive moi aussi... de... comment dire... de faire des radios à des patients... dont je sais qu'ils n'ont rien... c'est un commerce comme un autre, la médecine...

— Tu crois que mon IRM, c'est ça? Mais c'est dégueulasse de jouer avec l'angoisse des gens.

— Je n'ai pas dit ça, mais c'est possible.

— Il a bon dos, mon dos... », ai-je dit machinalement, sans me rendre compte du jeu de mots. Édouard s'est mis à rire, mais un peu trop fort, comme un ami inquiet qui veut masquer son inquiétude.

J'ai tenté pendant le déjeuner d'aborder d'autres sujets, mais mon esprit demeurait attaché à la discussion sur l'IRM. Je répondais mécaniquement aux questions d'Édouard. Il a insisté pour que je commande un dessert, et je me suis retrouvé avec une île flottante. J'avais l'impression d'être face à un miroir; j'allais manger le correspondant sucré de mon état d'esprit. C'est alors qu'Édouard lança :

« Tu sais ce qui nous ferait du bien?

— Non.

— Partir tous les deux, un petit week-end entre potes. Franchement, moi aussi j'ai besoin de décompresser.

— Oui, c'est une bonne idée.

— On pourrait aller à Genève. Tu adores la Suisse, non?

— Oui, mais j'y suis allé plusieurs fois pour le travail. Je préfère éviter.

— Alors Barcelone? C'est le rêve, Barcelone!

— On était en Espagne l'été dernier avec les enfants...

— Ah oui, c'est vrai. Et la Russie? Ça serait bien un week-end à Saint-Pétersbourg. Il y a les plus belles filles du monde...

— ...

— Et on visiterait la maison de Dostoïevski!»

Cette dernière proposition me surprit. Cela faisait des années qu'Édouard et moi n'avions pas parlé littérature. C'était peut-être le propre d'une amitié de longue date; elle reposait sur les mythes de nos premières années. Dostoïevski me renvoyait à mes vingt ans, à mon goût immodéré pour la folie russe et le délabrement psychique. Édouard, en parlant de visiter la maison du grand écrivain russe, avait quasiment deux décennies de retard sur mes passions. C'était assez touchant, finalement. Il me renvoyait une image de moi que j'aimais bien; je m'étais tellement écarté des mots. Il y avait des mois que je n'avais pas lu un roman. Ça devait être le dernier Goncourt, et encore je n'étais pas sûr. Je l'avais acheté, si je me souvenais bien, sans en lire une ligne. Tout était confus depuis quelque temps, alors que les livres de ma jeunesse traversaient les années dans une clarté totale. Je pouvais encore entendre le souffle de Raskolnikov tout près de mon oreille. Le temps n'abîme pas nos premiers enthousiasmes, même s'ils prennent la poussière dans notre mémoire.

Après quelques secondes d'hésitation, j'ai admis que c'était une idée merveilleuse. Il avait raison. J'étais heureux de cette décision subite. Je ne m'étais pas assez accordé de plaisirs ces dernières années; voyager avec un ami, quitter ma vie, ça me ferait tellement de bien. Cela me procurait un point réjouissant dans l'avenir, une motivation pour tenir debout, pour repousser la douleur. On serait bien, on boirait de la vodka, et il devait bien y avoir des restaurants italiens là-bas aussi.

12

Intensité de la douleur : 7.
État d'esprit : russe.

13

Ce déjeuner m'avait fait du bien. Je n'avais même pas évoqué mes soucis professionnels. J'allais devoir prendre du recul. Tout le monde devait penser que j'étais trop abattu pour hanter les couloirs de l'entreprise, alors que je marchais tranquillement dans Paris. Ma douleur, à cet instant, paraissait soutenable. En tout cas, elle ne m'empêchait pas de me promener (ce n'était pas comme un lumbago ou une hernie discale). Le long de la Seine, j'ai feuilleté les livres des bouquinistes. J'ai regardé des noms qui semblaient surgir d'un passé si lointain : Lautréamont, Michaux, Guérin. J'ai acheté quelques ouvrages, et aussi un guide sur Saint-Pétersbourg. L'idée de ce voyage me plaisait de plus en plus, me rendait heureux. À part nos vacances familiales en Espagne, et quelques allers-retours professionnels, je n'avais pratiquement pas quitté la France ces dernières années. L'été, nous allions en Bretagne, chez les parents d'Élise. C'était surtout agréable pour les enfants, qui y retrouvaient leurs amis, mais tout cela n'aurait plus de raison d'être maintenant. Les enfants ne partiraient sûrement plus avec nous. Ces années-là étaient révolues, je devais l'admettre.

Sans parler d'un réel lien affectif, j'appréciais les parents de ma femme. J'avais si souvent éprouvé le fantasme d'une belle-famille accueillante, où je pourrais enfin développer les bases d'un univers émotionnel. Malgré les années, nous étions demeurés dans une forme de chaleur pas trop appuyée mais élégante, une sorte de tendresse suisse. J'étais apprécié à ma juste valeur, ni plus ni moins. J'aurais peut-être souhaité davantage d'effusions, mais les mots et les gestes de l'affection demeuraient à distance. Enfin, c'était ma façon de percevoir les choses. Élise me répétait : « Mes parents t'aiment comme ils m'aiment. » J'avais tout fait pour être le gendre parfait. Cette énergie déployée avait dû paraître pathétique, car un jour ma belle-mère avait dit à ma femme : « Ton mari a dû manquer d'amour dans son enfance. » Je courais après quelque chose qui n'existe pas ; on ne peut jamais combler les carences affectives de l'origine.

Comme toutes les filles que j'ai aimées, Élise était amoureuse de son père. Enfin, je dis toutes les filles, mais une seule a compté avant elle [1]. Je crois que j'aimais ça, les filles à papa. Bien loin d'y voir une rivalité, j'avais une vue sur leur référent masculin, ce qui me permettait souvent de les comprendre. Le père d'Élise m'avait toujours impressionné. Brillant, costaud, il était aussi doté d'un grand sens de l'humour. Il enseignait l'histoire à l'université de Rennes, et avait collaboré à de nombreux ouvrages (il avait même côtoyé Milan Kundera). Maintenant que j'y repense, c'est en le rencontrant que j'avais renoncé à écrire ce roman historique qui m'avait hanté pendant quelques années. Je ne supportais pas l'idée d'être jugé par cet homme qui m'inspirait tant de respect. Il semblait m'estimer; alors je n'avais jamais voulu mettre en danger le capital de sympathie que j'avais constitué. J'étais souvent resté à ma place, et je me refusais à toute polémique pendant les repas familiaux du dimanche. Quand il me demandait, sur un sujet ou un autre : « Et vous, vous en pensez quoi? », j'arrivais toujours à donner un avis légèrement différent du sien pour marquer mon indépendance et ma vivacité d'esprit, tout en acquiesçant avec lui sur le fond pour le conforter dans sa position dominante. La paix familiale reposait sur ce dosage bien maîtrisé de fayotage et d'expression personnelle. Cela avait aussi le mérite de faciliter les rapports avec ma femme qui, par principe, était toujours d'accord avec son père.

Il avait attendu la retraite impatiemment, clamant qu'il aurait enfin le temps de rédiger son œuvre. Il avait travaillé pendant des années sur le Printemps de Prague, récoltant de nombreux documents concernant la préparation de l'invasion russe. Je me souviens l'avoir vu souvent partir pour l'ancienne République tchèque, avec sa petite mallette et son

1. Il s'agit de Nina. Je me demande ce qu'elle est devenue : juriste, fleuriste, galeriste?

sourire en coin. Sur son visage se lisait l'irrésistible ascension de son projet. Pour son départ à la retraite, il y eut une grande fête dans la maison de Bretagne (nous fêtions ses soixante ans par la même occasion). Mesurant ainsi sa popularité, j'ai songé avec angoisse : j'espère qu'à mes soixante ans, il y aura autant de monde. Les années à venir pour lui paraissaient pleines d'une promesse outrageante. Et puis, il est tombé malade. Comme ça, juste quelques mois après le début de la retraite. Il avait à peine pu souffler que le diagnostic était tombé si vite, brutal comme une exécution : cancer. Toute la famille fut effondrée. Ma femme se réveillait la nuit : « Ce n'est pas possible, c'est trop injuste », répétait-elle en pleurant. Je tentais de la rassurer mais c'était compliqué. Les médecins laissaient peu de chances à l'espoir. Ce malheur m'avait fait penser à François Mitterrand. Il avait passé sa vie à batailler comme un acharné pour devenir président de la République, et voilà qu'à peine élu on lui annonçait un cancer. On lui donnait six mois, pas plus. Il allait marquer l'histoire de la Vᵉ République pour la brièveté de son mandat. Et puis non, ce n'était possible. Il n'allait pas se laisser abattre, il allait lutter, s'acharner, détourner son destin. Ce qu'il parvint à faire. Il repoussa la maladie jusqu'aux limites du possible. Il fut même élu pour un second septennat en 1988, et mourut quelques mois après la fin de ce nouveau mandat. Il n'aurait jamais pu partir pendant sa présidence. Pour lui donner de l'espoir, je rappelai cette histoire à ma femme. Son père avait un livre à écrire, c'était comme une mission, il ne pouvait pas déserter maintenant. Sa motivation était telle qu'il arriverait à vaincre la maladie ; j'en étais persuadé.

Et l'avenir me donna raison. Après des mois de chimiothérapie, d'angoisse et de souffrance pour lui et pour son entourage, il s'extirpa de la mort. Il n'en devint que plus impressionnant. Cette expérience l'avait transfiguré, il n'était plus tout à fait le même homme. Il était vivant, guéri, mais il avait laissé une grande part de sa vitalité dans le combat. Pendant les déjeuners familiaux, lui qui auparavant monopolisait la parole restait parfois de longues minutes sans parler, plongé dans l'ailleurs, absent de lui-même. Et puis, progressivement, il avait recouvré toutes ses facultés. Cela avait rendu les choses encore plus joyeuses, plus belles. Ma femme serrait son père dans ses bras, elle voulait profiter de lui. Quelques mois plus tard, on était capables d'oublier ce qu'il avait traversé, ébahis que nous étions par sa capacité à investir le présent.

Voilà pourquoi je n'avais pas voulu parler de l'IRM à ma femme. Certes, je n'étais officiellement atteint d'aucune maladie pour le moment. Mais si c'était le cas, je voulais la protéger ; en tout cas, ne pas l'inquiéter. Alors, quand elle est rentrée à la maison et m'a demandé comment allait mon dos, j'ai répondu que tout allait bien. Je me souviens même d'avoir ajouté : « Je vais mieux. »

14

Intensité de la douleur : 5.
État d'esprit : combatif.

15

Pourtant, je n'allais pas mieux. Toute la nuit, j'ai été hanté par des frayeurs. Les ombres de la peur formaient des sentinelles sur ma peau. Je n'avais jamais vraiment pensé à la mort. Et même : j'avais toujours eu la certitude de vivre vieux. Je m'étais si souvent senti âgé que j'attendais la vieillesse comme un état où mon esprit serait enfin en adéquation avec mon corps. J'étais fait pour être vieux, et rien ne m'empêcherait d'accomplir ce destin-là. Les données étaient différentes maintenant. Pour la première fois, j'admettais que tout pouvait s'arrêter brutalement.

« Tu ne dors pas ? soupira ma femme.

— Si, si... je dors », chuchotai-je en tout illogisme.

Oui, j'avais peur de mourir. Tout me paraissait dérisoire : qu'avais-je réellement accompli ? Je tournais en rond sans rien trouver de majeur. Mes enfants, bien sûr. Mais quelles étaient nos relations ? Mon fils était à New York et on se parlait tous les trois jours par Skype. Notre affection devenait virtuelle. Lui que j'avais tant serré dans mes bras, je ne le voyais plus qu'à travers un écran. Je ne savais même pas ce qu'il avait fait aujourd'hui, ni hier, ni avant-hier. Les enfants étaient nos romans, mais nous ne les écrivions plus.

Ma fille avait été ma princesse, la folie de mon royaume. Les choses n'avaient pas vraiment changé. On se téléphonait souvent, on s'envoyait des messages, il lui arrivait encore de dire « mon petit papa ». Mais ce n'était plus pareil depuis qu'elle vivait avec Michel. Ce prénom me hantait la nuit. J'allais mourir et voilà qu'il me narguait. Je n'en revenais pas qu'il s'appelle Michel. C'était un prénom de collègue ; d'ailleurs, j'avais plein de collègues qui s'appelaient Michel ; ma fille ne pouvait pas vivre avec un homme au prénom de collègue.

« Mais on s'en fout qu'il s'appelle Michel ! me disait ma femme.

— Non, on ne s'en fout pas !

— Tu es sectaire. Je ne t'ai jamais vu comme ça. Ta fille est une femme maintenant, tu dois l'admettre.

— Je l'admets.

— Non, tu t'énerves sur ce prénom, mais ce n'est qu'un prétexte : le prénom est la porte d'entrée d'une personne !

— La porte d'entrée d'une personne...

— Oui ! Et toi tu ne veux pas entrer ! »

Elle n'avait pas tort. Mais il fallait comprendre mes raisons. Je n'avais pas eu le temps de m'habituer à leur histoire. Tout était allé bien trop vite. À défaut de siècles, quelques mois au moins sont nécessaires pour admettre le départ de sa fille. Enfin, d'une fille comme la mienne. Je n'acceptais pas leur relation, et je savais que j'étais fautif. C'était plus fort que moi, et je souffrais de ce qui nous séparait. Notre lien qui m'avait toujours paru si fort, pour ne pas dire indestructible, se révélait fragile. Il ne restait plus grand-chose. On mettait tant d'énergie dans l'éducation, et au bout du compte, je me demandais pourquoi. Les unes après les autres, mes raisons de vivre s'évanouissaient.

Le départ de mes enfants soulignait la vacuité de mon passage sur terre. Ils vivaient leur vie et je n'étais pas certain d'exister à travers eux. Que leur avais-je transmis ? Rien. Je n'étais pas capable de citer une chose. J'ai réfléchi plusieurs minutes, avant de finalement trouver : je leur ai appris le goût des autres. Je leur répétais tout le temps : « Il faut s'intéresser aux autres. » Voilà, c'était déjà ça. Mais moi, est-ce que je m'intéressais aux autres ? De moins en moins. Ça ne vaut rien de transmettre des préceptes qu'on n'applique pas soi-même. Quoi d'autre ? Le goût des livres ? Je ne lisais plus. Faire attention aux personnes âgées ? Je ne supportais pas mes parents. Alors quoi ? Que pensaient-ils de moi, de mes valeurs, de la façon dont j'avais joué mon rôle de père ? Je sombrais dans le néant. Au fond, ma mort ne changerait pas grand-chose au destin de chacun. Mes idées étaient sûrement noircies par le manque de sommeil, mais la vérité n'était pas travestie. Je ne laissais rien derrière moi. J'avais marché sur ma vie avec des patins, sans laisser de traces.

Je pensais à tous ces artistes qui avaient changé l'humanité, alors qu'ils étaient morts si jeunes. Franz Schubert et ses trente et un ans. Wolfgang Amadeus Mozart et ses trente-cinq ans. Et ne parlons même pas de John Lennon. J'aurais pu passer la nuit à les énumérer, alors qu'il me faudrait moins de cinq minutes pour évoquer les projets auxquels j'avais collaboré. La tour Lamartine, à Créteil. Le musée Jacques-Prévert, à Tours. Le lycée Romain-Gary, à Nice… Il valait mieux que j'évite de penser à ma vie professionnelle. Que restait-il alors ? Les moments avec Élise ? Oui, je pouvais faire la liste de nos plus belles soirées, de nos plus émouvantes promenades, écrire mentalement l'anthologie de nos bonheurs. Il m'était arrivé de courir pour la rejoindre, de l'attendre allongé des heures dans notre lit, et d'être assis à côté d'elle au cinéma. Notre histoire avait connu toutes les positions. Étrangement, je n'arrivais pas à fixer un point unique. Je parcourais notre amour comme on parcourt un horizon, incapable de m'arrêter quelque part. Mon regard se perdait dans la multitude de nos gestes, nos déclarations d'amour mêmes ne parvenaient plus à ma mémoire. Elle était près de moi, et j'aurais voulu la réveiller. J'aurais voulu lui dire qu'elle avait été l'amour de ma vie, et que j'aurais besoin d'elle jusqu'à mon dernier souffle. Mais je n'en ai rien fait; je n'ai pas bougé; elle dormait si paisiblement, à l'abri de mes tourments.

Après les artistes, j'ai songé à d'autres destins brisés par la maladie. Sans savoir pourquoi, mon esprit s'est focalisé sur Patrick Roy[1]. Il y a des événements qui vous marquent à jamais alors qu'ils sont tombés dans l'oubli collectif. Il est mort si vite, foudroyé. Je me souviens d'une interview d'un de ses proches qui disait que sa maladie s'était d'abord signalée par une douleur dans le dos. J'avais toujours aimé les jeux télévisés. Avec mes enfants, on avait regardé le plus souvent possible *Questions pour un champion* ou *Qui veut gagner des millions?* Au début des années 1990, Patrick Roy était l'étoile montante de TF1. Vivant, pétillant, charmant, c'était le genre d'animateur avec qui on aurait volontiers dîné. Il avait la tête du type sympa, tout en conservant en permanence une pointe d'ironie dans le regard. Rares sont les hommes capables de plaire à autant de monde. À l'époque, il y avait encore peu de chaînes de télévision, et TF1 réalisait régulièrement des scores d'audience de plus de quinze millions de téléspectateurs. De ce fait, Patrick Roy était devenu très rapidement une immense star. Je ne sais pas comment il était arrivé à la télévision, il me semble qu'il venait de RMC. Son ascension avait été fulgurante. Surtout grâce au jeu *Une famille en or*. Deux familles s'affrontaient en recherchant

1. Né à Niort en 1952, il est mort le 18 février 1993 à Villejuif, d'un cancer des os.

les réponses de personnes sondées sur des questions diverses. Il fallait essayer de penser ce que les gens pensaient. Il y avait des réponses cocasses, des quiproquos, et puis des familles qui s'engueulaient ou d'autres qui devenaient hystériques en gagnant. Ça n'avait jamais été mon jeu favori, je préférais les émissions purement basées sur des questions, mais j'étais devenu un habitué surtout grâce à Patrick Roy. Je me sentais bien avec lui. Et puis un jour, il avait été remplacé par Philippe Risoli. À l'époque Philippe Risoli présentait *Le Millionnaire*, ce jeu où les candidats tournaient une roue en espérant gagner un million, poussés par les encouragements d'un public criant : « Le million ! Le million ! » Forcément, quand on ne gagnait que cent mille francs, on était déçu, mais il fallait dire : « C'est quand même une très belle somme... » Risoli était très bon. Il avait un côté proche du peuple aussi, mais un peu plus rock (il venait de Canal+ où il animait un jeu qui me manque : *Starquizz*). C'était un peu le Philippe Lavil de la télévision. Bref, c'est lui qui s'était retrouvé un jour aux commandes d'*Une famille en or*. Il y avait sûrement un problème. Les rumeurs les plus folles ont commencé à circuler. Et puis, la rumeur a fait place à la vérité. On a appris que Patrick Roy était gravement malade. En quelques mois, tout fut fini.

Je me souviens de son enterrement. Son cercueil a été porté par d'autres vedettes de TF1. Il y avait Jean-Pierre Foucault (*Sacrée soirée*) ou encore Christian Morin (*La Roue de la fortune*). Sa mort avait suscité une émotion si vive. Pendant des jours, on ne parlait que de ça. On voulait tout savoir de ce destin ravagé. Il y avait des interviews de sa dernière compagne, enfin il me semble, c'est tout de même un peu lointain. Ce dont je suis sûr, c'est d'avoir vu ses parents. Je les ai vus à la télévision, et un peu plus tard ils ont même publié un livre hommage. Je me souviens si bien de leurs visages, et là, dans la nuit, chez moi, alors que ma femme dort, c'est aux parents de Patrick Roy que je pense.

16

Intensité de la douleur : 8.
État d'esprit : testamentaire.

17

Le lendemain matin, j'ai continué à prétendre que j'allais bien. Élise ne sembla pas remarquer ma mine terrible. En revanche, elle fut surprise quand j'annonçai :
« Je vais téléphoner à mes parents.
— Ah bon ?
— Oui, je vais les inviter à dîner ce soir, si tu es d'accord.
— ...
— Ça te va ?
— Tu es sûr que ça va ?
— Mais oui... c'est juste que ça leur fera peut-être plaisir de voir la maison, et le jardin... »
Devant sa réaction, j'ai mesuré le fossé qui existait entre mes parents et moi. Ça paraissait tellement improbable que je les invite. J'avais toujours préféré aller chez eux. C'était une règle d'or : cela me permettait de partir quand j'en avais envie. Les inviter comportait une part de risque : ma mère pourrait se mettre à tout commenter, à fouiner. Et puis, je ne les voyais que pour quelques déjeuners par an. En général

pour des anniversaires ou des fêtes ; on ne dérapait jamais de ces occasions-là. Alors forcément, les inviter comme ça, sans aucune raison particulière, sans le moindre anniversaire à l'horizon, cela pouvait paraître étonnant. Ma femme ajouta :
« C'est sûr que ça va mal se passer.
— Pourquoi tu dis ça ? Pour une fois que je fais un pas vers eux, tu devrais m'encourager.
— Oh, ça fait longtemps que je ne me mêle plus des histoires avec tes parents... mais à chaque fois qu'on va chez eux, tu repars énervé... alors là, chez nous... je n'ose même pas imaginer...
— Écoute, c'est comme ça. J'ai envie de les voir.
— Très bien, très bien. Après tout, ce sont tes parents...
— ... »
Elle avait raison, il y avait peu de chances pour que ça se passe bien. Si j'annonçais à mon père ma mort imminente, il serait tout à fait capable de répondre : « Oh, il faut toujours que tu fasses ton intéressant, toi. »

Je me suis précipité sous la douche. Là, je pouvais enfin laisser libre cours à ma douleur, grimacer à l'abri du regard de ma femme. J'ai incliné le jet d'eau vers la zone de ma souffrance, espérant qu'un massage aquatique me soulagerait. Rien à faire, la douleur demeurait intense. Lavé et séché, j'ai observé mon dos dans le miroir. Il n'y avait rien de particulier à voir. Le drame se cachait, il était un complot dans mon corps. J'ai enfilé ma chemise lentement, en évitant que la matière ne touche ma peau. Je me sentais comme brûlé. Juste avant de quitter la maison, Élise proposa :
« Tu ne prends pas un café ?
— Non, je vais être en retard sinon. J'ai une réunion avec les Chinois...

— Je croyais que c'était des Japonais...

— Oui, c'est ça. Enfin, il s'agit des deux... ils sont mi-chinois mi-japonais...

— ...

— Je crois même qu'il y a deux ou trois Coréens, dans le lot..., »

Je suis parti sans attendre sa réponse ; je n'allais pas continuer à m'enfoncer dans ce mensonge asiatique. Ma femme s'est avancée vers la fenêtre pour me dire au revoir. De la rue, j'ai pu la voir. C'était la première fois qu'elle faisait ça. Elle m'a adressé un petit signe de la main. Elle devait se dire : « Quelque chose ne tourne pas rond chez lui ce matin. » Elle avait raison. Je ne tournais pas rond. J'essayais de faire bonne figure, mais ma vie prenait l'eau. J'avais tenté d'être à la hauteur de tout, et voilà que je m'effondrais, malade, seul, humilié dans ma vie professionnelle. J'ai tenté de sourire en retour, mais je ne suis pas certain d'y être parvenu. Je suis monté en voiture, et comme sous la douche, j'ai été soulagé d'être protégé des regards.

J'avais ressenti dans le geste de ma femme une forme de tendresse, mais pas vraiment d'amour. Pendant le trajet vers l'hôpital, je suis resté hanté par la vision de son geste. Sa main demeurait dans mon esprit. J'y voyais un de ces « au revoir » qu'on peut faire aux étrangers quand ils quittent votre maison. C'était plutôt chaleureux, mais de cette chaleur mécanique, assez peu émotionnelle. Plus j'y pensais, plus je voyais ce geste comme celui d'une inconnue. Je le voyais encore et encore dans ma tête, la façon dont elle avait relevé le rideau pour placer sa main, et la déployer de gauche à droite, lentement, pendant quelques secondes. Je ne reconnaissais pas ma femme dans ce geste. Je ne peux pas l'expliquer, mais ce n'était pas elle. D'un instant à l'autre, on peut éprouver les variations abyssales du sentiment. L'amour se dérobe pour laisser apparaître une nouvelle vérité du cœur.

18

Intensité de la douleur : 8.
État d'esprit : schizophrénique.

19

Pour la troisième matinée de suite, je me suis retrouvé dans la salle d'attente de l'hôpital. Comme un redoublant au lycée, j'avais envie de rassurer les nouveaux : « Tout va bien se passer, on est bien traité ici. » Je faisais figure de vétéran de la douleur. J'avais évité de rechercher sur Internet toute information concernant l'IRM. Je ne voulais pas être traumatisé par des témoignages de tumeurs. En deux minutes, on faisait le tour des catastrophes. Personne ne laissait un commentaire sur les forums médicaux pour dire que tout allait bien, pour vanter les mérites d'une santé éclatante. Chacun y étalait ses complaintes, comme si Internet avait permis ça : le partage du mal. On prenait en photo ses gangrènes, on détaillait ses agonies. La modernité technologique devrait être le contraire de ce qu'elle a produit : on devrait se rassurer mutuellement, se serrer les coudes dans l'adversité. J'en étais là de mes pensées quand quelqu'un a hurlé dans un couloir. Après ce premier cri, une succession de râles s'est fait entendre. Je n'arrivais pas à savoir si c'était un homme ou une femme qui souffrait, le cri prenait une forme inhumaine. Comme tout le monde, j'ai tourné la tête en direction du bruit. Je me suis levé pour voir. Au loin, une femme tenue par deux brancardiers s'éloignait et disparaissait derrière une porte. De cette femme, je ne connaîtrai que les quelques secondes où j'ai été témoin de sa douleur. Les souffrances de chacun se présentent à nous, mais il est rare qu'elles apparaissent dans un tel éclat sonore. Je ne savais rien d'elle, de sa douleur; je suis retourné m'asseoir, et mon nom a retenti. On m'appelait. Je me suis avancé vers le médecin, et la douleur de l'inconnue a laissé place à la mienne.

J'ai retrouvé le radiologue qui m'a accueilli avec les mêmes gestes que la veille. Il semblait figé dans un moule, répétant au millimètre cette scène que je connaissais déjà. Il m'était arrivé d'observer cette routine gestuelle chez les médecins; cette force tranquille de l'identique. C'était peut-être leur façon d'être rassurants. On se dit que rien ne peut nous arriver dans les mains d'un homme qui n'est pas soumis aux variations des jours. En revanche, j'ai éprouvé une légère déception en constatant l'absence de sa stagiaire. Elle devait être en formation à temps partiel, infidèle à mon calvaire.
« Vous avez toujours mal ? me demanda-t-il.
— Oui, vraiment. Je n'ai pas dormi de la nuit.
— Dans quelle position êtes-vous le plus à l'aise ?
— Debout.
— Vous marchez normalement ?
— Oui, au contraire. Marcher me soulage.
— Bon, on va regarder tout ça. »
Mon dos était devenu le sujet de toutes les conversations me concernant. On ne parlait plus que de cette partie de mon corps. Il en avait peut-être eu marre qu'on ne s'intéresse pas à lui, alors il s'était manifesté de manière flamboyante. Il

criait qu'il existait, c'était sa révolution contre moi. Parfois, je ne savais plus très bien que répondre. Est-ce que j'avais encore mal ? À quel moment ? Est-ce que je me sentais mieux quand je marchais ? J'espérais ne pas avoir échoué dans mes réponses. Je veux dire : j'espérais ne pas avoir mis le docteur sur une fausse piste. Je savais que la douleur était là, de manière quasi permanente, mais je n'arrivais plus à juger de son intensité, à évaluer son degré fantasmagorique, à peser le pour et le contre de mes vertèbres. Je me déshabillai, complètement perdu.

Alors que j'étais simplement vêtu d'un caleçon, le médecin est venu vers moi :

« Vous n'avez pas pris de pyjama ?

— Euh non.

— Ma secrétaire ne vous a pas prévenu ?

— Non, ça ne me dit rien.

— Ah... l'examen peut durer une bonne trentaine de minutes... et la plaque est froide. Pour le confort du patient, c'est toujours ce que je propose.

— ...

— Si vous voulez, nous avons quelques pyjamas à disposition. Je vous laisse choisir. »

Il désignait un panier en osier où je devais trouver mon bonheur parmi les survivants d'un cimetière textile. Tout cela devenait tellement absurde. Je n'allais quand même pas faire une IRM avec un pyjama à rayures. Et s'il s'agissait des vêtements laissés par des patients morts après leur passage ici ? Sentant l'impatience du spécialiste, je me suis dépêché. J'ai finalement opté pour le moins pire : un pyjama bleu pâle, un bleu vraiment très pâle. Peut-être même qu'il était blanc. Je me suis allongé sur la table. J'ai admis l'utilité du pyjama, la

plaque était vraiment froide. La médecine faisait d'innombrables progrès, mais pas dans le confort. Mon corps a glissé
lentement. J'étais maintenant placé dans un tube ouvert,
allongé sur le dos. Il y avait longtemps que je n'avais pas
éprouvé une sensation aussi étouffante. C'était à la fois un
ascenseur, un avion, et ma mère.

« On va pouvoir commencer. N'oubliez pas que je vous
entends et qu'on peut se parler... si quelque chose ne va pas.

— Si quelque chose ne va pas ?

— Oui... enfin, je suis là... »

À chaque fois que cet homme ouvrait la bouche, j'avais
l'impression qu'il me cachait quelque chose ; il avait l'air de
disposer d'informations qu'il ne voulait pas divulguer. Je le
savais depuis la veille, avec l'évocation de la tache. Je me
demandais comment j'avais pu conserver un espoir pendant
plus d'une journée, alors que tous les signaux étaient au
rouge.

« Vous m'entendez ?

— Oui, oui... je crois.... »

À vrai dire, je n'entendais pas grand-chose. La machine
produisait un bruit assourdissant. D'autres devaient se laisser
bercer, s'endormir peut-être, mais pas moi. J'étais dans un
état d'anxiété absolue. Si je parvenais par miracle à me
calmer et à respirer normalement, cela ne durait pas. Et je
paniquais à nouveau. J'étais une montagne russe, ma cyclothymie m'épuisait. Est-ce que tous les malades sont soumis à
d'incessantes variations d'humeur ? Je crois surtout que les
malades se sentent seuls. Accompagnés ou pas, ils sont face
à leur mal, et le monde se résume à leur corps. Je pensais à
ces mots d'Albert Cohen : « Chaque homme est seul et tous
se fichent de tous, et nos douleurs sont une île déserte. » Je

71

connaissais peu de citations, mais celle-ci m'avait toujours hanté, au point de revenir maintenant, éclatante de vérité, en écho saisissant à ma condition. L'examen avançait, et je ne voyais plus personne autour de moi. Le pyjama était la condition suprême du dénuement. Le pyjama est l'habit du prisonnier, de l'esclave, de l'homme sans humanité. Tout ce que j'avais construit devenait dérisoire. Comment avais-je pu vivre dans une telle arrogance ? Dans l'oubli que la vie est un voyage de la poussière à la poussière. Je savais enfin que je n'étais rien, et j'étais seul dans cette certitude.

« Oh non, ce n'est pas possible, soupira le médecin.
— Quoi ?
— ...
— Vous pouvez me dire ce qui se passe ?
— Il y a un problème.
— Un problème ?
— Oui, oui... ah, il fallait que ça tombe sur moi. »
Je ne pouvais pas me redresser, je ne savais que faire. Le docteur m'a rejoint, visiblement énervé. Il dérapait de son visage de tous les jours.
« Je suis désolé. Ça n'arrive jamais.
— ...
— Nous avons une panne du système. Je crains qu'il ne faille plusieurs heures pour remettre en route la machine.
— Ah...
— La table ne peut plus glisser. Est-ce que vous pouvez ramper jusqu'à moi ?
— Ramper jusqu'à vous ?
— Oui, pour sortir du tube. Je suis vraiment désolé, monsieur. Essayez de glisser sur le dos. J'espère que vous n'allez pas avoir mal. »

Ce n'était pas si compliqué. Dans cette position, mon dos ne me tiraillait pas tant que ça. Je ressentais plutôt comme des vertiges. Le mouvement du tube m'avait fait perdre mes repères spatio-temporels. Une fois sorti, j'ai posé un pied au sol, qui se déroba sous moi. Je m'agrippai au médecin pour ne pas tomber.

« Vous voulez un verre d'eau ?

— Non, ça va aller. Je vous remercie. Vous avez pu voir ?

— Pardon ?

— Mon dos. Vous avez eu le temps de voir si j'avais quelque chose ?

— Non, malheureusement non. Les premiers moments de l'examen ne sont pas les plus précis. Et puis c'est long une IRM, je ne peux pas porter un jugement sur une portion infime de l'observation.

— Ah... même pas un début d'idée ?

— ... Euh... non, fit-il après une courte hésitation.

— ...

— Je suis désolé, il va falloir reporter notre rendez-vous.

— ...

— À moins que vous ne vouliez le faire aujourd'hui dans un autre hôpital ?

— Aujourd'hui ?... Je ne sais pas. C'est à vous de me le dire. Ça dépend... du caractère d'urgence.

— Je disais ça pour vous, par rapport à votre appréhension. Si vous vouliez ne pas attendre pour en savoir plus.

— Oui... mais je voudrais votre avis.

— D'un point de vue strictement médical, ça peut attendre demain matin.

— Vous feriez quoi, à ma place ?

— Je ne suis pas à votre place.

— Je sais. Mais vous feriez quoi ?

— Vous pouvez attendre demain... »

Dans un premier temps, j'ai trouvé sa réponse rassurante. Puis, j'ai réfléchi : s'il m'avait recommandé d'agir vite, il m'aurait plongé dans une panique évidente, et peu constructive. Son conseil de remettre l'examen au lendemain n'était pas à classer dans la catégorie des bonnes nouvelles. J'allais encore devoir attendre avant d'être fixé. Ça ne pouvait tomber que sur moi, des pannes de système. Je sentais que je traversais une période complexe, pleine d'embûches, comme si le destin voulait me tester. J'ai pris rendez-vous pour le lendemain, et suis reparti bredouille de mon diagnostic.

Une fois dehors, j'ai constaté que mes réponses n'avaient pas été justes, car marcher me faisait maintenant souffrir. Je comprenais pourquoi mes idées étaient confuses. La douleur, surtout quand elle dure depuis plusieurs jours, vous propulse dans un état voisin de la folie. La ville me paraissait tordue, soumise à de nouvelles asymétries. Les voitures passaient, et j'aurais pu me jeter sous l'une d'elles pour abréger la douleur. La mort paraît parfois la seule forme honnête de soulagement. Je suis resté plusieurs minutes sans bouger, puis j'ai acheté une bouteille d'eau pour prendre deux cachets. J'ai fait quelques pas en boitant. Mon état se dégradait. Je pouvais aller voir l'ostéopathe conseillé par Édouard, et puis non. J'avais le sentiment que mon problème n'était pas lié à un quelconque tour de reins, un muscle froissé ou je ne sais quoi de déplacé. Cette intuition reposait sur le fait que la douleur était venue subitement, sans signe avant-coureur et sans explication rationnelle.

Heureusement, les cachets me firent du bien. Peut-être l'effet placebo. Ce soulagement momentané me fit prendre une étrange décision : celle d'aller au travail.

20

Intensité de la douleur : 7.
État d'esprit : en attente.

21

Dans les couloirs, on m'observa comme une bête curieuse. Tout le monde devait savoir ce qui s'était passé pendant la réunion avec les Japonais. Après des années d'honnêtes relations avec mes collègues, je lisais dans certains regards une pointe de compassion. Peut-être s'agissait-il de soulagement ? Ça arrive à tout le monde, de commettre un jour ou l'autre une faute professionnelle ; certains devaient se réjouir que la malchance soit tombée sur moi. On réduit tellement notre ambition à être heureux que les bonheurs peuvent venir de là : voir trébucher les autres. Personne ne savait que j'avais été victime d'une ordure. C'est d'ailleurs à ce paradoxe qu'on reconnaît les salopards dans les entreprises : on ne les voit pas. J'observais des collègues pour qui j'avais de la sympathie rire avec Gaillard devant la machine à café. Ils étaient dans l'innocence de sa véritable nature. J'étais seul à savoir ce dont il était capable, ce qui accentuait mon malaise. J'aurais pu le dénoncer, mais ça ne servait à rien. Il n'y avait aucune preuve. Comment pouvais-je prouver qu'il m'avait donné autant de fausses informations sur le projet ? Je n'avais d'autre choix que de me taire pour le moment.

Certains bourreaux ne lâchent pas leur victime. À peine fus-je assis à mon bureau qu'il apparut :

« Ça va?

— ...

— On s'est inquiétés, tu sais.

— Qu'est-ce que tu veux?

— Je voudrais qu'on évite de se faire la gueule pendant des mois. Ce qui s'est passé doit rester derrière nous.

— ...

— Je sais que ce n'est pas facile. Tu as travaillé dur, et tu es exclu du projet...

— Tu peux sortir, s'il te plaît?

— Oui, je peux, mais je repasse tout à l'heure. J'ai vu avec Audibert... on va te confier un nouveau projet.

— Tu as vu avec Audibert?

— Oui, on a un peu réorganisé le service, et tu vas dépendre de moi maintenant. Ça sera plus simple.

— ...

— Bon, j'espère que tu aimeras ce projet. Tu ne vas pas te tourner les pouces, quand même...

— ...

— Et ta santé, ça va? » conclut-il en sortant, sans même attendre la réponse.

J'allais donc être sous sa responsabilité. J'avais tant travaillé ici. Des heures à suer sur des dossiers, tout ça pour finir sous le joug d'un ambitieux sans pitié. Il jouissait de sa victoire. Il m'avait parlé avec un ton sérieux, un visage grave, et pourtant je pouvais imaginer le sourire qu'il dissimulait sous son masque. Je pouvais sentir la masturbation souterraine de ses zygomatiques. Je connaissais tellement d'hommes comme lui, jouissant de leur petit pouvoir. Je fermais les yeux et je le voyais si bien.

*

Il était le grossier pastiche de ces revanchards d'une adolescence souffreteuse. Il demeurait à jamais celui qu'on pointe du doigt. Alors, pour se sentir vivant, il lui fallait écraser les autres. La violence lui permettait, avec plus ou moins de subtilité, de masquer son propre effroi. Mais sa belle carrière n'avait pas assouvi son désir de revanche. Il était de ces gens à qui la réussite ne réussit pas. Il se sentait encore un imposteur. Le rapport à sa propre médiocrité demeurait ontologique. Quand il s'asseyait à la terrasse d'un café parisien, il devait toujours avoir peur qu'on lui demande de déguerpir. À tout moment, il savait que cela pouvait arriver. D'être chassé du terrain des hommes. Alors il criait. Avec les femmes aussi. Il lui était arrivé de hurler sous les fenêtres d'une beauté inaccessible. Il s'était vanté d'être romantique, d'être fou, d'être poète. Au fond, je le sentais, il méprisait les femmes. Après quelques années, il était parvenu à en épouser une. Je l'avais vue quelquefois au bureau, pour la trouver systématiquement triste. Vraiment triste. Au tout début de leur union, elle avait dû être touchée par cet homme à la gesticulation facile, qui se réveillait ambitieux et se couchait abîmé. Oui, il devait y avoir du charme à tout cet espoir placé dans un petit corps. Lui, il avait voulu briller, ne montrer que les meilleurs aspects de sa personnalité, au moyen de contorsions et d'approximations permanentes. Mais il suffisait d'être aux premières loges de son quotidien pour le démasquer. Sa femme le vit très vite tel qu'il était. Dans ses yeux, il lisait chaque jour davantage le procès-verbal de sa médiocrité. Le prince s'était transformé en crapaud. Cela accentuait chez lui le besoin de briller par n'importe quel moyen. La haine des autres est un leurre qui soulage la névrose. Il aurait été un bon soldat des années noires, un parfait collaborateur, mais d'une race un peu particulière. Sa collaboration n'aurait eu qu'une seule source : sa fascination pour les juifs. Mais ça, c'est un autre roman. Malgré tout ce que je voyais de lui, je demeurais focalisé sur les gouttes de sueur qui perlaient à son front. J'avais parfois envie de l'éponger. J'avais parfois envie de me soumettre à lui, dans une folle volonté de soulager sa haine. J'étais peut-être aussi tordu que lui. Comment admettre autrement d'avoir pu montrer une telle naïveté ? Il était la créature de la paresse de mon ambition.

*

J'attendais le dossier qu'il allait m'apporter. Sur mon bureau, il y avait encore tous les documents relatifs à la mission japonaise : j'ai jeté lentement chaque page, une par une. Je froissais mes derniers mois, tout avait été vain. Au bout de quelques minutes, ma secrétaire est apparue ; mais était-elle encore la mienne ? Elle s'inquiéta de ma santé. J'ai balbutié que tout allait bien. Puis elle a dit :

« Je suis désolée pour tout ce qui s'est passé. Vous ne le méritez pas.

— Merci…

— Vous êtes quelqu'un de bien », a-t-elle ajouté en partant.

Elle avait peut-être prononcé ces mots par pitié ; en tout cas, ils m'avaient profondément touché. Je m'étais même avancé jusqu'au paillasson des larmes. Depuis plusieurs jours, je luttais contre la douleur et les revers, alors les mots simples de Mathilde représentaient comme une brèche de tendresse. Elle avait raison, j'étais quelqu'un de bien, je ne méritais pas ça. Pourtant, j'allais accepter la nouvelle situation car je n'avais pas l'énergie du combat. Ce que je vivais maintenant démontrait que ma profonde nature était de me laisser aller au fil des événements, évitant quoi qu'il arrive les contre-courants. J'étais plus que jamais un poisson [1].

Mon bureau était maintenant quasiment vierge. Je pris le téléphone pour appeler mes parents. À cette heure, ma mère était sans doute en cuisine, préparant le déjeuner. Et mon père devait regarder la télévision, en râlant devant la stupidité des objets proposés par le Télé-achat : « Ça ne sert à rien ! » Je voyais cette scène si facilement, alors que rien ne m'était plus difficile que d'imaginer mes parents jeunes et aimants, marchant main dans la main, décidant de faire un enfant : moi. Nous sommes issus d'une science-fiction, celle de l'amour de nos parents, leur jeunesse et leur insouciance. J'avais l'impression qu'ils avaient passé leur vie dans leur décor actuel, comme des acteurs condamnés à la même scène, interdits de toute tentative d'improvisation. Forcément, dans ces cas-là, mon appel inhabituel allait dérouter :
    « Bonjour, maman, je voulais vous inviter à dîner ce soir à la maison.
    — ...
    — Maman ?
    — Ce soir ? Tu veux dire aujourd'hui ?
    — Oui, c'est ça. Ce soir.
    — ... Tu as quelque chose à nous annoncer ?
    — Non, rien de spécial. Ça me ferait juste plaisir que vous veniez.

1. Je parle du signe astrologique ; et de mon ascendant Scorpion, j'avais surtout hérité du goût immodéré de l'ombre.

— Écoute, s'il y a quelque chose, je préfère que tu nous le dises tout de suite.

— Mais non, il n'y a rien, je te dis.

— Tu vas divorcer ?

— Bon écoute, maman, je vous invite juste comme ça... si vous ne voulez pas venir, tant pis.

— Mais non... ça me fait plaisir de te voir. Faut juste que je demande à ton père s'il n'a pas prévu autre chose...

— D'accord... », ai-je soupiré, faisant mine de croire que ma mère pouvait ne pas savoir si mon père avait quelque chose de prévu ce soir ; faisant mine de croire que mon père pouvait avoir quelque chose de prévu sans ma mère. Ils n'étaient pas du genre à faire quelque chose l'un sans l'autre. Ils faisaient partie de cette génération où la vie à deux voulait vraiment dire : *la vie à deux*. Une véritable propagande pour le slogan « unis pour le meilleur et le pire ». On nageait dans la mascarade affective. Ils allaient discuter de mon invitation à voix basse, rapidement peser le pour et le contre. Pour mon père, cela dépendrait sûrement du programme télé. Je crois que je tombais bien : il n'y avait pas de match de Ligue des champions ce mercredi soir. L'attente se prolongeait à l'autre bout du fil ; ma proposition devait vraiment les déconcerter.

Il était arrivé par le passé que ma mère m'adresse des reproches ; selon elle, j'étais froid et je ne parlais jamais de moi. Elle ne se rendait pas compte d'une chose : à chaque fois que j'avais tenté de faire un pas vers elle, elle n'avait pas manifesté le moindre contentement, la moindre tendresse. Elle me reprochait mécaniquement des choses, comme pour se débarrasser du poids de sa propre culpabilité. Encore une fois, alors que je les invitais à dîner, et que cela aurait presque pu être une joie, disons une agréable surprise, je sentais le poids des années passées à ne pas se comprendre. J'en venais à regretter mon appel, oubliant que la peur de la mort avait été à l'origine de cette pulsion. J'avais espéré quelque chose, je crois, sans savoir vraiment quoi. Les enfants recherchent en permanence la part manquante de l'affection, c'est ainsi. J'avais beau me confronter régulièrement à la réalité de leur sécheresse, je revenais pourtant armé de cet espoir propre aux amnésiques.

« Avec plaisir, répondit ma mère après deux ou trois minutes de conciliabule, rendant peu crédible le plaisir qu'elle annonçait.

— Ah, très bien. On vous attend à vingt heures, alors.

— Tu veux qu'on apporte quelque chose?

— Non, tout va bien. Je vais partir tôt du travail pour préparer tout ça.

— Ah bon, tu peux partir tôt? Tu as des soucis au travail?

— Maman...

— Je demande, c'est tout. C'est étrange, non? C'est la première fois que je t'entends dire que tu peux partir tôt...

— Mais non, j'ai beaucoup travaillé ces derniers temps, alors j'ai pris de l'avance dans mes dossiers...

— Oui, oui... je me doute », dit-elle, une pointe de soupçon dans la voix. C'est vrai : l'idée que je puisse partir de bonne heure semblait peu plausible. J'avais passé des années à exagérer l'importance de mon activité pour ne pas les voir trop souvent. Il m'était même arrivé d'inventer des réunions nocturnes pour annuler des dîners d'anniversaire. De toute façon, plus rien de ce qui se passait n'avait un lien avec notre logique. Ma vie prenait une tournure inattendue, sûrement très grave, et j'emmenais mes proches dans mon sillon.

Comme il l'avait annoncé, Gaillard est repassé dans mon bureau pour me présenter ma nouvelle mission [1]. Il s'agissait de la construction d'un parking sur une zone occupée encore récemment par un immeuble amianté qui avait été démoli. Le terrain demeurant fragile, la municipalité avait décidé par précaution de n'y installer qu'un parking. Il y aurait une réunion à caler avec les principaux partenaires prochainement. Gaillard me conseilla d'aller faire un tour sur place pour *tâter l'ambiance*. Oui, c'est l'expression qu'il avait employée, avant d'ajouter :

« C'est assez pratique pour y aller. C'est direct en RER depuis la gare du Nord, et après tu as un bus.

— ...

— Faut juste que tu te renseignes sur les horaires de bus. Ils passent toutes les heures, je crois. Bon, tiens-moi au courant. »

Dès qu'il est reparti, j'ai feuilleté les éléments du dossier. J'avais vingt ans d'expérience pour aboutir à une mission qu'un stagiaire aurait pu mener à bien. C'était le dossier le moins important qui puisse exister dans le monde des dossiers. J'aurais pu tout arrêter, et partir. Il était clair qu'on voulait me pousser à bout. C'était du harcèlement, mais je ne pouvais pas craquer. Je n'avais pas le choix. J'avais une maison à payer, les études de mes enfants à assumer, une retraite à financer. Et si jamais j'avais une maladie grave, il était préférable de mourir salarié plutôt que chômeur.

---

1. Bien sûr, il est entré sans frapper, mais si je commence à préciser toutes ses indélicatesses, je ne m'en sortirai pas.

22

Intensité de la douleur : 7.
État d'esprit : familial.

23

Dans l'après-midi, j'ai envoyé un message à ma fille pour lui proposer de venir dîner elle aussi à la maison. Elle a accepté, tout en me demandant comme tout le monde si j'avais quelque chose à annoncer. Je suis parti tôt du travail, juste après avoir avalé mon huitième cachet de la journée. Progressivement, les cachets faisaient de moins en moins effet. J'avais cherché pendant une heure une bonne position pour atténuer la douleur, avant de me retrouver une fesse sur mon siège, l'autre dans le vide. Plusieurs fois pendant les pics de douleur, j'ai caressé l'idée d'annuler le dîner : j'avais commis cette folie d'appeler mes parents pendant un moment de répit. Cela dit, cette soirée allait sûrement me permettre de penser à autre chose, de m'énerver sur d'autres sujets. C'était peut-être une bonne méthode : quand on souffre, il faut organiser quelque chose d'encore plus désagréable, car seul le mal peut divertir du mal. Mon attention allait enfin être détournée.

J'avais voulu passer au marché pour acheter des légumes et préparer une ratatouille. Mais cela m'aurait demandé trop d'efforts. Élise ne rentrerait pas avant dix-neuf heures, et puis ce dîner était mon idée, alors je devais l'organiser. J'ai pensé que le plus simple serait de commander quelque chose. Il y avait un traiteur libanais qui inondait depuis des mois ma boîte aux lettres de prospectus et autres bons de réduction ; jusqu'à présent, j'avais ignoré ces publicités, m'insurgeant même parfois contre leur prolifération. Mais il faut croire que l'acharnement paye car me revint en mémoire ce soir-là l'option libanaise. Il y avait des années que je n'avais pas mangé libanais, et je craignais de me perdre dans le dédale des possibilités culinaires. Je voulais quelque chose de simple, je voulais quelque chose d'organisé, je voulais de la formule tout compris.

« Allô ?

— Bonjour, je souhaite être livré pour ce soir.

— Ce soir ? Ce n'est pas possible.

— Ah bon ? Pourquoi ?

— Nous avons un problème.

— Ah... bon... un problème ?

— Il y a aussi un traiteur marocain dans le coin...

— Ah oui... pourquoi pas...

— Vous pouvez noter ? »

La fille au téléphone avait réussi le petit exploit d'être relativement polie tout en étant, semblait-il, dans une situation d'urgence. C'était étonnant qu'elle me donne ainsi le numéro du traiteur marocain, un probable concurrent. J'appréciai cette solidarité commerciale. J'avais en revanche du mal à comprendre comment on pouvait dépenser autant d'énergie en publicité pour ne pas être prêt le jour J, le jour où le client le plus improbable (moi) avait enfin abdiqué devant la propagande de leurs boulettes. Quelques jours plus tard, je ne sais plus vraiment par quel hasard, j'allais apprendre qu'ils avaient été victimes d'un contrôle sanitaire fatal. On avait échappé de justesse à une intoxication alimentaire, ce qui aurait provoqué un drame familial. Mes parents, que j'invitais pour la première fois, auraient forcément conclu à une tentative d'empoisonnement. Vraiment, on évitait le pire.

Je me rabattis volontiers sur les Marocains, dont j'avais également aperçu parfois les prospectus. Il me semblait même avoir souri à l'évocation de leur nom : « Allô Couscous ». J'appréciais surtout l'idée que la commande serait très simple. Il me suffirait de demander un couscous royal pour cinq personnes. « Très bien, monsieur », répondit la jeune femme au téléphone, avant d'ajouter :

« Permettez-nous de vous offrir avec votre commande quelques petites douceurs marocaines...

— Je vous permets... je vous permets... »

Quelle gentillesse, quelle simplicité, quel soleil. À mon avis, ils mettaient les bouchées doubles pour profiter des soucis de leur concurrent principal. C'était le moment de fidéliser la clientèle. Dans l'euphorie d'une mission accomplie, j'ai pensé un instant que nous allions passer une belle soirée. D'ici là, il fallait que je me repose un peu. Je n'avais pas arrêté depuis mon réveil. Sans compter mes insomnies depuis trois jours, véritables coups sur la nuque. Une fois dans ma chambre, il me fallut à peine plus de deux minutes pour sombrer dans un profond sommeil.

Quel bonheur de dormir enfin, sans rêver, sans rien, anesthésié de sa conscience. Je voulais vivre dans mon lit, à l'abri définitif de ma douleur. Persuadé que j'allais me reposer une trentaine de minutes tout au plus, je n'avais pas programmé mon réveil. Une sonnerie m'extirpa de la torpeur. Une sonnerie qui semblait appartenir au tout départ à un rêve, je ne sais plus vraiment lequel, avant de progressivement s'identifier comme faisant partie de la réalité. Je mis encore quelques secondes avant de comprendre : on sonnait vraiment chez moi. Ça devait être le couscous. Je suis descendu rapidement pour ouvrir la porte, et tomber nez à nez avec mes parents. Ils étaient là, tous les deux, côte à côte, incroyablement raides.

« Qu'est-ce qui se passe ? demanda mon père. Ça fait cinq minutes qu'on sonne.

— ...

— Tu... tu dormais ? » bégaya ma mère.

Il était déjà vingt heures ; j'avais dormi près de trois heures. J'ai rapidement jeté un œil dans le miroir du vestibule. Avec mes cheveux ébouriffés, j'avais l'air de ce que j'étais : un homme qui vient de se réveiller. Mes parents étaient figés dans l'entrée, hypnotisés. Je mis encore quelques secondes avant de réagir en les faisant entrer. Ils s'installèrent sur le canapé du salon, sans rien dire. Je leur demandai ce qu'ils voulaient boire pour l'apéritif.

« Est-ce que tu as du..., commença mon père.

— Sers-nous ce que tu as..., ça ira très bien... », coupa ma mère.

Elle avait prononcé cette phrase en articulant bien chaque syllabe, comme si elle parlait à un demeuré. « Je vais ouvrir une bouteille de rouge », dis-je avec peu d'assurance, car je n'étais pas sûr d'en avoir une. J'avais prévu le repas, mais pas les boissons. Heureusement, il me restait une bonne bouteille de médoc, que je débouchai, soulagé. À cet instant, je repris entièrement conscience du présent en constatant deux choses : j'avais toujours mal au dos, et Élise n'était pas rentrée.

Ma mère m'a alors rejoint à la cuisine, et observé un instant avant de demander :

« Est-ce que tu as besoin d'aide ?

— Non non, ça va. Retourne au salon, j'arrive dans deux minutes.

— ...

— ...

— Bon... si tu as perdu ton travail, tu peux nous le dire tout de suite. Franchement, ce n'est pas grave. Ça peut arriver. Et puis, ton père et moi on peut t'aider si tu as besoin. J'en ai parlé avec lui, il est d'accord.

— Tu en as parlé avec lui? Mais quand?

— À l'instant. En arrivant.

— Mais je n'ai pas perdu mon travail! Il faut que vous arrêtiez avec ça. »

La sonnerie retentit, ce qui me permit de mettre un terme à cette conversation. C'était le livreur d'Allô Couscous, un jeune homme avec un sourire en forme d'appel criant au pourboire. Tous les ingrédients de la soirée semblaient se mettre en place, d'une manière certes un peu chaotique, mais tout allait bien se passer. Je suis retourné en cuisine avec les plats, toujours suivi par ma mère. Elle semblait déstabilisée.

« Ça va? Il y a un problème? ai-je demandé.

— Tu as commandé... du couscous?

— Oui.

— ...

— Il y a un problème?

— Non... non... », fit-elle en manquant de s'étouffer.

On pouvait toujours tout lire sur le visage de ma mère. Le couscous semblait être un nouvel élément perturbateur. Bien sûr, elle ne pouvait pas l'exprimer. J'avais déjà repéré chez mes parents une tendance progressive à la xénophobie, mais je pensais que cela concernait les individus et non les aliments. Y avait-il un gène raciste qui se développait automatiquement avec la vieillesse? Évidemment, il était hors de question pour eux d'admettre ce sentiment. Alors ma mère se rattrapa :

« C'est ton père qui va être content. Il adore la semoule.

— Tant mieux. J'ai envie que vous passiez une bonne soirée.

— Oui, oui... on va passer une bonne soirée, c'est sûr », conclut-elle sans parvenir à masquer son angoisse grandissante.

24

Intensité de la douleur : 7.
État d'esprit : marocain.

25

Il était presque vingt heures trente, et Élise n'était toujours pas là. Au moment où j'ai voulu lui téléphoner, j'ai constaté qu'elle m'avait laissé un message pour prévenir de son retard. Un parent d'élève voulait à tout prix la voir ; elle s'excusait donc de ne pas pouvoir m'aider à préparer. À peine eus-je écouté le message qu'elle apparut, accompagnée de notre fille. Alice l'avait rejointe à la crèche, et elles avaient fait le trajet ensemble. Je n'avais pas vu ma fille depuis presque deux semaines, et il s'était passé tant de choses depuis. J'avais l'impression qu'un siècle nous séparait. Elle était de plus en plus belle, de cette beauté qui accentue le fait qu'une fille échappe à son père. Je la regardais toujours avec un émerveillement docile ; j'étais capable de distinguer du génie dans ses gestes les plus anodins. En la voyant, j'ai repensé à toutes les idées noires qui m'avaient hanté depuis le dimanche précédent. Ce n'était pas possible, je ne pouvais pas mourir. Mes enfants seraient mon antidote. Il était hors de question que je ne sache pas ce qu'ils allaient devenir. Et je devais être là pour les protéger bien au-delà de leur majorité. J'ai pris ma fille dans les bras, longuement et fortement, avec une intensité inédite. Elle resta stupéfaite, avant de demander :

« Mais qu'est-ce qui t'arrive ?

— Il m'arrive que je t'aime fort, c'est tout. »

Tout le monde me regardait sans rien dire.

Alors, j'ai annoncé : « Ce soir, c'est couscous. »

Quelques minutes plus tard, nous étions autour de la table, plongés sans surprise dans un monologue de mon père. Il avait toujours aimé être au centre des conversations, pimentant ses récits de quelques saillies qu'il jugeait (à tort) drolatiques. Mon rapport à lui était plus que compliqué, ce qui est sûrement un pléonasme quand on parle de son père, ou de ses parents finalement. J'alternais sans cesse, au point d'avoir le tournis de mon avis, entre des moments où je trouvais qu'il avait du charme, et même du charisme, et d'autres où je le jugeais insupportable jusqu'au dégoût. Parfois, ce sentiment était associé à une tierce personne : je pouvais apprécier mon père, mais dès que quelqu'un disait du bien de lui, j'établissais la longue liste de ses défauts. Au premier rang desquels cette façon qu'il avait de me rabaisser en permanence. Pendant des années, j'y avais vu une forme de maladresse affective. Mais à présent je ne pouvais plus douter de ses intentions. Il ne pouvait jamais s'adresser à moi de manière positive, il était incapable de vanter quoi que ce soit me concernant. Un exemple : mes enfants. Bien sûr qu'il les aimait, il n'y avait aucune ambiguïté là-dessus, mais quand il les évoquait avec moi c'était systématiquement pour souligner quelque chose qui n'allait pas. « Je ne comprends pas pourquoi tu laisses Alice s'habiller comme ça... » Ou encore : « C'est insupportable, Paul passe son temps à envoyer des messages sur son téléphone. » Je ne l'avais jamais entendu dire : « tes enfants sont formidables », car cela serait revenu à me dire que j'avais accompli une belle chose dans ma vie.

Mais son sujet d'intérêt principal demeurait évidemment ma vie professionnelle. Depuis que je travaillais dans un cabinet d'architecture, il s'était pris de passion pour ce secteur. Enfin, quand je dis secteur, je parle surtout de nos concurrents. Mon père était sûrement le seul homme au monde à suivre avec autant d'intérêt les succès du principal rival de notre entreprise. Si j'avais fait partie des Beatles, il aurait passé son temps à me parler des Rolling Stones. Il ne manquait jamais de me tenir informé :

« C'est quand même dommage que vous n'ayez pas eu le contrat de la faculté de Jussieu. C'était un beau chantier.

— Oui, sûrement.

— Ils font vraiment du bon boulot chez Xenox and Co. Je suis passé à Chaillot pour voir les travaux d'agrandissement de la nouvelle aile du musée, c'est grandiose. Dommage que tu ne travailles pas pour eux... »

C'était tout le problème de mon père. On pouvait avoir l'impression qu'il s'intéressait à mon métier, qu'il avait une façon aimante de suivre la vie de son fils, mais la vérité était tout autre : il passait son temps à souligner tout ce que nous rations, moi ou ma société. Et, au panthéon de son système insidieux, il y avait un projet sur lequel j'avais travaillé huit ans auparavant. Ce fut probablement le moment le plus difficile de ma vie professionnelle (jusqu'à aujourd'hui). J'avais passé des mois sur un chantier passionnant que notre cabinet avait obtenu en se battant avec panache. Tout s'annonçait merveilleusement bien jusqu'au jour où l'on apprit qu'une partie du bâtiment appartenait à des ayants droit. Ou plus exactement à une seule personne habitant aux États-Unis. Un homme richissime qui refusa nos propositions, et plongea le projet dans une impasse. Notre service juridique avait commis une erreur impossible à réparer. Des mois de travail réduits à néant. Cela avait été aussi frustrant que ridicule. Mais bon, c'était ainsi, il n'y avait rien à faire. La situation était bloquée. Dans la société, plus personne ne parlait de ce ratage ; je devais être le seul à ressasser ce dossier, grâce à mon père qui me demandait systématiquement :

« Tu as des nouvelles de l'ayant droit ?

— Non.

— Ah, c'est con quand même. Ils auraient pu vérifier avant de se lancer comme ça sur ce projet...

— Oui, je sais. Tu me l'as déjà dit.

— Ça fait un peu amateur... »

Ainsi, mon père était l'archiviste de mes échecs. Il me parlait sans cesse des mêmes choses, chantant les refrains de mes pires moments. Ma femme et ma fille se regardaient alors avec cette façon de ne pas avoir à utiliser des mots pour se comprendre. C'était toujours la même scène : on pouvait économiser l'énergie des explications. Bien sûr, j'entrais dans la connivence des regards, et on pouvait en rire. Ou ne le pouvait-on plus ? Élise semblait en avoir marre de cette routine familiale du désaveu. Oui, j'ai perçu ce soir-là comme un degré supplémentaire dans son agacement. On parle souvent de cette goutte d'eau qui fait déborder le vase ; cette goutte peut se matérialiser par une légère modification dans le regard. Ce soir, quelque chose d'infime avait fait basculer son expression de l'autre côté du vase. Elle était passée de la tendre connivence à une sorte de mépris acide. Était-ce possible ? Un rien suffit pour délimiter deux mondes, comme si les sentiments les plus opposés étaient simplement séparés par une frontière poreuse ; une frontière si facile à franchir. C'était la seconde fois que j'éprouvais cette sensation, après *le geste de la fenêtre*.

Les maladresses de mon père, ou ses malveillances, ça faisait longtemps qu'elles ne me surprenaient plus. Je les attendais comme un passager attend son train. J'étais assis sur le quai de notre relation, bien certain que j'allais entendre des phrases toutes faites et remplies de leur sève négative. À vrai dire, ce n'était pas tout à fait exact. Si je les attendais, je demeurais toujours un peu surpris. Je devais espérer inconsciemment, ridicule enfant, qu'aujourd'hui serait peut-être différent. On croit étrangement que les choses peuvent changer alors que nos parents sont des statues émotionnelles. Ma mère non plus ne dérapait pas de son rôle. Comme d'habitude, elle essayait d'arrondir les angles :
« Il est merveilleux ce couscous…
— Merci. J'ai pensé que ça serait pratique.
— Oui, c'est vrai qu'il est bon », dit Alice, avant d'ajouter une suggestion qui demeura sans réponse : « On devrait faire ça plus souvent. »

Comme souvent dans les familles qui se voient peu, on en vint à parler de choses générales et de politique. C'était le sujet à éviter, mais rien à faire, mon père nous plongeait dans l'angoisse d'un monde noir et sans avenir. Ma fille le coupa avec humour, ce qui le fit sourire. Il pardonnait tout à sa petite-fille, y compris son insolence. Ma mère aussi l'interrompit, pour détourner la conversation. Elle nous raconta le projet d'un voyage qu'ils avaient : une croisière en Méditerranée.

« Oui, enfin, on hésite un peu maintenant... avec tous les accidents..., dit mon père.

— C'est très rare tout de même, dit ma femme, toujours rassurante.

— Vous avez vu ce connard qui s'est barré de son bateau en laissant les gens mourir ? C'est dégueulasse, franchement ! »

Et voilà. On aurait pu évoquer les merveilles de Capri, les côtes croates ou le Stromboli, mais non, nous voguions dans un monologue concernant le lâche capitaine d'un paquebot échoué près du rivage italien. Je me demandais pourquoi j'avais organisé ce dîner. Je m'étais senti si mal après mon IRM, j'avais voulu voir mes parents et mes enfants (mon fils me manquait tellement aussi). J'avais si souvent fait le contraire de ce que j'aurais dû faire ; si souvent manqué de lucidité concernant les décisions à prendre. À chaque fois, il fallait que je commette d'abord l'erreur pour me rendre compte de mon intuition malade. Mais cette fois-ci, j'avais des excuses. J'avais peur de mourir. Devais-je le leur dire ? Partager mon angoisse ? La sécheresse de mon père m'en empêchait. C'était sûrement mieux ainsi. Ce n'était pas mon genre de faire une sorte de *coming out* de la douleur. Je n'avais jamais eu le sens du drame. J'avais simplement été victime d'une pulsion, et ce n'était pas si grave que le résultat soit raté. Nous étions ensemble, et je pouvais parfois éprouver un plaisir à la folie familiale, comme on s'accoutume aux drogues douces. Je m'accommodais de ce décor car il était celui inchangeable de ma vie. Alors je ne disais rien de ma douleur, comme pour ne pas gêner la dynamique huilée de notre naufrage.

Malgré mon intention de faire bonne figure vint un moment où je ne pus plus lutter contre l'évidence de ma douleur. Des spasmes nerveux parcouraient d'une manière anarchique mon visage, offrant à mon expression des irruptions subites de grimaces. Les conversations avec mon père, le sempiternel questionnement sur le projet raté avaient concouru à réveiller nettement les brûlures dans mon dos. Si bien que je ne pouvais plus cacher quoi que ce soit :

« Ça va ? demanda ma mère. Tu es tout blanc.

— Oui, c'est vrai... qu'est-ce qui se passe ? s'inquiéta Alice.

— C'est encore ton dos ? » demanda Élise.

J'ai fait un signe de la tête. Ma mère demanda ce que j'avais au dos, et je n'eus pas le temps de répondre que mon père annonça :

« Moi aussi, ça m'est arrivé. Quand j'avais ton âge... je me souviens des douleurs terribles... c'est vraiment une zone sensible le dos... tu dégustes... mais bon, comme j'avais fait pas mal de natation, j'étais assez développé des dorsaux... »

Et voilà, il s'était mis à parler de lui. J'ai trouvé étrange d'apprendre qu'il avait eu mal au dos à mon âge, lui aussi. On se trouvait si rarement des points communs. Enfin, il était peu probable qu'il ait ressenti exactement la même chose. Pour lui, ça devait avoir été un lumbago ; il avait dû me laisser le cancer.

Je me suis allongé sur le canapé, accompagné par ma femme.

« Je croyais que ça allait mieux…, dit-elle.

— Oui, oui, ça va… ça a juste repris comme ça, maintenant…

— Faut que tu ailles voir un ostéo.

— Je vais y aller. Édouard m'en a conseillé un.

— Oui, il faut le faire. Tu dis les choses, mais tu ne les fais pas.

— Je vais y aller… »

Ma mère nous retrouva :

« Ça va ? Je m'inquiète.

— Oui, il va bien, répondit Élise. Il a fait des radios, il n'a rien. Il va aller voir un ostéo.

— Ah oui… il faut que tu y ailles… tu n'as vraiment pas l'air bien…

— Ça va passer, j'ai des cachets. Ne t'inquiète pas, maman.

— Bon… bon… on va vous laisser. Il faut que tu te reposes… »

Je n'ai pas insisté. J'avais trop mal pour continuer à parler. J'ai juste évoqué les douceurs prévues après le couscous ; ils devaient les manger. Avant de monter dans la chambre, je suis allé embrasser mon père. J'ai cru lire dans son regard une sorte de mépris, comme s'il jugeait sévèrement la fin chaotique de ce dîner. Après tout, je l'avais amputé de quelques monologues, et de sa probable tirade finale au dessert. Mais non, il s'est levé pour me dire :

« Oui, va te reposer, mon grand. Ça ira mieux demain. »

Il avait prononcé ces mots avec une grande tendresse, achevant ainsi de me plonger dans la perplexité.

26

Intensité de la douleur : 8,5.
État d'esprit : au bord du gouffre.

27

Depuis deux jours, je cachais à Élise la persistance de mon mal de dos, mais la présence de mes parents m'avait empêché de maintenir cette fiction. Quelques minutes après leur départ, Alice vint me rejoindre. Elle resta un instant sans rien dire, à me regarder avec inquiétude.

« Ça va mieux ?

— Oui.

— Maman dit que cela fait plusieurs jours que tu as mal.

— Tu connais ta mère, elle exagère. Je suis bien, là, allongé.

— …

— Je suis désolé pour le dîner.

— C'est pas grave. J'étais crevée de toute façon. J'ai dit à Michel que j'allais rester dormir ici ce soir…

— … Michel… il va bien ?

— Oui, très bien, merci.

— Pourquoi il n'est pas venu ce soir ?

— Parce que tu ne l'as pas invité. »

Elle avait raison. Je ne m'étais même pas posé la question de sa présence. Quand j'ai pensé à ma fille, j'ai pensé : une personne. Elle vivait avec lui. Ils partageaient le même appartement, et je demeurais figé dans une vision au passé de ma fille. Je n'arrivais pas à avancer vers son présent.

« Oui, c'est vrai. J'aurais dû te le dire…

— Tu dis ça à chaque fois... mais tu ne le fais pas.

— Ah bon ?

— Oui, tu as dit que tu passerais voir notre appartement, et tu n'es jamais venu.

— Oui, je sais... mais j'ai eu beaucoup de travail ces derniers temps.

— ...

— Je vais passer bientôt, c'est promis... »

C'est vrai que je lui avais dit ça ; et plusieurs fois, j'avais été au bord d'accomplir cette promesse. Mais c'était au-dessus de mes forces d'aller voir cet appartement où ma fille vivait en femme avec cet homme plus âgé. Alice, un peu comme sa mère d'ailleurs, parlait toujours calmement. Elle ne formulait pas de reproches, ce qui ne m'empêchait pas de ressentir son amertume. Mon attitude la peinait. Je devais rencontrer cet homme, m'intéresser à lui, et peut-être l'apprécier (tout est possible). Je l'avais croisé une seule fois rapidement, et il avait tenté de paraître courtois : ça m'avait surpris de me retrouver subitement dans la peau du beau-père, moi qui vivais depuis si longtemps dans celle du gendre. C'est dans ces instants-là que la vie s'accélère, quand on est face à celui qu'on était. Même si je n'étais plus un petit-fils, mes grands-parents ayant disparu, je serais sûrement bientôt grand-père à mon tour, enfilant ce costume que j'avais toujours vu de l'autre côté de la scène. On inversait les rôles.

Alice m'embrassa sur le front, comme on le fait avec un mourant, et alla se coucher. Juste avant de quitter la chambre, elle se retourna brièvement pour me regarder une dernière fois. Son regard m'effraya. Le mot n'est pas trop fort. Il m'effraya car j'y vis pour la première fois l'esquisse d'une fêlure. Elle qui avait voulu être tendre par les mots concluait ce moment par la vérité de ce qu'elle ressentait. Son regard trahissait ce qui nous séparait. Avec les amis, on pouvait réparer tant de choses avec les mots ; mais avec nos enfants, c'est différent. C'est une relation supérieure, la plus forte, et donc la plus dangereuse en termes affectifs. J'avais peur de ne pas pouvoir revenir d'une telle fêlure. J'avais peur de ne pas réussir à réparer ce que j'avais brisé à coups de maladresses. Son regard me disait que notre situation était bien plus grave qu'il n'y paraissait.

Quelques secondes plus tard, ma femme fit son apparition.
« J'ai fini de ranger... quelle soirée...
— ...
— Tu as l'air d'aller mieux.
— Oui, oui... ça va... Je ne sais pas pourquoi j'ai eu si mal...
— Ton père ! C'est ton père qui t'a crispé.
— Oui, enfin j'ai l'habitude, et je ne finis pas comme ça à chaque fois...
— Tu dois en avoir vraiment marre. Tu n'as plus envie d'accepter son comportement... et moi non plus d'ailleurs.
— Toi ? Mais il t'adore.
— Je parle de son comportement avec toi. Je n'en peux plus de l'entendre toujours ressasser les mêmes rengaines. Mais ce n'est pas à moi de réagir, c'est à toi. Et tu ne le fais pas. Tu ne le fais jamais. Je me dis que cette fois-ci, ça va être la bonne... mais non, tu te laisses piétiner...
— Ce n'est pas vrai. Ça m'indiffère, c'est tout.
— Comment tu peux dire ça ? Regarde-toi.
— Justement... tu ne veux pas qu'on en reparle plus tard ?
— Non, je ne veux pas. On remet toujours nos conversations à plus tard. Mais plus tard, ça n'arrive jamais.

— Bon... bon....»

J'avais rarement vu Élise dans cet état. C'était donc ma journée : après l'IRM ratée, l'humiliation du dossier, mes parents, les reproches de ma fille, voilà que ma femme voulait parler, mais parler de quoi ? Elle connaissait ma relation avec mes parents, avec mon père. Pendant longtemps elle avait même trouvé ça drôle ce systématisme du rabaissement. Elle jugeait risible sa prévisibilité. Il faut donc admettre que dans la vie de couple les choses drôles ne le sont plus au bout d'un moment. De mon côté, j'avais l'impression de continuer d'aimer les défauts et les approximations comportementales de ma femme.

« Je ne t'ai jamais vu comme ça, reprit-elle.

— Comment ?

— Je ne sais pas. On dirait que tu fais tout pour me montrer ce que j'aime le moins chez toi.

— ...

— Tu avais vraiment l'air d'une victime ce soir. Tu subis tes parents, tu ne dis rien. Et tu finis le dîner en agonisant...

— Ça n'est quand même pas de ma faute si j'ai mal au dos.

— Eh bien justement, je ne sais pas. »

Je n'ai rien répondu. On entend si souvent des histoires sur des malades responsables de leur cancer. Je trouvais ça atroce ; fallait-il ajouter la culpabilité à la maladie ? Je ne savais pas si j'avais un cancer, mais si c'était le cas, ce serait horrible de penser en être à l'origine. Je ne voulais pas être le commanditaire de ma mort. Tout ce que nous vivons est potentiellement matière à se ronger, à s'angoisser, à développer du mal. Peut-être que ma femme avait raison ? Il était possible que je sois le responsable de ma douleur. Mes parents ? Mon couple ? Mon travail ? Mes enfants... quel était le problème ? La réponse était peut-être ma vie tout entière.

Alors que ma femme se remettait à parler, un pic de douleur me fit émettre un cri aigu. Élise éclata de rire.

« Pourquoi tu ris ? Tu trouves ça drôle ?

— Bien sûr que non. C'était nerveux, pardon. Tu as si mal ?

— Ça va... c'était juste un spasme.

— Excuse-moi.

— Ça fait longtemps que je ne t'avais pas vue rire comme ça, dis-je.

— Ah bon ?

— Oui, depuis plus d'un an. Je me souviens exactement de la dernière fois.

— Ah oui ?

— On avait bu, et tu m'avais raconté une anecdote qui s'était passée à la crèche. Il y avait une secrétaire intérimaire bègue...

— Effectivement, ça remonte à pas mal de temps...

— Oui, ça remonte. Tu ne ris plus. Ça doit être de ma faute sûrement. J'ai perdu mon sens de l'humour.

— Tu n'as jamais été très drôle.

— Ah bon ? Je croyais que je te faisais rire.

— Oui, mais souvent malgré toi.

— Ah...

— Depuis que les enfants sont partis, je me sens moins joyeuse, avoua-t-elle d'une voix grave.

— ...

— ...

— On devrait tous partir ensemble cet été...

— Oui, pourquoi pas... », soupira-t-elle sans vraiment y croire.

Partir tous les quatre, comme avant. Le premier antidote à ce qui nous ronge est le plongeon dans le passé. Nos vacances me paraissaient subitement exceptionnelles. J'enjolivais nos juillets et nos aoûts. À l'époque de nos étés, je n'avais pas pensé une seconde qu'ils seraient éphémères. Je n'avais jamais cru que mes enfants allaient *réellement* grandir. À chacun de leurs anniversaires, je demeurais étonné. C'était donc vrai, ils allaient finir par devenir des adultes. Et il y aurait une vie sans eux. Une vie que je commence maintenant, ébouriffé par la rapidité de la mutation. Ma femme était moins joyeuse, et c'était aussi mon cas. Je n'arrivais plus très bien à savoir ce que je voulais, ce que je devais faire pour retrouver la légèreté. J'avais repensé plusieurs fois au projet de voyage avec Édouard à Saint-Pétersbourg, et cela avait été une source de réjouissance. C'était peut-être ça qui me rendrait heureux, déraper un peu du quotidien, vivre concrètement cette expression que j'aime tant : *changer d'air*. J'avais envie de voir les monastères et les plus belles femmes du monde, j'avais envie de manger des blinis et de boire de la vodka...

« Tu veux une tisane ? proposa Élise, comme pour me ramener à une réalité plus sobre...

— Je veux bien... merci. »

Elle est descendue à la cuisine. J'avais été surpris qu'elle choisisse un moment où je souffrais pour discuter de notre relation. Elle avait eu besoin de parler, tout de suite. Cette soirée avait été aux antipodes de son objectif initial, comme souvent ce que j'entreprenais. Par peur, j'avais voulu réunir mes proches, tenter de les souder autour de moi, et cela avait conduit à un délitement. Élise est réapparue, silencieuse, la tisane à la main. Elle m'a servi en silence. Avant de boire, je l'ai regardée. Qu'allions-nous devenir ? Pour la première fois, j'ai éprouvé comme une frayeur de nous.

28

Intensité de la douleur : 8.
État d'esprit : flou.

29

Ma vie ressemblait au héros du film d'Harold Ramis *Un jour sans fin*. J'étais la version « mal au dos » de Bill Murray. Chaque matin, je vivais la même scène : j'allais à l'hôpital. Mon destin demeurait en attente d'un verdict médical. J'avais toujours mal, les refuges à ma douleur étaient de plus en plus difficiles à trouver ; les cachets ne me soulageaient plus, et j'avais essayé toutes les positions du monde pour aboutir à la conclusion qu'aucune n'était efficace. Je préférais encore être debout, adossé à un mur. Les autres malades me considéraient avec méfiance, comme si ça allait à l'encontre de tous les principes que de ne pas s'asseoir dans une salle d'attente. En patientant, j'ai pensé que j'avais oublié de prendre mon pyjama. Cela me contraria : j'étais gêné de ne pas être un malade performant. J'allais encore devoir enfiler celui à rayures. Je n'entendis pas tout de suite le médecin m'appeler ; il dut s'y reprendre à trois ou quatre fois pour me ramener à la réalité.

« Pardon, je pensais à autre chose, dis-je.

— C'est bon signe. Ça veut dire que vous n'êtes pas angoissé.

— …

— Je suis vraiment désolé pour hier. Ça n'arrive jamais.
On a mis deux heures à rétablir le système.

— Ah quand même, dis-je pour paraître intéressé.

— Vous connaissez la procédure. Je n'ai pas besoin de tout
vous redire.

— Oui, c'est bon. Merci.

— Vous avez un pyjama ?

— Je l'ai oublié.

— Pas de problème, je vous laisse en choisir un… »

Face au panier en osier, je fus surpris de ne pas retrouver
le pyjama rayé de la veille. Il fallait donc croire qu'ils les
lavaient. Le choix de ce matin était très restreint. Il ne restait
plus que deux possibilités : un jaune délavé, pour ne pas dire
dépressif, et un autre avec des petits carreaux. J'optai pour le
second qui me donnait l'air d'un grand bourgeois dans un
sanatorium du début du XXᵉ siècle. Je l'enfilai rapidement et
m'allongeai sur la table. Je voulais que le supplice prenne fin
le plus vite possible.

À nouveau la table s'est déplacée pour se retrouver au
cœur du tube. Le bruit me semblait plus fort que la veille,
comme si la réparation avait redonné du tonus à la mécanique. On la sentait rugissante, prête à déceler la moindre
microtumeur cachée. Allongé ici, on se sentait épié comme
jamais. Notre corps était un résistant débusqué par les forces
ennemies. On se prenait des torches en pleine figure, de quoi
nous aveugler, de quoi nous pousser à sortir de l'ombre les
mains en l'air, la tête baissée, condamnés au pire. C'était une
guerre qui se tramait là, celle que je menais pour ma survie,
celle que je perdais contre la peur. Le temps s'étirait, et j'entendais au loin les paroles du médecin sans bien les distin-

guer. J'étais dans une bulle de plus en plus cotonneuse, je voyais mes enfants et ma femme passer devant moi comme des anges, d'autres visages incongrus aussi traversaient mes pensées, des connaissances du passé, un professeur de français, et le marchand de fruits et légumes près de la maison. Cela semblait être l'avalanche anarchique du rivage. Tout se mêlait dans une déroute de la conscience, à la fois dévastatrice et merveilleuse, et je me laissais aller à la mort sans résistance, plongeant au plus profond de l'océan, quittant le bleu limpide pour l'obscurité du néant.

« Rien ne semble anormal, entendis-je alors en provenance de la réalité.

— ...

— Vos douleurs ne sont pas liées à quelque chose de grave...

— Et la tache ? demandai-je en me rendant compte que je n'étais plus sous la coupole ; l'examen avait pris fin, et la table avait pivoté vers son point initial, sans que je m'en rende compte.

— Quelle tache ?

— La tache que vous aviez vue pendant les radios...

— Ah oui, c'était une zone d'ombre que je voulais vérifier, mais ce n'est rien...

— Je ne vais donc pas mourir...

— Vous pouvez toujours vous faire écraser en sortant, mais en ce qui me concerne, ce n'est pas prévu... »

Il avait prononcé cette phrase avec un grand sourire, et j'admis définitivement que je ne supportais pas l'humour du monde médical. Je me suis relevé, et j'ai soufflé « merci... » comme s'il était responsable du miracle. En avançant vers la cabine pour me changer, j'ai pensé que ce n'était pas possible. Il s'était forcément trompé. Il n'avait pas vu le mal.

J'étais le genre à avoir une tumeur vicieuse, qui se cache malicieusement derrière des organes complices. J'ai fait demi-tour pour retrouver le médecin :

« Vous êtes certain ?

— Oui. Vos radios sont limpides.

— Est-ce que ça arrive qu'on ne décèle rien pendant une IRM alors qu'il y a quelque chose ?

— Non. L'examen peut susciter des approfondissements, mais il repère forcément l'essentiel.

— Comment expliquez-vous ma douleur alors ?

— Il peut y avoir plein de causes. Le stress notamment. Il faut vous détendre. Au vu de votre réaction, je me dis que c'est sûrement ça...

— ...

— ...

— Mais alors quoi ? Il faut que je me repose, que je reste chez moi ?

— Non, ce n'est pas indiqué. Beaucoup font cette erreur. Le repos prolongé est contre-indiqué. Ça n'atténue pas la douleur et ça provoque une fonte musculaire progressive...

— ...

— Bon, je vous souhaite une bonne journée. Je vous laisse passer au secrétariat pour les formalités. »

Il s'est éloigné vers d'autres aventures, d'autres IRM, d'autres dos. Il avait raison, j'étais complètement stressé, surtout depuis quelques jours. L'angoisse progressait en moi, et je ne comprenais pas pourquoi l'annonce qu'il venait de me faire ne provoquait pas un immense soulagement. Aurais-je voulu être malade ? C'est étrange, mais au moment où je m'étais imaginé mourant, j'avais pensé que ma vie entière allait se trouver simplifiée. Mes enfants reviendraient près de moi, on m'épargnerait au travail, mes parents seraient enfin aimants, que sais-je encore, j'avais fantasmé inconsciemment sur le torrent de compassion que provoquerait l'annonce de ma mort imminente. Et voilà que j'étais là, boitillant et abîmé, mais pas en instance d'agonie. C'est peut-être pour cette raison que je suis sorti presque déprimé de l'hôpital. À vrai dire, j'avais traversé un tel tourbillon d'émotions depuis les derniers jours que je ne savais plus très bien que ressentir. Je n'avais rien, c'était l'essentiel ; je n'avais rien, c'était tout. Si seulement je n'avais pas si mal au dos, j'aurais pu courir de joie.

30

Intensité de la douleur : 6.
État d'esprit : extatique.

31

Petit à petit, le bonheur progressait en moi. J'allais savourer l'air en ouvrant bien la bouche, à la façon des ressuscités. Je vivais l'insolence passagère des bonnes nouvelles, sans me douter que rien ne se passerait comme prévu.

En arrivant au bureau, j'ai embrassé d'une manière un peu trop appuyée ma secrétaire ; une manière qui m'aurait aussitôt valu un procès pour harcèlement aux États-Unis. Heureusement, on pouvait ici s'épancher le temps d'une effusion spontanée sans risquer la Cour suprême.

« Ça me fait plaisir de vous voir comme ça, dit-elle.
— Merci, Mathilde. Et vous, vous allez bien ?

— Moi?

— Ben oui, vous. Vous voyez quelqu'un d'autre ici?

— Non... non...

— Alors, vous allez bien?

— Eh bien... oui, ça va... je vous remercie...

— Si jamais vous avez un souci, n'hésitez pas à venir me voir. Je suis là pour vous.

— Très bien, c'est gentil.

— Ce n'est pas gentil, c'est normal.

— Vous êtes sûr que ça va?

— Mais oui, très bien, merci... »

Mathilde avait paru tellement gênée par ma bienveillance. Je frôlais le cliché du rescapé, celui qui aime subitement l'humanité entière après avoir survécu. J'avais toujours été poli et respectueux à son égard, mais au fond, que savais-je d'elle? Rien, ou à peu près. Je pouvais comprendre sa surprise. Elle faisait partie de ma vie professionnelle, nous échangions des dossiers et quelques sourires, dans cette vie millimétrée où rien d'affectif ne dérape. Avec les années, j'avais été de moins en moins capable d'établir des contacts avec de nouvelles personnes. Comme si ma vie n'avait été qu'une machine à m'insensibiliser progressivement. Fallait-il que la mort se présente à moi pour comprendre qu'*être en vie* ne suffit pas à faire de nous *un être vivant*. Malheureusement, ces pensées-là furent interrompues par le retour de la douleur. Je rangeai immédiatement mes grandes réflexions sur la vie et ses perspectives pour me retrouver à nouveau fixé dans un présent inconfortable. Face à moi, il y avait mon nouveau dossier. Le dossier le moins intéressant de l'histoire des dossiers. Ma vie reprenait son cours sinistre. Je devais repérer les lieux de ma nouvelle mission. Ce serait toujours mieux que de rester ici, à ruminer mon impasse professionnelle.

Repasser chez moi pour prendre ma voiture me ferait perdre trop de temps. Une heure plus tard, j'étais donc dans le RER. Je traversais une campagne surprenante par sa proximité de la capitale. J'habitais la banlieue proche, assez heureux de mon jardin, sans penser que seuls quelques kilomètres me séparaient des plaines agricoles. Sur le parcours, j'ai même aperçu une ou deux vaches près des rails [1]. Je demeurais tout de même concentré sur le défilé des gares, ne voulant pas aggraver une errance déjà compliquée en manquant ma station. À cette heure-ci, et dans cette direction, j'étais seul dans le wagon. Mon déplacement justifiait le maintien de cette ligne en journée. C'était rare de se retrouver ainsi, dénudé des autres. Ça donnait envie d'être fou, de monter sur les sièges, d'être une pseudo-rock star le temps d'un rien. Mais je me suis assis sagement sur une banquette. Le trajet a continué dans un étrange flottement. Il y a toujours un moment quand je voyage (surtout en train) où je ne sais plus où je vais.

Une fois dehors, j'ai respiré à pleins poumons l'air de la campagne. J'ai repéré assez vite la station de bus, menant à la ville où je devais aller. Je venais de le manquer. Je ne comprenais pas pourquoi la ligne ne s'accordait pas avec les horaires de RER. C'était comme pour vous dégoûter d'utiliser ce bus et vous forcer à vous arranger autrement. Mais moi, je n'avais pas d'autre possibilité. J'allais devoir attendre ici, au milieu de nulle part. J'ai songé tout à coup que je n'avais même pas prévenu les autorités locales concernées de ma venue. J'arrivais inopinément. J'étais au croisement de

---

1. Ou peut-être était-ce le contraire ? Les vaches adorent nous regarder.

deux routes, un peu comme Cary Grant dans *La Mort aux trousses*, mais je doutais qu'un avion vienne me poursuivre. Ma vie se déroulait dans le décor d'un film d'action, mais n'en possédait pas l'intrigue.

Assis sur un banc, je me mis à sourire, puis à rire nerveusement. C'était grotesque. Pourquoi acceptais-je cette situation ? Je devais conserver mon emploi, voilà tout. Je n'avais pas le choix. Mais non, ce n'était pas la vérité. Sous la frayeur du chômage affleurait mon caractère docile. J'acceptais l'humiliation par manque d'énergie, par pure lâcheté. Qu'avais-je à perdre en démissionnant ? Du travail, j'étais quasi certain de pouvoir en retrouver. Dans mon domaine, les compétences des seniors sont très valorisées. Alors pourquoi n'avais-je pas la force de me battre ? Et puis, si je ne retrouvais pas d'emploi dans l'immédiat, je pourrais m'installer comme consultant, faire n'importe quoi qui me rapporterait de quoi rembourser notre crédit. Surtout, je n'avais pas tant de dépenses à prendre en charge. Élise gagnait sa vie, les enfants commençaient à se débrouiller. Ce que j'avais estimé être une obligation ne l'était pas forcément. J'avais utilisé la peur de manquer d'argent comme un alibi. Ma vie entière était fondée sur des mensonges qui me poussaient à ne rien changer. On pouvait me piétiner, me ridiculiser, je trouvais toujours des raisons pour continuer à vivre mon destin étroit.

C'est ainsi qu'en attendant le bus, je me mis à penser ma vie différemment. La première chose qui me revint à l'esprit fut ce vague projet de roman abandonné plus de vingt ans auparavant. Est-ce que les idées nous attendent si longtemps ? C'était peu probable. Les idées patientent un peu, puis se lassent, et partent à la recherche d'un imaginaire plus accueillant.

Mes brouillons avaient dû agoniser quelque part, recouverts de poussière. Pour la première fois, j'ai pensé à cette liberté-là. Tout quitter, et me remettre à écrire. Au fond de moi, je savais que j'étais incapable de prendre une telle décision. Pourtant, j'ai caressé cette option en observant le paysage. Ici, j'étais loin de tout, dans la parenthèse du monde. Personne n'allait venir me demander quoi que ce soit. Le rien m'allait si bien. Finalement, j'aimais l'idée de travailler sur une mission sans véritable enjeu. C'était peut-être plus en adéquation avec ma personnalité. J'avais vécu assez d'années dans le stress pour savourer un chantier sans pression.

*

Le temps passa, et même il le fit un peu plus lentement que dans les grandes villes. Au bout d'une trentaine de minutes, une forme s'est avancée vers moi. Une forme qui n'était qu'un point minuscule au départ. Puis, j'ai distingué un homme à vélo. Un homme chauve à vélo. À l'approche de mon Abribus, il s'est mis à ralentir, comme fasciné. Devant moi, il s'est carrément arrêté un instant :

« ...

— ... »

Puis il est reparti, en zigzaguant légèrement. Je l'ai suivi du regard le plus longtemps possible, avant de le perdre au moment où il disparaissait dans la forêt voisine.

*

Un message d'Édouard s'afficha sur mon téléphone. J'étais émerveillé qu'il y ait du réseau ici (je continuais ma journée des joies simples). La modernité pouvait encore m'émouvoir.

110

« J'ai trouvé une promo pour Saint-Pétersbourg. Arrange-toi, on part dans 4 jours. Je t'appelle ce soir pour le visa. Ça va être super ! » J'étais franchement surpris. Je connaissais Édouard depuis suffisamment longtemps pour savoir qu'il n'était pas du genre à prendre une décision à la va-vite, à organiser le moindre déplacement sans avoir pesé cent fois le pour et le contre. Comme moi, il était tout sauf un impulsif. Il avait planifié cette escapade avec une grande rapidité. Il avait dû surfer sur le Net à chaque intervalle entre deux patients, motivé comme rarement. La preuve, il avait employé le mot « super ». Et même « super ! » avec un point d'exclamation. Ce voyage respirait la régression, sentait le retour aux sources de la jeunesse. J'appréhendais bien sûr le vol, les visites, les interminables déambulations à pied, tout en me disant que le changement d'air me ferait du bien. Oui, tout irait bien là-bas. J'avais hâte de partir ; c'était mon bonheur au bout du calvaire. En attendant la Russie éternelle, j'étais toujours au milieu de nulle part. Au sens propre du terme, j'avais mis le doigt sur cette expression « être au milieu de nulle part ». « Nulle part » c'était ici, ça ne pouvait qu'être ici. Je reconnaissais tous les détails du rien qui prouvaient la localisation du néant.

Le bus est arrivé. Je l'ai aperçu au loin, il a mis plusieurs minutes à m'atteindre. Tout comme le cycliste, le chauffeur semblait profondément étonné de ma présence. Son bus était vide, j'allais être le seul passager : c'était la version dispro-portionnée d'une course en taxi.

« Vous vous êtes perdu ?

— Non, je suis en mission. Je dois aller repérer un chantier où ils veulent construire un parking.

111

— Un parking ici... mais pourquoi ? Les gens se garent où ils veulent. Et puis, il n'y a personne ici.

— Oui, je vois ça.

— Tout ça, c'est à cause de ce salaud de Mickey.

— Mickey ?...

— Oui, c'est à cause du parc... de Disneyland. Franchement, c'est déloyal. Tout le monde va en Seine-et-Marne... et ici, plus rien... c'est dégueulasse, non ?

— Oui, sûrement...

— La Seine-et-Marne en plus... il n'y a pas plus tarte comme département que la Seine-et-Marne... vous trouvez pas ?

— Euh, je n'ai pas vraiment d'avis... »

Franchement, je voulais bien faire l'effort de me préoccuper des choses du monde, mais de là à avoir un avis sur la Seine-et-Marne, non. Pendant tout le trajet, j'ai dû écouter ses diatribes. Il semblait être énervé contre tout, il passait du coq à l'âne[1]. Mes oreilles étaient prises en otage par ses paroles. Mais je ne pouvais pas lui demander de se taire. Excité comme il l'était, il aurait été capable de me faire descendre. Comme tout homme qui veut atteindre son but, je tentai de lui faire comprendre que j'étais d'accord avec lui à l'aide de moues expressives et de petits « hum hum » de connivence. Ma roublardise paya. À l'arrivée, il m'adressa un grand sourire : il avait les pires dents possible (c'était surtout de son dentiste qu'il aurait dû se plaindre).

« Bon, c'était bien agréable de pouvoir parler à quelqu'un.

— Ah...

---

1. Il me faisait penser à ces gens qui téléphonent dans les émissions de radio pour donner leur avis sur tout et n'importe quoi. Et certains appellent pour donner leur avis sur l'avis de l'auditeur qui vient d'appeler. Un défilé d'opinions sans fin.

— Bonne journée ! » lança-t-il en refermant la porte.

Je l'avais peut-être mal jugé. Il n'était pas si agressif que ça. Il avait simplement été content de trouver quelqu'un sur qui déverser tous les mots qui étaient restés coincés dans sa gorge depuis le début de la journée.

32

Intensité de la douleur : 6.
État d'esprit : au milieu de nulle part.

33

La place de la mairie était vide. On aurait dit un plateau de cinéma, le soir après le tournage. De l'autre côté, il y avait un petit terrain où l'on apercevait les fondations de l'immeuble détruit. Je ne voyais pas l'intérêt de faire appel à un cabinet d'architectes pour construire ce parking, qui serait une simple nappe de béton au sol avec un marquage pour les places. Le mieux était de rencontrer les responsables. Une fois dans le hall de la mairie, difficile de savoir à qui m'adresser. Il n'y avait pas d'accueil, le lieu semblait désert. J'ai monté des marches, pour me retrouver face à une porte entrouverte. J'ai aperçu un homme.

« Il y a quelqu'un ?

— Je viens voir le maire, répondis-je en entrant dans le bureau.

— C'est moi.

— C'est pour le parking. Je suis l'architecte. Enfin, je travaille pour le cabinet qui est censé s'occuper du chantier.

— Vous?... vous... travaillez... pour MaxBacon?

— Oui, tout à fait...

— Mais... mais... merci, merci mille fois d'être venu jusqu'à nous...

— Je vous en prie...

— Vous n'avez pas eu trop de mal à trouver? Vous avez un GPS?

— Non, je suis venu en RER, puis en bus...

— Quoi? Vous êtes venu... non, vous êtes sérieux? Vous me faites une blague? Vous ne travaillez pas chez...

— Chez MaxBacon... oui. »

L'homme d'une quarantaine d'années semblait complètement désarçonné. Il m'expliqua qu'il admirait le travail de notre entreprise[1]. Notamment ce que nous avions fait pour le parking de la place de la Bastille.

« Surtout pour le niveau − 2, avait-il précisé en bégayant presque d'émotion. Au début, c'était comme une boutade... on s'est dit qu'on allait vous contacter pour notre petit chantier de rien du tout...

— Il n'y a pas de petit chantier...

— Et voilà que vous venez en personne... je n'en reviens pas... c'est merveilleux...

— Je vous en prie...

— Justement, ça tombe vraiment bien... mes conseillers municipaux vont arriver... c'est aujourd'hui notre réunion hebdomadaire... »

Dix minutes plus tard, deux autres hommes entrèrent dans la pièce. Je me suis retrouvé face à ces trois élus qui semblaient incroyablement heureux de ma présence. Cela faisait

---

1. J'apprendrais plus tard que le père de cet homme avait été un architecte renommé, avant de mourir prématurément.

longtemps que je n'avais pas été observé ainsi, avec une telle bienveillance. J'ai expliqué comment je voyais les choses, et ils buvaient mes paroles. J'étais dans mon royaume.

Après la réunion, et le petit pot pour fêter notre collaboration (j'avais noté leur enthousiasme à l'idée d'avoir une bonne raison de déboucher une bouteille), il fut temps de se quitter. Le maire proposa de me raccompagner en voiture à Paris, ce que j'acceptai volontiers. Je ne me voyais pas repartir en transports en commun. Patrick (puisqu'il m'avait dit : « appelez-moi Patrick ») semblait heureux de partager ce bout de route avec moi. Il en profita pour me poser de nombreuses questions sur mon travail. Il voyait dans ma venue une sorte de professionnalisme très haut de gamme ; ma visite prouvait à quel point mon agence ne laissait jamais rien au hasard. Pas un instant, il ne songea que ma présence pouvait être due au trou d'air absolu d'une carrière. Ça me faisait du bien d'être face à quelqu'un qui m'estimait. Moralement, mais non physiquement. Au contraire, les vibrations de la voiture accentuaient ma douleur. Patrick s'en aperçut et s'en inquiéta aussitôt. Ne sachant que faire, il proposa de ralentir, de ne prendre que des petites routes, de s'arrêter carrément, d'ouvrir ou de fermer la fenêtre. Toutes ces options me firent tourner la tête ; il m'angoissait presque à vouloir si fort m'aider. Son empathie prenait une tournure contre-productive. J'avais envie qu'on roule sans rien dire, comme si seul le silence pouvait calmer la douleur.

Il était possible que le médecin n'ait pas tout vu, ai-je pensé encore une fois. La science ne pouvait pas être infaillible. Il fallait se rendre à l'évidence : je n'étais pas sorti d'affaire. J'avais pris rendez-vous avec l'ostéopathe recommandé par

Édouard. Patrick me déposa donc devant son cabinet. La tournure des événements l'avait désarçonné. Après un moment festif, le trajet avait été une longue agonie. Je le remerciai chaleureusement pour sa bienveillance.

« J'espère que ça va aller, fit-il, plein de conviction.

— Oui, ce n'est rien... c'est juste un mal de dos, ça va passer...

— Il faut du repos. Vous auriez dû rester au lit au lieu de venir nous voir. Enfin, je dis ça pour votre dos... pas pour nous ! dit-il en tentant un peu d'humour.

— Ah...

— Pour nous, c'était une chance de vous avoir. »

Je lui adressai un signe amical de la tête, avant de m'éloigner en boitant. À sa place, je n'aurais jamais confié le moindre chantier à quelqu'un comme moi, capable de venir en bus en milieu de semaine dans son trou perdu, et finissant claudiquant sur le seuil du cabinet d'un ostéopathe.

34

Intensité de la douleur : 8,5.
État d'esprit : montagnes russes.

35

À nouveau, j'étais dans une salle d'attente. C'était donc ça, être malade : attendre. On attendait, on attendait toujours et encore. Dans ces salles, la valse était identique. On se scrutait les uns et les autres, puis on finissait par baisser la tête sur les journaux périmés [1]. Je faisais toujours semblant d'en feuilleter un, pour me donner une contenance, sans même me rendre compte que je devais avoir l'air ridicule avec ce numéro de *Glamour*. Je tournais les pages, et mon esprit voyageait je ne sais où. La journée commençait à me sembler longue, avec cette succession épuisante de sensations. J'étais passé par tant de phases contradictoires qu'il m'arrivait de ne plus très bien savoir ce que je faisais là. Mon manque de lucidité ne m'avait d'ailleurs pas permis de remarquer que trois autres personnes attendaient. Comment était-ce possible ? J'espérais que ce médecin n'était pas du genre à pratiquer le surbooking à la manière des compagnies aériennes. La séance durait au minimum trente minutes par patient. Je n'allais quand même pas attendre deux heures. Si tel était le cas, je préférais rentrer chez moi, prendre un bain et tenter de dormir.

Il me fallut quelques minutes pour comprendre qu'il s'agissait d'un cabinet collectif. Mon ostéopathe arriva finalement assez rapidement. Extrêmement souriant, il ressemblait davantage à un avocat ou à un excité du monde de la finance. Il n'avait pas du tout le visage d'un homme qui utilise ses mains.
« Vous venez de la part d'Édouard, c'est ça ?
— Oui.
— C'est mon dentiste. Un très bon dentiste. »
Je trouve toujours étrange d'imaginer un médecin aller chez un autre médecin. C'est tellement incongru : un ostéopathe chez un dentiste. Après tout, il a le droit lui aussi d'avoir des problèmes de dents. Je me laissais aller à de hasardeuses digressions dans le seul but de contourner l'essentiel. Mais voilà, on y arrivait : il me fallait encore parler de mon dos.

1. N'est-il pas injuste que les malades doivent subir cette double peine d'être à la fois malades et coupés de l'actualité ?

Heureusement, l'accueil du praticien était particulièrement affable. Je devais être son vingtième client de la journée, et pourtant, il m'a souri avec une fraîcheur du matin. Il devait profondément aimer son métier, ça se voyait à tous les détails de son bureau ; par exemple le cadre dans lequel reposait son diplôme. On sentait qu'il l'avait cherché longtemps, qu'il ne venait pas de chez Ikea. C'était le genre d'homme que j'imaginais facilement dire à sa femme : « Ne t'inquiète pas, chérie, je prends la situation en main. » Il devait aimer prononcer ces mots-là, on pouvait *incontestablement* compter sur lui. Elle lui préparait sûrement le soir des blanquettes de veau à n'en plus finir, ça mijotait tout le temps dans sa cuisine. Après le dîner, il soufflait sur son canapé : « Quelle longue journée... » ; alors, elle lui massait les cuisses comme une invitation à l'érotisme. Sa vie parfaite m'exaspérait. C'était presque humiliant de progresser à moitié tordu sous le regard de cet homme heureux et debout comme un siècle.

« Racontez-moi tout.

— J'ai très mal au dos, depuis plusieurs jours.

— Ça vous arrive fréquemment ?

— Pour ainsi dire jamais. En tout cas, une douleur d'une telle intensité, c'est la première fois.

— Vous avez subi un choc ou quelque chose de particulier ?

— Non, rien. Ça m'est arrivé dimanche. J'ai fait des radios, une IRM... et ça n'a rien donné.

— Vous avez passé une IRM ?

— Oui.

— Et alors ?

— Tout semble aller...

— Vous êtes d'un naturel anxieux ?

— Pas spécialement.

— ...

— ...

— Vous trouvez bizarre qu'on m'ait prescrit une IRM?

— Non, pas du tout... », conclut-il avec un regard un peu étrange.

Il me demanda de me mettre en caleçon. C'était la deuxième fois de la journée que je me déshabillais; et encore face à un homme : ça devenait sinistre. J'ai avancé vers la table de travail, sans éprouver la moindre douleur. Encore une fois, le contexte de la consultation faisait disparaître tout symptôme. Mais au moment même où il m'a touché, j'ai poussé un soupir.

« C'est ici que vous avez mal?

— Oui.

— Effectivement. Vous devez réellement souffrir.

— Vous le sentez?

— Oui. Et ici, vous n'avez pas mal?

— Non, ça va... c'est vraiment la zone que vous avez touchée.

— C'est assez étonnant.

— Quoi?

— Non, rien.

— Mais si... vous avez dit que c'était étonnant.

— C'est plutôt une zone protégée. Je vois rarement des points de tension aussi forts sur cette partie du dos. Vous êtes certain de ne pas avoir fait un faux mouvement?

— J'étais assis quand la douleur s'est manifestée.

— Oui, mais les jours précédents? Parfois, il arrive qu'une douleur soit liée à une action antérieure. On peut ressentir le choc plusieurs jours après.

— Je suis certain. Je n'ai rien soulevé... je n'ai pas fait de sport... il ne s'est rien passé de particulier.

— Réfléchissez bien.

— ...

— ...

— Non. Vraiment, je ne vois rien.

— Bon... bon... on va voir tout ça... »

Contrairement à ce que j'avais ressenti en entrant, cet homme n'était pas rassurant. Un peu comme le radiologue, on aurait dit qu'il cherchait à me cacher quelque chose. Est-ce que je devenais paranoïaque ? Non, je sentais bien qu'il avait repéré quelque chose d'étrange. Les résultats de l'IRM ne signifiaient pas forcément que plus rien n'allait m'arriver. Le mal qui me rongeait ne pouvait pas avoir une logique bénigne. L'ostéopathe, dont j'avais mesuré l'affabilité et la capacité à créer une dynamique sympathique basée sur le dialogue, ne disait plus rien. Il me palpait sans la moindre régularité, par à-coups dispersés, à la façon d'un homme perdu dans une forêt qui tente d'aller à droite puis à gauche avant de s'avouer vaincu par l'incertitude.

« Essayez de vous détendre, souffla-t-il.

— Mais je suis détendu !

— Non, vous êtes crispé. Très crispé.

— Ça doit être mon état naturel... », dis-je pour le faire sourire, mais comme il était dans mon dos, je ne pus observer sa réaction.

Il m'a demandé de m'installer sur le côté gauche, puis sur le dos, avant de revenir sur le ventre. Je m'exécutai docilement. J'ai mis un peu de temps avant d'admettre que, malgré toutes ces manipulations prometteuses, la douleur était loin de s'estomper ; et même, elle progressait. Je tentais de prendre sur moi, de ne rien laisser transparaître ; je cherchais encore à être un patient exemplaire ; un peu comme s'il existait une rivalité entre les malades et qu'il fallait prouver qu'on est le meilleur pour affronter les difficultés ; il y a tant de situations dans la vie où nous agissons comme des écoliers en quête de bons points. Mais là, ce n'était plus possible. Je ne pouvais plus faire semblant. La séance tournait à la torture. Subitement, j'ai poussé un cri.

« Ça ne va pas ?

— Non, ça ne va pas. J'ai terriblement mal.

— C'est tout à fait normal. Quand on manipule une zone sensible, on la réveille… », balbutia-t-il.

Ça pouvait être vrai. Il m'était déjà arrivé par le passé de souffrir en sortant de chez un ostéopathe. Mais là, il y avait un degré supplémentaire, une gradation dans le pire. J'avais l'impression que cet homme aggravait mon problème.

« Je préfère qu'on arrête la séance, ai-je déclaré, descendant de la table sans même attendre sa réponse.

— Vous êtes sûr ?

— Oui… ça me fait très mal…

— C'est normal… vous avez un nœud très impressionnant…

— …

— Ce que j'ai fait va vous soulager.

— Quand ? » ai-je demandé assez sèchement en attrapant mes vêtements.

Il ne répondit pas. La douleur m'avait rendu agressif. Et peut-être fallait-il y ajouter une pointe de déception ? En arrivant, j'avais beaucoup misé sur cet homme. Mais il m'avait déçu. J'avais eu le sentiment qu'il avait tâté mon dos, sans trop savoir ce qu'il faisait, à la recherche d'une solution miracle.

« D'ici une heure, vous vous sentirez mieux. Vous devez vraiment vous reposer et éviter les contrariétés, tenta-t-il.

— Ça va être dur.

— Vous avez un point de tension qui est assez difficile à dénouer.

— Oui, j'ai vu ça... qu'est-ce que je dois faire alors ?

— Vous reposer... et si vous pouvez repasser dans deux ou trois jours, j'essaierai d'apaiser la douleur si elle persiste... »

Il n'était pas question que je revoie cet homme. J'avais eu trop mal. Je suis parti précipitamment, comme un voleur. Je ne savais plus que faire pour aller mieux. Les pistes de solutions s'amenuisaient. Je n'allais tout de même pas passer ma vie dans cet état. Dehors, il faisait déjà nuit. J'ai pris un taxi pour rentrer. J'ai ouvert la fenêtre pour respirer l'air de la ville. On roulait et la douleur ne diminuait pas ; à chaque feu rouge, je me disais : « Il faut que tu tiennes bon. » Je devais tenir jusque chez moi, où je pourrais prendre des médicaments et ne plus bouger. Je ne savais pas encore que ce ne serait pas possible.

36

Intensité de la douleur : 9.
État d'esprit : haineux.

37

Je n'ai pas tout de suite perçu qu'il se passait quelque chose d'inhabituel. Même si j'avais repéré la voiture de ma femme dans la rue, je n'avais pas trouvé anormal que tout soit éteint chez nous. Elle était sûrement sortie faire une course dans le coin, ou rendre visite à une voisine. J'ai posé mes clés sur le buffet de l'entrée, avant d'avancer vers l'escalier. Quelques marches seulement me séparaient de mon lit et de mes cachets. J'arrivais au bout de cette journée infinie. Chaque pas comptait. Le moindre effort prenait des proportions démesurées. Au bout de trois marches, j'ai fait une pause. À cet instant précis, il m'a semblé entendre un bruit en provenance du salon. Comme un soupir étouffé.

« Il y a quelqu'un ?

— … »

Personne n'a répondu. Il y avait de quoi s'inquiéter. Le bruit continuait : à l'évidence, il y avait quelqu'un. J'ai pensé aussitôt à un cambriolage, mais ça me paraissait une hypothèse plutôt étrange car le bruit semblait venir d'une personne immobile. J'ai demandé à nouveau si quelqu'un était là. Toujours pas de réponse. À quelques mètres de mon lit, et du répit, voilà que je devais faire demi-tour pour aller voir ce qui se passait. J'ai avancé lentement vers l'entrée (certes, je ne pouvais pas me déplacer rapidement, mais il s'agissait là d'une lenteur de précaution). Une fois dans le vestibule, j'ai penché le buste en avant pour tenter d'observer le salon sans être vu. J'ai perçu comme une ombre.

« Élise… c'est toi ?

— …

— Élise ?

— Oui… », a-t-elle soufflé tout doucement.

J'ai failli allumer la lumière avant de me rétracter. Si elle avait voulu rester dans le noir, il y avait une raison. Je me suis approché, et je pouvais maintenant identifier le bruit que j'avais perçu depuis l'escalier : elle pleurait.

« Qu'est-ce qui se passe ?

— ...

— Dis-moi ce qui ne va pas...

— ... Mon père....

— ...

— Il est mort. »

J'avais tant redouté ce moment, surtout pendant les longs mois de sa maladie. J'avais toujours su que cet événement serait un effondrement pour elle. Je savais son amour démesuré pour son père ; je savais à quel point elle n'avait cessé d'être une petite fille. J'étais complètement décontenancé. J'ai tenté de la réconforter, mais elle demeurait figée. Les bras raides, le corps comme une pierre. J'ai caressé ses cheveux, ne sachant que dire. Que dit-on dans ces cas-là ? Il faut juste être là. La nouvelle était particulièrement brutale, car elle s'annonçait à un moment où l'on ne s'y attendait pas du tout. À l'époque du cancer, des mois courageux de son père, Élise s'était préparée au pire. Elle avait admis la possibilité concrète de sa mort. Et puis, cette période était passée, faisant place à une nouvelle légèreté. Et voilà qu'il mourait subitement après avoir tant lutté, après une guérison que chacun avait jugée impressionnante.

« Il est tombé...

— Quoi ?

— Il a glissé dans un escalier... et il s'est brisé les cervicales... »

Ce n'était pas possible. Pas son père. Ça me paraissait complètement fou comme fin. Il n'était pas du genre à tomber ; c'était un homme debout. Il avait toujours eu l'allure d'un homme debout. Même malade, même mourant, il avait été debout. Et voilà que sa première chute lui était fatale. C'était dérisoire. J'avais toujours vu cet homme plein de vie, débordant de charisme, et voilà que tout s'arrêtait sur une glissade.

« Il faut y aller…, chuchota Élise.

— …

— Ma mère nous attend… »

Elle prononça ces mots mais semblait incapable de bouger. Nous sommes restés ainsi un long moment, dans la pénombre. À cet instant, mon mal de dos avait disparu. La tournure dramatique des événements avait chassé la douleur. Mon corps s'oubliait derrière une autre souffrance. J'étais tout entier dévoué à ma femme. À vrai dire, non. J'avais honte de l'avouer. Mais quelque chose d'autre s'était immiscé dans mon esprit; quelque chose d'inavouable. Ma femme était effondrée et je pensais à mon voyage à Saint-Pétersbourg. Comment était-ce possible? J'étais un monstre. On allait enterrer son père dans trois ou quatre jours et j'allais donc devoir annuler mon escapade. Je m'étais fait une telle joie de la perspective de cette parenthèse. Mais quelle importance? Pourquoi mon esprit était-il ainsi parasité par mon petit plaisir? Je savais bien que nous pourrions reporter notre projet. L'annulation n'avait aucune importance par rapport au drame de la situation présente. Oui, je savais tout ça, et pourtant, pendant que je caressais Élise, pendant que j'assistais à la puissance de sa douleur, eh bien, je ne pensais qu'à ça. Ma tête fourmillait de calculs dégueulasses. Je me disais que si on l'enterrait vite, alors je pourrais peut-être partir. Ça aussi, c'était honteux. Quel homme peut laisser sa femme alors qu'elle vient d'enterrer son père? Toute la compassion du monde ne m'empêchait pas de ne penser qu'à moi, et à mes petits projets.

Enfin, elle s'est levée, et a allumé la lumière. Elle m'a alors regardé *droit dans les yeux*. Et je peux le dire sans le moindre doute : elle a lu dans mes pensées. Elle a perçu mon atroce déception, cette déception honteuse que je n'arrivais pas à chasser de mon esprit. Je ne comprenais pas cette manifestation d'insensibilité, mais c'était ainsi. On ne peut pas maîtriser ses pensées. J'aimais pourtant son père ; j'étais affecté par sa mort. Réellement affecté. Mais c'était un sentiment apparemment moins crucial que le voyage avorté.

38

Intensité de la douleur : 5.
État d'esprit : terriblement coupable.

39

Après quelques minutes à errer dans la maison, à la recherche de nos affaires, nous sommes partis.

« Tu es sûr que tu peux conduire ? demanda Élise.

— Oui.

— Tu n'es pas trop fatigué ?

— Non, ça va. Ne t'inquiète pas pour ça. »

Ce que nous vivions maintenant nous propulsait bien au-delà de l'idée de fatigue. En roulant bien, on pourrait arriver d'ici quatre heures. Pendant le trajet, nous avons assez peu parlé. Il y avait parfois des bribes de conversation, mais je serais bien incapable de restituer une phrase entière. Au bout d'une heure, Élise m'interrogea subitement :

« Et ton dos, ça va ?

— Oui, tout va bien... j'ai vu l'ostéopathe tout à l'heure...

— Ah... celui d'Édouard ?

— Oui...

— Et il est bien?

— Oui... il est très bien... je me sens bien mieux...»

Élise est restée pensive un moment, avant de dire :

« C'était peut-être ça ton dos...

— Quoi?

— La mort de papa...

— C'est-à-dire?

— Le corps est parfois en avance sur l'esprit. Il a senti que quelque chose de grave allait arriver... ça s'est manifesté par ton dos...

— ...»

Je ne savais que penser. Ma douleur avait pu avoir un lien avec cette forme de pressentiment. J'étais un messager de l'avenir; un peu comme tous ces gens qui ont mal au genou juste avant que la pluie tombe. Mais pourquoi l'avais-je vécu, moi, plutôt qu'elle? Après tout, j'avais prouvé par l'égoïsme de ma réaction après l'annonce du décès que je n'étais pas complètement en connexion sensible avec mon beau-père. Élise avait envie de se raccrocher à des hypothèses étranges qu'elle habillait d'un vêtement concret. Elle luttait comme elle le pouvait contre la brutalité de l'événement. Je voulais bien me laisser aller à croire, avec elle, aux manifestations anticipatives du corps.

L'autoroute était vide. Personne n'allait en Bretagne à cette heure-là. Et ne parlons pas des stations-service ou des aires de repos, véritables déserts humains. La mort nous propulsait dans un monde vide, où aucune personne heureuse n'oserait s'aventurer.

« Tu devrais peut-être faire une pause? suggéra Élise.

— C'est comme tu veux, toi. Moi, je peux rouler.

— Alors faisons une pause… »

J'avais envie de m'arrêter depuis un moment, mais après le temps de prostration dans le salon, j'avais senti chez ma femme comme une urgence. Elle voulait rejoindre sa mère, le plus vite possible.

À la station-service suivante, je suis allé demander au caissier un peu de monnaie pour la machine à boissons. Il s'exécuta sans un mot. Ma femme s'est accoudée à une table fixée au sol (on ne pouvait pas s'asseoir dans ces endroits). Je lui ai demandé quel type de café elle voulait. « Juste un café », a-t-elle répondu. Ce n'était pas le moment de la questionner. Grand, long, court, sucré, au lait, j'étais un peu perdu devant la multitude des possibilités. J'ai finalement opté pour deux cafés courts sans sucre, un choix qui m'apparut comme la version la plus austère du café. En attrapant le gobelet, Élise m'a dit merci. Elle a prononcé ce mot de façon détachée, comme on remercie un ami ou une connaissance.

Il y avait quelque chose de triste dans cet instant. Bien sûr, le contexte l'était. Mais il y avait quelque chose d'autre, que je ne parvenais pas à définir. Certains drames unissent les gens : ils se serrent dans les bras les uns des autres comme des promesses silencieuses d'un amour encore plus fort. Mais d'autres aboutissent à des moments dénués d'émotion : on était là à se regarder, et on partageait si peu de chose. Nous étions dans une forme de cohabitation du vide. On buvait un café qui ressemblait à de la soupe et c'était assez symbolique de ce que nous étions : incapables de nous définir. Ma femme semblait ne pas voir en moi un homme capable de la protéger. Elle tentait d'affronter le choc en solitaire. Et je voyais dans mon incapacité à la rassurer les limites de ce que j'avais toujours considéré avec optimisme comme notre tendresse.

40

Intensité de la douleur : 3.
État d'esprit : au-delà de la fatigue.

41

Nous sommes arrivés en plein cœur de la nuit. Entourée de proches, la mère d'Élise nous attendait. Elle était exactement dans le même état; je veux dire, *vraiment* dans le même état. C'était frappant de voir dans chaque détail de leurs deux visages les échos semblables de la tristesse, une identique façon d'éprouver la douleur. Elles se sont assises côte à côte sur le canapé. Chaque personne présente venait les voir, leur adresser des mots de compassion. On venait aussi vers moi, on m'incluait dans les condoléances. Étrangement, ce sont ces manifestations-là qui m'ont permis de réaliser à quel point j'étais concerné par ce décès. J'étais en première ligne. Tout cela créa enfin chez moi les conditions de l'émotion. Jusqu'à présent, j'avais tenté d'agir au mieux, d'être là pour ma femme. Mais je relâchais maintenant la tension accumulée, et je pensais à mon beau-père.

Je le connaissais depuis le début de ma vie d'homme. Quelques souvenirs sont parvenus à ma mémoire d'une manière très chaotique, des bribes qui formaient l'entité baroque de ma relation avec lui. C'est toujours particulier ce que l'on conserve d'une histoire à deux. Il ne s'agissait pas forcément de grandes conversations ; notre mémoire élit arbitrairement ce qu'elle veut retenir. La mienne s'est focalisée en premier sur sa façon de fumer dans un recoin du jardin, en cachette de sa femme. J'aimais tellement l'idée de ce professeur charismatique transformé en enfant honteux pour cacher son vice. Puis, je me suis souvenu de lui devant le Tour de France. Fasciné par tous les grimpeurs, il pouvait passer une après-midi entière debout devant sa télévision à s'exalter devant les étapes de l'Alpe-d'Huez ou du Tourmalet. Enfin, il est apparu à mes yeux ému aux larmes devant les premiers pas d'Alice. Ma pensée prenait une multitude de chemins où je croisais des images de lui qui m'émouvaient. Inconsciemment, je gommais les premières années de notre relation, pendant lesquelles il n'avait rien fait pour me mettre à l'aise. Chacun ici, dans cette pièce, composait en silence sa propre vision du défunt. Il était alors tous les hommes.

Autour de ma belle-mère, il y avait beaucoup d'amis. On sentait à quel point son mari avait été aimé. Je voyais certains de ses élèves, des collègues, tous rassemblés spontanément, comme une manifestation silencieuse pour protester contre la tournure du destin. Je les écoutais parler de lui, et j'étais d'accord avec la plupart des paroles que j'entendais. Élise pleurait et je demeurais près d'elle, sa main dans la mienne.
« Tu dois être épuisé… va te reposer… », dit-elle.
J'eus alors l'impression que ma présence l'encombrait, et qu'elle me poussait à aller me coucher non par bienveillance à mon égard, mais par envie de partager ce moment avec sa mère. Pourtant, elles n'étaient pas seules ; il était même probable que de nombreux visiteurs passeraient la nuit ici, en une veillée funèbre improvisée. J'avais peut-être mal inter-

prété la tonalité de ses mots, mais il me semblait qu'elle voulait m'exclure de ce moment. Pensait-elle que je n'avais pas assez aimé son père pour rester ? Ou bien s'agissait-il de ce qu'elle avait perçu dans mon regard au moment de l'annonce ? Je n'arrivais pas à m'ôter de la tête l'idée qu'elle avait vu Saint-Pétersbourg dans mes yeux.

« Oui... c'est vrai..., ai-je répondu après un long moment.

— Vous pouvez aller dormir dans le bureau, il y a un canapé-lit..., dit la mère d'Élise.

— Merci beaucoup... »

Mon « merci » avait sûrement été trop appuyé, mais j'avais tellement de peine pour elle. Ça me paraissait impossible d'imaginer l'effroi qu'elle devait éprouver. Depuis quarante ans, elle n'avait pratiquement pas passé une journée sans son mari. Tout comme mes parents, ils faisaient partie de cette génération où *vivre à deux* était à prendre au premier degré. La vie de l'un était celle de l'autre. Même quand il partait à Prague pour ses recherches, elle l'accompagnait toujours alors que le sujet ne semblait pas la passionner. Comment survivre à cette mort qui était une amputation d'elle-même ? Elle allait errer seule dans leur vie commune comme dans un pays deux fois trop vaste.

En quittant le salon, j'ai chuchoté à ma femme que je l'aimais. J'ai ajouté : « Viens me réveiller à tout moment, si tu as besoin de moi.... » Elle m'a effleuré la main sans prononcer un mot, sans dire qu'elle m'aimait aussi. Je suis monté dans la chambre, déstabilisé. Je peux le dire : la seule utilité depuis l'annonce du drame avait été d'être titulaire d'un permis de conduire. C'est très violent de se sentir exclu de la douleur de l'autre, alors qu'on veut la partager. Je ne devais pas y penser. Après tout, je n'avais aucun droit émotionnel ce soir; le choc qu'elle venait de vivre lui offrait celui d'éprouver tous les sentiments quels qu'ils soient, sans que je puisse ni les apprécier ni les condamner. Il ne me restait que la possibilité de les commenter silencieusement, ce que je faisais dans un vacarme intérieur.

42

Intensité de la douleur : 3.
État d'esprit : perturbé.

43

Alors que je pensais m'écrouler immédiatement, sans même déplier le canapé-lit, mon attention fut happée par des feuilles étalées sur le bureau. De la même manière qu'on parle d'un cadavre encore chaud, il semblait que les mots écrits sur ce papier provenaient d'un stylo encore tenu par la main d'un homme. Ces mots-là seraient donc les derniers qu'il avait écrits. Tant de fois, il avait évoqué son projet avec passion, s'imaginant déjà être interviewé et peut-être même étudié en cours d'histoire. Il avait passé sa vie professionnelle à attendre la retraite, ce moment où il aurait enfin tout le loisir de se concentrer à son essai. En ouvrant les tiroirs, j'ai découvert des centaines de feuilles annotées, gribouillées, mêlées à toutes sortes de documents et de coupures de presse. Je me suis assis sur sa chaise, interloqué par la vision de cette somme de travail qui n'aboutirait à aucune publication. J'étais face à l'*inachevé*. Cela me parut alors presque plus brutal que la mort en elle-même.

Sans vouloir comparer nos destins, cette découverte me renvoya à l'abandon de mon projet de roman. J'avais rédigé plusieurs dizaines de pages, demeurées elles aussi dans l'inachèvement. C'était la seconde fois aujourd'hui que je pensais à mon ancienne tentative littéraire. Devant ces feuilles orphelines, je me retrouvais face à ce que je n'avais pas accompli. Il n'était même pas question de savoir si j'avais du talent ou non ; il était question de penser à ce destin qui aurait pu être le mien. Peut-être n'avais-je pas pris les bonnes décisions dans ma vie. Je suis resté de nombreuses minutes à lire les notes de mon beau-père, et même si je ne les comprenais pas toujours, le contexte les rendait passionnantes à mes yeux.

Je me suis endormi ainsi, assis à son bureau. La tête posée sur ce qui composait son manuscrit. Plusieurs fois pendant ces quelques heures de sommeil, j'ai fait des rêves qui possédaient le vêtement de la réalité. À mon réveil, je suis passé par la salle de bains pour me laver le visage, et constater la rougeur de mes yeux. Je suis descendu en tentant de faire le moins de bruit possible. Il n'y avait plus personne dans le salon. Un calme étonnant rayonnait dans cette pièce, occupée quelques heures auparavant par toutes sortes de gens. Je fus surpris de constater que tout avait été rangé. Il n'y avait plus un verre, et même les coussins sur le canapé semblaient alignés comme dans un magasin. Qui avait fait tout ce travail dans un tel contexte ? Ma femme, sûrement. Je pouvais l'imaginer occupant son esprit à des tâches ménagères, repoussant le plus possible ce moment où elle devrait s'allonger dans la pénombre et tenter de trouver le sommeil. En me dirigeant vers la cuisine, j'allais découvrir qu'elle n'avait pas dormi une minute. Elle était là, sur un tabouret, appuyée à la table.

Elle n'a pas tourné la tête quand je suis entré dans la pièce. Elle paraissait immobile, exactement comme la veille au soir, quand je l'avais découverte dans notre salon. Pour la seconde fois, j'ai observé à quel point cette attitude était proche de celle de sa mère ; elle était là, elle aussi, dans la cuisine, figée devant la cafetière. Elle semblait attendre que le café soit prêt, sans se rendre compte qu'il devait l'être depuis un moment déjà. Je suis resté un instant à les observer avant qu'elles ne remarquent ma présence. Chose étrange, elles ont tourné vers moi la tête au même moment, pour me dire la même chose : « Tu veux un café ? »

Après avoir bu une tasse, j'ai insisté pour qu'elles aillent se reposer un peu. Pendant ce temps, je pourrais m'occuper des premières démarches administratives. Elles ont accepté ma proposition et sont parties s'allonger. Avant toute chose, je devais prévenir le bureau de mon absence. Mathilde, au téléphone, fit preuve d'une certaine compassion. Mais quelques minutes plus tard, je recevais un message laconique de Gaillard : « Merci de nous faire parvenir dans les plus brefs délais le certificat de décès. » Il n'y avait donc pas de trêve possible à son acharnement. Cette nouvelle marque d'agressivité ne me surprenait pas, puisque je connaissais maintenant sa véritable nature. Je préférais finalement que la haine soit exposée en pleine lumière. Je suis vite passé à autre chose. Ma belle-mère m'avait remis, avant de monter dans sa chambre, une pochette sur laquelle était sobrement inscrit le mot : « obsèques ». Ils avaient sûrement entrepris les sinistres démarches au moment du cancer. Et voilà que cette pochette surgissait maintenant, remplie de détails mortuaires. Tout avait été payé, tout avait été choisi. J'ai pensé qu'un jour viendrait mon tour, non pas de mourir, mais de prendre la décision d'aller choisir mon cercueil.

Trois jours plus tard, nous étions tous réunis autour de la tombe. Ma fille nous avait rejoints la veille. Malgré le contexte, j'osais admettre que cela me rendait heureux de passer deux jours sans interruption avec elle. Mon fils avait été terriblement peiné de ne pas pouvoir venir, mais il était en pleine période d'examens. Il se sentait loin de nous, ne pouvant partager son chagrin avec quiconque. Nous avons pensé à lui; il aurait été touché de voir la réelle émotion qui se dégageait de la cérémonie d'adieu. Ma femme et ma fille se tenaient l'une contre l'autre, comme pour s'aider à ne pas tomber. On enterrait un homme mort trop jeune, débordant de vie et de projets. L'un de ses amis tenta de parler de lui, et parvint à nous faire sourire en rappelant une ou deux anecdotes. Quelqu'un a dit : « Il aurait aimé qu'on parle de lui ainsi. » C'est toujours difficile de savoir ce qu'un mort aurait aimé ou non. En tout cas, c'était un homme qui aimait la gaieté, je peux l'attester. Au départ, il m'avait trouvé terne. J'étais simplement intimidé par lui. De toute façon — et en cela il ressemblait à mon père — il n'avait jamais été doué pour laisser de la place aux autres. Il fallait qu'il soit le centre du monde. Alors oui, il aurait sûrement été heureux aujourd'hui.

Depuis plusieurs jours, je souffrais du dos, et je n'avais pensé qu'à ça. Rien d'autre n'avait d'importance. J'avais des raisons de m'inquiéter, mais n'en avais-je pas fait un peu trop ? Ma douleur, rien que ma petite douleur. C'est toujours ainsi : il suffit d'être confronté aux drames de la vie pour se sentir ridicule de s'être fait une montagne d'un rien. De notre rien. Face aux drames des autres, on prend souvent de belles résolutions. On se dit qu'on va maintenant *tout relativiser*. Mais ça ne dure jamais bien longtemps. On se met à nouveau à se faire du mauvais sang pour des broutilles, à s'énerver pour du vent. Pour l'instant, je devais me dire que tout allait bien. J'étais toujours là, debout, en vie. Mon IRM n'avait rien révélé, je n'avais pas de problèmes majeurs, mes enfants étaient en bonne santé ; alors voilà : j'assistais à l'enfoncement d'un homme sous terre, bientôt il se mélangerait à la poussière, comme nous le ferions tous, et, pour la première fois depuis longtemps, une sorte de sourire se frayait un chemin sur mon visage.

DEUXIÈME PARTIE

1

J'ai consulté plusieurs fois mon plan. Je n'avais jamais entendu parler de cette rue, je ne connaissais pas le quartier non plus. J'avais peur d'être en retard : ce qui prouve que notre relation avec le monde médical est des plus inégales. Les médecins possèdent des salles d'attente, et le droit de nous faire attendre. Mais il est toujours très mal perçu que le patient se permette d'avoir plus de deux minutes de retard. Sans compter cette étrange malédiction : à chaque fois que nous sommes à l'heure, il faut attendre ; mais dès lors que nous avons un léger retard, le médecin est miraculeusement ponctuel.

J'avais obtenu les coordonnées d'une magnétiseuse par Alexia, la sœur d'Élise. Elle était venue me parler pendant le petit pot qui avait suivi l'enterrement :

« Il paraît que tu as mal au dos.

— Euh... oui..., avais-je répondu, gêné par le contexte.

— Je connais une très bonne magnétiseuse. Tu devrais aller la voir. Elle va ouvrir tes chakras, et ça ira bien mieux...

— Ah... d'accord...

— Non vraiment, fais-moi confiance... vas-y... »

J'avais envie de suivre son conseil. Pour cela, je devais oublier les commentaires incessants d'Élise à son propos : « Ma sœur, elle est complètement timbrée !... Tu connais pas la dernière ? » Non, je ne connaissais pas la dernière. Il y avait toujours une ultime péripétie qui surpassait la précédente. Aux dernières nouvelles, persuadée d'être une cousine de Ramsès, elle voulait partir pour l'Égypte. Moi, elle me faisait rire. Ce que ma femme associait à de la démence m'apparaissait comme des excentricités plutôt réjouissantes. Au fil des années, j'avais développé une sorte de théorie concernant leurs rapports. Élise étant la préférée de leur père, sa petite sœur tentait comme elle le pouvait de se faire remarquer. Je ne devais pas avoir complètement tort, car la mort de leur père les dépossédait subitement du terrain de leur rivalité. Alexia serait plus calme à présent ; orpheline de son public de prédilection, son sentiment de ne pas assez exister diminuerait nettement. Cela aurait une triste conséquence : l'éloignement progressif des deux sœurs. Leur relation déjà chaotique ne saurait s'adapter à cette nouvelle donnée : l'absence du père. Le charisme d'un homme peut provoquer l'émiettement des liens entre les sujets de son royaume. Je n'avais jamais compris l'attitude d'Élise envers sa sœur. Ma femme, qui était plutôt de nature ouverte et généreuse, se fermait à l'évocation d'Alexia. Je la trouvais souvent injuste, ne comprenant pas ses excès et ses emportements, mais j'avais fini par admettre qu'on ne peut jamais réellement saisir l'intimité d'une famille. Nous gendres, nous beaux-frères, on nous appelle *pièces rapportées* ; et nous demeurons toujours ces pièces non intégrées de ces étranges rouages. Le qualificatif même de « *rapporté* » témoigne par sa valeur péjorative du caractère non naturel de cette union.

J'éprouvais une grande tendresse pour Alexia, et la remerciai pour son conseil. J'avais été touché qu'elle me parle de mon dos, et peut-être un peu surpris aussi. Élise et elle partageaient donc certaines choses, et même des discussions sur moi. Au moment de l'enterrement, et depuis l'annonce de la mort de leur père, mon dos, justement, persistait à ne pas se manifester. La douleur respectait elle aussi une forme de trêve liée au deuil. C'est en rentrant vers Paris, silencieusement, en voiture, qu'elle s'est rappelée à moi. Les derniers kilomètres furent pénibles, et davantage encore parce que je tentais de cacher ma souffrance. Je n'avais pas envie d'infliger mon propre malaise à ma femme, déjà dévastée par l'inattendu.

2

Intensité de la douleur : 7.
État d'esprit : tenté par le paranormal.

3

Deux jours plus tard, j'arrivai donc en retard chez cette femme sans savoir ce qu'il fallait entendre par « magnétiseuse ». Dans mon esprit, c'était synonyme de « guérisseuse ». J'imaginais qu'elle allait poser les mains sur moi et tenter d'ôter le mal à coups de prières mystiques et de fluides paranormaux. J'avais déposé en cette séance floue un espoir inouï, à l'image des désespérés qui intègrent la première secte venue. La douleur m'avait propulsé dans un état où j'étais prêt à croire n'importe quoi, et n'importe qui pouvant m'apporter un peu de répit. Les radios n'avaient rien donné, l'IRM non plus, l'ostéopathe avait aggravé ma souffrance, alors pourquoi ne pas tenter les possibles bizarreries de cette femme ? En chemin, je m'étais posé la question : comment devient-on magnétiseur ? A-t-on un jour la révélation de son don ? Est-ce que ça s'apprend ? Peut-être qu'il existe une école comme celle des sorciers dans *Harry Potter* ? Ça devait être incroyable d'être magnétiseur ; c'était tout de même un pouvoir magique. Ce don permettait peut-être de trouver facilement des places de stationnement pour se garer à Paris. Je me laissais aller à toutes sortes de considérations dans l'espoir de faire diversion. Car autant l'avouer : j'appréhendais le rendez-vous qui s'annonçait.

La salle d'attente était vide. Bon ou mauvais signe ? Quelques minutes plus tard, une femme est sortie du cabinet de consultation. Elle a traversé la pièce lentement, sans me regarder. Dans un film, cela aurait pu être une scène au ralenti ; mais nous n'étions pas dans un film. Quelque chose m'a plu dans la démarche de cette inconnue, sans que je parvienne à saisir quoi. Ses genoux peut-être ? Oui, ses genoux. C'était comme une rhapsodie de ses rotules. Une grâce étrange se dégageait de son apparition subite. Quel âge pouvait-elle avoir ? Difficile de le savoir. Elle semblait perdue entre trente-deux et quarante-sept ans. Alors que je pensais qu'elle ne m'avait pas remarqué, elle m'a dit, juste avant de sortir :
« Vous allez voir, elle est formidable.
— C'est vous qui êtes formidable.
— Pardon ?
— Euh non, rien... »
Elle a esquissé un sourire, puis a quitté la pièce. Elle avait dû me prendre pour un séducteur de salle d'attente. Ce n'était tellement pas moi. Tant de fois, je me retrouvais

142

dans l'incapacité de trouver une réplique. Tant de fois, trois petits points sortaient de ma bouche. Et là, des paroles avaient jailli bizarrement, sans être validées par ma conscience : pure manifestation d'un putsch du corps sur l'esprit. Il y avait forcément une raison. La salle d'attente devait être magnétisée. Ici, nous étions autres. La version libérée de nous. Je ne voyais que cette explication à ma repartie : « C'est vous qui êtes formidable. » À cet instant, la magnétiseuse apparut.

Tel un chanteur qui n'aurait fait qu'un tube, j'ai expliqué à nouveau ce dont je souffrais. J'ai répété que je ne voyais aucune origine précise à mon mal. Depuis plus d'une semaine, j'étais comme un VRP de ma douleur. Je me promenais de rendez-vous médical en rendez-vous médical, tentant d'éclairer ceux censés pallier ma souffrance. La magnétiseuse m'a écouté attentivement, en prenant des notes sur un carnet. Elle semblait tout à fait normale. Je l'avais imaginée habillée d'une manière atypique, avec des vêtements en peaux de bêtes, parée de colliers de crustacés. Dans mon esprit, elle devait être une sorte de hippie attardée qui me recevrait dans une pénombre sursaturée d'encens à la camomille. Rien de tout ça. L'endroit était neutre ; et la magnétiseuse ressemblait plutôt à une conseillère d'orientation pour lycéens en difficulté.

Enfin, ce fut ma première impression. Assez vite, j'ai commencé à la trouver étrange. Après mes phrases d'introduction, elle s'est mise à me regarder silencieusement. Cela a duré un bon moment. Pourquoi me fixait-elle ainsi ? Est-ce que c'était sa façon de se concentrer ? Je trouvais particulièrement déstabilisant d'être face à quelqu'un qui me regardait sans rien dire. J'avais l'impression d'être coupable de quelque chose. Au bout d'un moment, j'ai tenté :

143

« Vous voulez peut-être que je m'allonge ?

— Non... ne bougez pas. »

C'était donc ça, « magnétiseuse ». Regarder le patient. L'épuiser par les iris. Étrange méthode qui, bien loin de me détendre, me jetait dans un état d'inconfort. C'était peut-être délibéré. Elle voulait provoquer un malaise qui pousserait mon corps à réagir. Enfin, c'était une théorie parmi d'autres. Car, très honnêtement, je n'avais aucune idée de ce qu'elle était en train de faire. Elle s'est alors dirigée vers moi, lentement, très lentement :

« Mettez-vous torse nu, et allongez-vous...

— D'accord... », ai-je répondu docilement.

Pourtant, elle commençait à me faire peur. Tout ce cinéma n'était pas pour moi. Mon goût pour le paranormal se limitait à la consultation périodique de mon horoscope dans les journaux. Les yeux clos, elle passait sa main au-dessus de mon corps. Elle avait l'air d'implorer intérieurement le dieu de la Guérison. À cet instant, je n'avais plus mal. Mon esprit était entièrement focalisé sur la folie de la situation. Qu'allait-elle faire de moi ? Je sentais quelque chose, mais je ne savais quoi. Ce moment, bref en réalité, me parut pourtant être un roman russe.

La magnétiseuse a alors fait deux pas en arrière. À nouveau, elle m'a regardé sans rien dire, avant d'énoncer subitement le verdict :

« Votre mal est d'ordre psychologique.

— ...

— Ça n'a rien à voir avec la médecine », a-t-elle conclu en me délaissant.

Elle s'est alors détournée de moi, telle une intermittente de la tragédie. Je me suis retrouvé seul et allongé.

« C'est-à-dire ? ai-je demandé du bout des lèvres, en me rasseyant.

— Je n'ai pas grand-chose de plus à vous dire. Ce que vous avez ne relève pas de la médecine.

— …

— Il y a des problèmes dans votre vie. Des choses à régler.

— …

— Allez plutôt voir un psy.

— …

— Vous me devez 150 euros », abrégea-t-elle.

Je suis resté sans voix. J'ai bien senti qu'elle était passée à autre chose. Elle ne voulait pas épuiser son fluide avec un client comme moi. Je n'avais rien à faire là. Je n'aimais pas son attitude. Ce n'était tout de même pas de ma faute, si mon problème ne relevait pas de ses compétences. Elle me regardait comme si je lui avais fait perdre son temps. À ce prix-là, c'était plus qu'injuste. Au moment où j'ai sorti mon chéquier, elle a fait une moue qui signifiait : « Et en plus, vous voudriez me payer par chèque ? » Heureusement, j'avais du liquide sur moi. Voilà enfin un fluide qui passait aisément entre nous.

4

Intensité de la douleur : 4.
État d'esprit : mi-perplexe, mi-confus.

5

Deux minutes plus tard, j'étais dans la rue, abasourdi par la tournure des événements. J'ai marché quelques mètres, sans but précis. Il faisait beau ce matin-là. C'était plutôt étonnant, on voyait le soleil pour la première fois depuis si longtemps. Je suis passé devant un café, où quelques personnes profitaient en terrasse des premiers rayons de l'année.

« Déjà ? me demanda une femme.

— ... »

Je mis plusieurs secondes à reconnaître celle que j'avais croisée dans la salle d'attente.

« Euh oui... oui...

— ...

— ...

— Vous avez le temps de prendre un café ? proposa-t-elle pour nous sauver d'une certaine gêne.

— Oui... »

Je me suis installé alors face à elle, et dos au soleil. J'espérais qu'elle savait mener une conversation, car je ne me sentais pas capable d'être un bon partenaire de terrasse. J'ai commandé un café en levant ostensiblement le bras, histoire de faire un geste, de me donner une contenance. Je n'avais plus l'habitude de boire un verre avec une inconnue, comme ça, au gré du hasard. J'osais à peine la regarder, encore gêné par ma première réplique. C'était idiot en un sens. Car si elle m'avait proposé de la rejoindre, c'était sûrement grâce à ma réponse dans la salle d'attente. Les femmes doivent aimer entendre qu'elles sont formidables. Je venais de faire cette découverte majeure, après plus de quarante années passées à errer dans l'incompréhension féminine [1].

---

1. Il va de soi que je considère ma femme comme une exception au monde des femmes.

146

Elle a demandé à nouveau pourquoi ma séance avait été si courte. Mon explication provoqua chez elle un rire. Je n'avais même pas pensé que toute cette scène pouvait revêtir un caractère comique. J'étais souvent en retard sur la compréhension de ce que je vivais. Elle enchaîna :

« Et alors ? Vous allez suivre ses conseils ?

— Je n'y ai pas encore réfléchi...

— Vous devriez. Elle se trompe rarement... »

Tellement surpris par la forme, je n'avais pas pris le temps de m'interroger sur le fond. Que devais-je penser ? J'avais envie de croire que mon mal était d'origine psychologique. Après tout, c'était une option très rassurante : on n'en mourait pas. Il n'y avait pas encore de tumeurs du complexe d'Œdipe ou de cancers du transfert amoureux. Selon la magnétiseuse, ma douleur pourrait persister tant que je ne comprendrais pas mon problème. Mon corps devenait une énigme que seul mon esprit pouvait résoudre. J'allais devoir enquêter dans les bas-fonds de mes pensées. À plusieurs occasions, ces derniers jours, j'avais effleuré cette possibilité. J'avais d'abord été perturbé par l'idée qu'on puisse être le créateur de sa propre maladie. Puis, ma femme avait émis l'hypothèse du lien entre mes douleurs et mes angoisses professionnelles. C'était possible, mais ce n'était pas la seule sphère en difficulté de ma vie. Où se cachait donc le véritable problème ? Il devait y avoir une solution. Il y avait forcément une solution. C'était donc en m'allongeant sur un divan, et non une table d'auscultation, que je trouverais le remède. Tout semblait concorder avec une étrange logique, celle d'un corps soumis non pas au hasard de la santé mais plutôt aux décisions de la conscience.

L'inconnue eut la prévenance de ne pas interrompre mon monologue intérieur. J'étais parti dans mes pensées, oubliant totalement notre conversation. Décidément, j'étais devenu incompétent en relations humaines. C'était à moi de parler, mais que dire ? Pourquoi m'intimidait-elle tant ? C'était absurde. Ce moment avait quelque chose de simple. Il était évident qu'on ne se jugeait pas. Il y avait un bonheur à ne pas se connaître, à être deux inconnus qui se découvrent sans appréhension, dans la gratuité totale de l'instant.

« Et vous, vous allez la voir pour quoi ?

— J'ai été mordue par un chien quand j'étais enfant... et...

— ...

— Enfin, il n'y a aucune raison médicale à ce que j'aie encore mal... c'est un peu comme si la morsure continuait malgré les années...

— Je comprends...

— Les séances me font du bien. J'ai l'impression que je suis en train d'arriver enfin au bout de cette douleur qui n'est plus rationnelle... »

Elle a alors détaillé les circonstances de son agression canine. Elle avait huit ans et, sans l'intervention d'un passant, elle aurait pu être blessée encore plus gravement. Sans grande originalité, je lui demandai :

« Vous devez avoir peur des chiens ?

— Non, je les adore. J'en ai même un. Le chien qui m'a mordu n'est pas représentatif des chiens dans mon esprit.

— Je comprends... », ai-je dit d'une manière un peu évasive, car je n'étais pas certain d'avoir tout saisi. Peu importait, elle pouvait me parler des chiens (sûrement le sujet qui m'intéressait le moins au monde [1]) pendant des heures. J'étais

---

1. Avec la Formule 1 et les musées archéologiques.

bien avec elle. J'avais apprécié d'emblée cette femme en la voyant debout (avec ses genoux) dans la salle d'attente ; et voilà que j'éprouvais la même sensation maintenant qu'elle était assise (genoux masqués par la table). Mon affection n'était donc pas conditionnée par sa position. Et j'aimais son visage ; il voyageait sur une immense étendue d'expressions. On pouvait la trouver sage, incroyablement sage, comme une jeune fille docile de pension suisse, et puis subitement on devinait un éclair de folie dans son regard, de drôlerie même, et elle était alors une femme russe. Nous avons parlé de choses et d'autres, et le temps a passé sur nous à toute vitesse. J'avais pourtant l'impression que nous ne nous étions rien dit. C'est peut-être ça, se sentir bien avec quelqu'un. Ce n'était soumis ni à une rentabilité quelconque ni au sentiment d'avoir à se dire *vraiment* quelque chose. On avait échangé des mots flottants, des bribes de pensée, et tout cela avait formé la plus belle des heures indolores.

Au bout d'un moment, nous nous sommes quittés sans échanger nos coordonnées, ni même nos noms. Ce moment n'aurait pas de réplique. Nous ne nous reverrions pas.

6

Intensité de la douleur : 2.
État d'esprit : mi-suisse, mi-russe.

7

Depuis plusieurs jours maintenant, j'avais l'impression de vivre ma vie heure par heure. Moi qui avais toujours tout planifié, j'enchaînais les rendez-vous selon mon état et mon humeur. Passé la douce euphorie du beau moment avec l'inconnue, la douleur est revenue. Je devais trouver un psychothérapeute. Il m'était arrivé auparavant d'envisager une thérapie, comme pas mal de gens, sans vraiment savoir pourquoi, simplement soumis à cette idée véhiculée en milieu semi-bourgeois que tout le monde se doit un jour ou l'autre de faire une analyse. Finalement, j'avais toujours renoncé. Peut-être par peur. Les psychologues m'angoissent. D'ailleurs, personne ne prononce leur nom. Les gens ne disent jamais qu'ils consultent, ils avouent voir *quelqu'un*. Dans notre vocabulaire, *quelqu'un* désigne le psychologue. Alors voilà, je n'avais pas encore vu ce quelqu'un qui me dirait qui je suis.

Fidèle à la montagne russe qu'était devenue ma vie émotionnelle, j'ai replongé dans l'angoisse. Les uns après les autres, les moyens de guérison s'écartaient. Par nécessité de m'accrocher à quelque chose de concret pour ne pas dériver, j'ai repensé à mon dossier en cours. Ce parking, je m'y agrippais tel mon radeau de la *Méduse*. Il n'y avait pourtant aucune urgence à avancer sur ce projet. Et puis, ça n'intéresserait personne dans l'agence de connaître les évolutions de ma mission. On m'avait mis dans ce qu'on appelle un placard. Certaines images sont tellement justes. C'est si limpide. Confiné dans un placard, j'allais attendre qu'on daigne m'ouvrir pour continuer ma vie professionnelle aussi dignement que possible.

Je suis arrivé au bureau, dans un silence consterné. Mes anciens collègues ne m'adressaient plus la parole, comme si je portais la poisse ou si la chute sociale pouvait être une maladie contagieuse. Dans mon dos, Gaillard avait sûrement continué à me salir méthodiquement. Il devait estimer qu'il pouvait encore accentuer le degré de mon humiliation. Depuis la fameuse réunion, il avait pris du galon. On le craignait. La seule à être toujours d'humeur égale avec moi, c'était Mathilde. Dénuée d'ambition, elle s'octroyait le droit de continuer à vivre dans la lucidité. Comme la fois précédente, elle est venue me saluer dès mon arrivée :

« Vous allez bien ?

— Oui, ça va. Merci, Mathilde.

— Et votre femme... elle tient le coup ?

— Ma femme ?

— Eh bien... oui... votre femme....

— ...

— ...

— Je ne lui ai rien dit...

— Ah bon ? Mais... comment est-ce possible ? Enfin...

— Je ne veux pas l'affoler...

— Mais... vous êtes... sûr ? »

Mathilde paraissait effrayée. Je ne voyais pas en quoi il était si grave de ne rien dire à Élise. Surtout que la situation n'était pas vraiment à mon avantage ; j'avais été humilié par un collègue. Ma secrétaire finit par faire éclater le quiproquo :

« Mais c'est son... père... tout de même...

— ...

— ...

— Ah, vous parlez de l'enterrement. Oh pardon, je suis confus. Bien sûr qu'elle est au courant... je pensais... que vous demandiez pour ma femme... par rapport à... oh vraiment... je suis désolé, Mathilde...

— ...

— Oui... ça va. Elle tient le coup. Enfin, c'est dur, bien sûr. Elle vénérait son père... mais elle est forte...

— Bon... je vous laisse travailler... si vous avez besoin de moi... vous savez où me trouver....

— Oui, merci encore, Mathilde. Pour votre attention.

— ... »

Elle est sortie avec une drôle de moue. Elle qui me soutenait contre tous devait commencer à se dire : « Ça ne tourne quand même pas rond chez lui... » Ce n'était pas de ma faute. J'avais tant de choses à affronter qu'en arrivant au bureau j'avais comme oublié la mort de mon beau-père. Je finis par sourire en repensant à notre échange. C'était finalement assez drôle. Surtout ma réponse : « Je ne lui ai rien dit. » Je revoyais le visage de Mathilde, qui m'avait cru capable de cacher à ma femme la mort de son père.

Quelques minutes plus tard, je revins à la triste condition de mon ennui. J'allumai mon ordinateur pour consulter mes mails. Pour bien remuer le couteau dans la plaie, j'étais toujours en copie de tous les échanges concernant le Japon. Je lisais les détails d'un prochain voyage à Tokyo ; j'avais une vue sur la vie que je ne menais pas. Je dois avouer que ça ne me dérangeait pas plus que ça. Cette absence d'aigreur me fit réfléchir à ma nature profonde. Si j'éprouvais une haine certaine pour Gaillard, je n'étais pas du genre à ruminer mon échec. Étais-je d'une remarquable placidité ? Je me disais simplement que j'allais manquer les soirées entre collègues dans des karaokés remplis de Japonaises habilement maquillées. Je rêvais vaguement d'une geisha habillée d'un kimono en satin avec qui je me saoulerais au saké. Mes pensées trahissaient ainsi mon goût immodéré pour les clichés. Je demeurai un instant encore perché dans ce voyage immobile, avant d'être rattrapé par une réalité brutale.

Gaillard entra sans frapper dans mon bureau, et demanda sèchement :

« Alors, ce certificat ?

— Tu vas le recevoir. Ne t'inquiète pas.

— Non, parce qu'on les connaît les mecs dans ton genre qui inventent des décès pour se tourner les pouces... »

Je ne répondis pas. Son agressivité ne prenait pas sur moi. Pourtant, il allait très loin. Je pensai aux larmes de ma femme, à sa souffrance. Quelque chose montait en moi, quelque chose de rare et peut-être même d'inédit. Pour la première fois, je me mis à penser que je n'étais pas forcément lâche, mais que j'avais simplement contenu ma rage. Cette rage qui continuait de progresser, comme une vague qui n'en finirait plus de prendre de l'ampleur. Je demeurai silencieux, sur ma chaise, avec un petit sourire masquant la naissance de la violence.

Il partit sans rien dire de plus, à l'évidence déçu de ne pas avoir d'adversaire. Ça allait sûrement l'ennuyer de jouer avec moi, et il faudrait vite qu'il trouve un autre os à ronger, un autre collègue sur qui s'énerver. Pourtant, notre conversation n'était pas terminée. Je devais lui parler de mon dossier, puisqu'il était censé superviser mon travail. J'ai crié son nom. J'aurais pu me lever, lui courir après, mais non, c'est ainsi que les choses se sont produites : j'ai crié son nom, et il a regagné mon bureau, estomaqué par mon audace. Mais au fond de lui, il devait être ravi du second round qui s'annonçait.

« C'est moi que tu appelles comme ça ?

— Oui.

— Si tu veux me voir, tu appelles ma secrétaire. La prochaine fois que tu cries mon nom comme ça, j'entame une procédure disciplinaire contre toi.

— Très bien, chef.

— Alors qu'est-ce que tu me veux ?

— J'ai besoin de te parler, à propos du parking.

— Quel parking ?

— Eh bien… le parking… dans le Val-d'Oise. Je suis allé repérer les lieux…

— Tu es ?… Non, tu te fous de moi ? Tu es vraiment allé là-bas ?

— Ben oui…

— Ah, elle est trop bonne celle-là. Oh le con. Mais quel con ! »

Il est parti dans un fou rire, devenant rouge comme s'il allait s'étouffer.

« Mais je t'ai dit ça pour déconner !

— …

— On a reçu leur lettre… comme quoi c'était leur rêve de bosser avec nous… et je t'ai filé ça pour rire… je pensais vraiment pas que tu irais… non, mais franchement, tu m'épates de plus en plus…

— …

— Tu crois vraiment qu'une petite ville de merde comme ça a le budget pour nous payer ? Ah ! Ils ont dû halluciner de te voir débarquer là-bas.

— …

— Je me doutais que t'étais con, mais à ce point-là. J'ai vraiment bien fait de te baiser avec les Japonais… »

Il a quitté mon bureau, en riant toujours. J'entendais ses pas s'éloigner, mais son rire restait collé à mes oreilles, accroché à mes tympans. Si je n'agissais pas maintenant, j'avais peur de devoir vivre pour toujours avec ce rire, comme le slogan incessant de ma faiblesse. Soudain, ma pensée a cessé de parasiter les pulsions de mon corps. Cette rage que j'avais en moi, contenue par ma sociabilité, pouvait enfin se réveiller. Il avait été trop loin. Je me suis levé calmement, et j'ai marché quelques pas très tranquillement avant de subitement accélérer. En quelques mètres, je me suis retrouvé à sa hauteur. Je l'ai attrapé par le col. Il a basculé en arrière. Une fois au sol, il a tourné la tête et a crié : « Mais ça ne va pas ! » Il n'a pas eu le temps de dire autre chose, car je lui ai donné un coup de pied de toutes mes forces dans la mâchoire. J'ai cru entendre le bruit d'une dent cassée mais je n'étais pas certain. Ce premier coup l'a complètement assommé, et j'aurais très bien pu m'arrêter là. Mais mon explosion de haine n'était pas calmée. C'était plus fort que moi. Je me suis mis à genoux et je l'ai attrapé pour le redresser. Il m'a poussé violemment, preuve qu'il n'était pas si groggy que ça. Mon poing est alors parti en direction de son nez. Contrairement aux dents, et à mon doute d'en avoir brisé une, là j'étais certain de lui avoir cassé le nez. Il s'est mis à hurler de douleur, et je voyais du sang couler le long de son visage, dégouliner dans son cou. Je voulais continuer à le massacrer, mais deux collègues se sont précipités pour m'en empêcher. Ils m'ont tenu les bras, et tiré en arrière par la taille. Gaillard gisait au sol, barbouillé de sang. De nombreux autres employés se sont approchés de lui. Ils auraient dû lui porter secours, mais ils demeuraient immobiles, ébahis.

8

Intensité de la douleur : 1.
État d'esprit : soulagé.

9

J'ai marché lentement vers mon bureau, en reprenant progressivement mes esprits. Pendant l'agression, j'avais laissé quelqu'un d'autre parler à ma place, celui qui avait comptabilisé avec précision la somme des provocations que j'avais subies. J'ai fermé la porte derrière moi, et me suis assis sur ma chaise. J'ai aussitôt constaté quelque chose : je n'avais plus mal au dos. Pour la première fois depuis dix jours, la douleur avait complètement disparu. C'était comme un miracle. Pendant le séjour en Bretagne, elle avait nettement diminué, se mettant entre parenthèses, mais là, je ne la ressentais plus du tout. Quelle jouissance. Ne plus éprouver une douleur est le plus grand bonheur possible. Soudain, j'avais envie de vivre et d'aimer. Cette sensation-là me fit oublier pendant quelques secondes ce que je venais de faire. Les deux événements étaient forcément liés. Gaillard avait été le responsable de mon mal de dos, et je venais de tout régler en me déchaînant sur lui. Au fond, toute la préparation de cette réunion fatale s'était déroulée dans une atmosphère tendue, et je n'avais pas voulu m'avouer plus tôt le comportement douteux de Gaillard. Mon corps avait perçu avant moi les indices de la trahison. J'avais passé des radios, une IRM, cherchant désespérément une raison à ma souffrance, alors que je vivais au quotidien avec le responsable. Quand on a mal, il suffit parfois d'ouvrir les yeux, et de regarder autour de soi.

Je ne sais pas combien de temps je suis resté ainsi avant qu'on vienne me voir. Dix minutes, vingt minutes, une heure ? L'apaisement de ma douleur m'avait plongé dans un temps indéfini où les minutes flottaient de manière anarchique. Je percevais des murmures dans le couloir, des va-et-vient incessants, comme des hésitations devant ma porte. Je commençais à admettre que j'avais commis quelque chose de grave. Enfin, on frappa. Je dis « Entrez » et Audibert se présenta devant moi. En me voyant, il parut choqué :

« Mais… vous souriez…

— Non… enfin, cela n'a rien à voir. C'est juste que je n'ai plus mal au dos…

— Est-ce que vous vous rendez compte de la gravité de ce que vous venez de faire ?

— Oui, monsieur.

— Avez-vous des regrets ? Des remords ?

— …

— Autant vous dire tout de suite que les raisons de votre geste ne changeront rien au dénouement. Vous allez être licencié.

— Je comprends.

— Et ça ne vous fait rien ?

— Si… bien sûr que si..,

— …

— …

— Je suis très peiné par tout ce qui vient de se passer. Vous êtes dans notre société depuis plus de dix ans, et j'appréciais votre rigueur, votre sérieux. Jamais je n'aurais imaginé que vous soyez capable d'une telle chose.

— Moi non plus.

— Mais pourquoi avez-vous donc fait ça ?

— Je… je ne sais pas…

— Bon, vous ne voulez rien dire, je peux comprendre. Je dois vous préciser que vous serez licencié pour faute grave. Donc, sans indemnités.

— …

— Mais avant, il y a une procédure à respecter. Je ne dis pas qu'elle changera les conditions de votre départ, mais c'est impératif dans ce type de situation.

— Quelle est la procédure?

— Vous allez devoir voir un psychologue.

— Un psychologue?

— Oui... un psychologue. »

10

Intensité de la douleur : 0.
État d'esprit : inquiet pour l'avenir
mais toujours soulagé.

11

Après ma conversation avec Audibert, j'ai rassemblé mes affaires (à peine de quoi remplir un carton). Ma vie ici n'avait engendré que très peu de souvenirs. Je pouvais ranger en moins d'une heure plus de dix ans. J'avais passé ma vie professionnelle à ne pas faire de vagues, à préférer le travail de fond à l'esbroufe, et voilà que tout prenait fin brutalement. Mon éclat était tout autant une manifestation de haine à l'égard d'un homme qui m'avait poussé à bout qu'une forme de suicide salarial. Je venais de tout saccager. C'était l'autre façon de comprendre mon geste. Maintenant, je n'aurais plus le choix. J'allais devoir trouver un nouveau chemin, et je m'en sentais le courage. Malheureusement, cette pensée positive fut aussitôt mise à mal par une terrible nouvelle. J'avais à peine eu le temps de m'installer dans l'espoir du bien-être définitif que la douleur revint. J'avais eu tort de penser que la violence m'en avait délivré. Mon dos se rappelait à moi à la manière d'un parasite dont on pense s'être débarrassé et qui revient inlassablement nous narguer. Je n'allais pas mieux. Pire, la douleur, après cette accalmie, semblait plus forte. Il y avait comme un degré supplémentaire, car le retour du mal s'accompagne d'un terrible sentiment : celui qu'on ne s'en sortira jamais.

J'ai quitté mon bureau, sous le regard halluciné de certains collègues (au moins, ils me regardaient). Les gens qui me voyaient abattu et voûté devaient penser que je pliais sous le poids de la culpabilité. Mais non, à cet instant, je voulais mourir de ne pas savoir comment soulager mon interminable mal. Je progressais dans une impasse, et j'avais peu d'espoir que la psychanalyse puisse me sauver. En plus, je ne supportais pas la position allongée ; le divan ne m'irait pas. En traversant le hall d'accueil, j'ai laissé au gardien mon badge d'accès. C'était fini pour toujours. Dehors il faisait encore beau et le soleil tenta de m'aveugler. Bientôt, il serait caché par des nuages, et ressemblerait à un enfant puni.

En temps normal, j'aurais appelé ma femme pour tout lui raconter. Mais, vu le contexte, j'ai préféré attendre de la voir. D'ailleurs, je n'étais même pas certain de lui parler. Je devais respecter son deuil. L'essentiel demeurait son bien-être à elle. J'espérais qu'elle ne souffrait pas trop aujourd'hui à son travail. Deux ou trois fois dans la journée, je lui avais envoyé des messages, mais ils étaient restés sans réponse. Je comprenais son silence ; et puis, mes mots de soutien n'appelaient pas spécialement de réponse. Je lui disais que je pensais à elle, et que j'avais hâte de la retrouver le soir. J'avais envoyé ces messages de manière mécanique, sans être tout à fait certain d'en ressentir chaque mot. Avec le temps, il arrive que la tendresse aussi devienne une routine. Est-ce que je pensais vraiment à elle? Avais-je tellement envie de la voir ce soir pour l'aimer et la réconforter? J'avais tout de même été capable d'oublier la mort de son père quand ma secrétaire m'en avait parlé.

Une fois rentré, épuisé par les événements des derniers jours, je me suis endormi sur le canapé du salon. Je me suis réveillé avant le retour d'Élise. J'ai passé un long moment devant notre bibliothèque, à feuilleter quelques livres par-ci, par-là. J'ai pensé que j'allais enfin avoir le temps de lire, et peut-être même de reprendre mon projet de roman. L'horizon qui se présentait commençait par un voyage dans le passé. Je repensais à tout ce que j'avais aimé dans ma jeunesse, à mes passions, à tout ce que j'avais progressivement délaissé au fil des années pour mener une vie d'adulte responsable. J'avais envie d'écouter mes vieux vinyles, de fumer des cigarettes roulées. J'enjolivais mon adolescence, en la dessinant comme un espace fou de liberté. Alors que la vérité était tout autre. À part quelques visites avec Sylvie dans des galeries d'art, je n'étais jamais sorti des sentiers battus de la jeunesse. Je pouvais toujours réécrire mon histoire, personne ne serait dupe. La seule réalité demeurait mon goût pour les mots. Goût que j'avais mis de côté et qui revenait à moi, maintenant, dans le creux d'une après-midi subitement libre. Je suis resté un moment à flotter entre les époques de ma vie, et c'était comme un espace temporel qui me protégeait de l'inquiétude. Je ne pensais pas à tous les problèmes pratiques qui m'attendaient : les histoires de crédits, de loyers, de factures. J'étais loin de tout ça, la réalité ne m'intéressait plus.

12

Intensité de la douleur : 8.
État d'esprit : nostalgique.

13

Ma femme est enfin rentrée. Elle a posé son sac avant de remarquer ma présence dans le salon. Je me suis avancé vers elle.
« Ça va ?

— …

— Ça n'a pas été trop dur aujourd'hui ? »
Elle s'est retournée vers moi, toujours sans parler, comme si elle était dans l'incapacité d'émettre le moindre son. À ses yeux, je voyais qu'elle avait beaucoup pleuré. Au bout d'un moment, elle est parvenue à énoncer :
« Je voudrais qu'on divorce.

— Pardon ? Tu as dit quoi ?

— Je voudrais qu'on divorce. »
Je suis resté un instant en suspens, sous le choc. Puis, j'ai tenté :
« Écoute… tu ne veux pas qu'on parle de ça demain matin ?

— Non… Il n'y a pas grand-chose à dire…

— …

— Et je voudrais bien que tu ailles dormir ailleurs ce soir. J'ai envie d'être seule, s'il te plaît.

— …

— S'il te plaît. »

— C'est normal, avec ce qui s'est passé, que tu… enfin…
mais tu ne crois pas que…

— … »

Elle est montée dans notre chambre, sans m'écouter. Mais
au fond qu'avais-je à dire ? Je connaissais Élise depuis suffisamment d'années pour savoir qu'elle n'était pas du genre à
prononcer de telles paroles sans avoir bien réfléchi. Bien sûr,
cela paraissait impulsif, mais d'emblée j'ai pris ses mots au
sérieux. Je savais par ailleurs qu'il valait mieux l'écouter et
partir ce soir. On aurait le temps de discuter plus tard ; à l'évidence, elle voulait être seule pour le moment. C'est l'une des
choses que je respecte le plus : le besoin de solitude. Alors,
je suis parti. Comme ça. Sans rien emporter. Comme un
voleur de ma vie.

Je me suis dirigé vers ma voiture. Assis au volant, j'ai
hésité à mettre la radio. C'était idiot. Certains moments ne
peuvent avoir pour bande-son que le silence. Que pouvais-je
faire ? Un instant, j'ai regardé la banquette arrière : je pouvais
peut-être dormir ici. Mais ça me rappela un reportage que
j'avais vu peu de temps auparavant. Il évoquait ces hommes
et femmes qui perdaient tout et qui finissaient par dormir
dans leur voiture. Certains même avaient un travail, mais les
loyers étaient devenus trop chers. La misère paraissait plus
que jamais à portée de main. En quelques jours, une vie pouvait basculer. Quand on croisait des SDF dans la rue, on ne
se demandait même plus comment ils avaient fait pour en
arriver là. La chute faisait partie de nous. On marche toujours
au bord du précipice, et il suffit d'un rien pour tomber.

Je pouvais aller à l'hôtel. Une sorte d'endroit anonyme en
périphérie de Paris. Je pourrais dîner avec les VRP à chemi-

sette; chacun de notre côté, on mangerait notre menu tout compris. Personne ne me poserait de questions. Je n'avais pas envie de ça. Je voulais être avec des amis. La journée avait été trop compliquée pour s'achever ainsi, dans un éclat solitaire. J'ai commencé à rouler tout doucement dans la nuit. J'avais peur d'avoir un accident. Il y a des jours où l'on attend d'être au lit pour enfin se sentir à l'abri. Tant que je n'y étais pas, j'avais l'impression qu'une série de catastrophes pouvait encore me tomber dessus. Je faisais bien attention à chaque croisement. Je roulais comme un débutant, de façon qui me semblait assez symbolique. À mon grand étonnement, j'ai rapidement trouvé une place pour me garer. Je pensais qu'en toute logique de cette journée, j'allais tourner pendant des heures. Devant la porte de l'appartement, je suis resté un instant avant de sonner. Je n'avais même pas pensé à prévenir. Qu'allais-je dire? Peut-être que je tombais à un mauvais moment?

J'ai frappé à la porte. Quelques secondes plus tard, Édouard a ouvert. Il ne paraissait pas surpris. On eût dit qu'il attendait cette scène-là depuis toujours.
« Qu'est-ce que tu fais là?
— Ça ne va pas trop.
— Ah bon? Rien de grave, j'espère?
— Non... non... c'est juste que j'ai perdu mon travail... qu'Élise veut divorcer... et puis je souffre toujours le martyre avec mon dos...
— ...
— Est-ce que je peux dormir chez vous ce soir? »

14

Intensité de la douleur : 8.
État d'esprit :
dans l'incapacité de trouver un adjectif
pour décrire mon état d'esprit.

15

J'avais annoncé trop de choses pour qu'on en reste là. Ils voulaient me faire parler. On s'est retrouvés tous les trois dans le salon, sans trop savoir par où commencer. Qu'est-ce qui est le plus important? L'amour, le travail ou la santé? Les trois grandes rubriques de l'horoscope. Édouard avait suivi depuis le début mes problèmes de dos, et semblait préoccupé que mon état ne s'améliore pas. J'ai vanté les qualités de son ostéopathe (en amitié, comme ailleurs, on peut rarement dire la vérité), mais j'ai émis l'idée que mon problème ne pouvait pas être réglé par une quelconque manipulation, aussi performante fût-elle. Narrant les derniers épisodes de ma quête, j'ai balbutié que la prochaine étape serait d'ordre psychologique. Mais mon dos n'intéressait pas Sylvie. Elle préférait demander :
« Et Élise? Qu'est-ce qui s'est passé?
— C'est une période compliquée. Elle a été profondément déstabilisée par la mort de son père...
— Je comprends bien... mais quel est le rapport avec vous?
— Elle remet tout en question. Ça me paraît normal. Ça ira mieux dans quelques jours », dis-je, sans la moindre conviction. À vrai dire, je ne cherchais pas à me projeter. Demain est un autre jour, dit le proverbe. Au vu de la journée que je

venais de passer, je voulais bien le croire. Demain me paraissait même un autre monde. Je voulais fermer les yeux sur les heures qui venaient de s'écouler. On aurait dit que le destin me proposait de rattraper toutes ces années molles que j'avais vécues à l'abri des péripéties humaines. Il fallait d'un coup d'un seul remplir en événements une vie trop peu palpitante. Je devenais une créature soumise aux torrents des rebondissements. Au point de ne plus être capable de réagir normalement. On aurait pu m'annoncer n'importe quoi ce soir-là que je serais resté de marbre, les chocs en couches successives m'ayant doté de la peau rude des insensibles. Je voulais dormir et c'était tout. Mes amis m'accompagnèrent à ma chambre. J'avalai deux cachets antidouleur, auxquels Sylvie prit l'initiative d'ajouter un somnifère. J'ai alors sombré, et ce fut si bon.

Je me suis réveillé en plein cœur de la nuit. Il m'a fallu quelques secondes pour me souvenir de l'endroit où je me trouvais. J'ai allumé la lumière et observé la chambre. Elle avait tout d'une chambre d'amis, ce mélange étrange d'impersonnel et de convivial. Seul un détail prouvait l'appartenance du lieu à mes hôtes : une petite bibliothèque contenant de nombreux livres de médecine, et plus particulièrement de dentistologie. Ça me surprenait de voir autant de manuels sur les dents ; enfin, c'était une surprise moindre que de savoir quelqu'un capable de les lire. Pendant quelques instants, j'ai hésité à me lever pour feuilleter un des ouvrages. J'avais envie de poser mon esprit sur n'importe quel sujet, de préférence le plus éloigné de ma vie. Je suis finalement resté allongé, en admettant pour la première fois que j'avais été trop docile avec Élise. J'avais voulu respecter sa demande, et son désarroi que j'espérais momentané, mais pourquoi étais-je parti aussitôt sans rien dire ? N'aurait-elle pas préféré que je m'élève contre sa volonté ? J'aurais pu lui dire qu'il était hors de question que nous divorcions, que je l'aimais d'une manière intangible et insoumise à la séparation. J'avais tant de mots inusités en moi, tous ces mots de l'affection. J'avais choisi la soumission à sa décision, me reposant sur mon sens du respect de l'autre. Mais je m'en rendais compte maintenant : ce respect-là était une version douce de la lâcheté. J'avais voulu partir, car je ne pouvais plus souffrir la moindre discussion. Je voulais qu'on m'entoure des gestes de la tendresse, en silence ; je voulais qu'on m'aime, sans absence. J'affrontais tout dans la solitude. Mes enfants n'étaient pas là : j'avais souvent rêvé de les serrer dans mes bras, car le corps des enfants est le seul point d'amnésie possible. En cas de difficulté, il devient l'unique rempart à la réalité. Je pensais à tout ça, à ceux que j'aimais, en un déluge émotionnel un peu pathétique, et la nuit me sembla encore longue.

Au petit matin, une Sylvie souriante vint me voir pour finir de m'épuiser de questions : « Tu as bien dormi ? Et ton dos, ça va mieux ? Tu es plutôt thé ou café pour le petit déjeuner ? Tu vas faire quoi aujourd'hui ? Faut que tu ailles voir Élise, non ? J'espère que tu ne m'as pas entendue cette nuit ? Je me suis levée pour peindre. Tu veux voir mes derniers tableaux ? » Ainsi de suite. Elle devait penser qu'il est indispensable de meubler la conversation avec toute personne qui va mal. Il faut éviter à tout prix qu'il pense par lui-même, au risque de broyer du noir. Avec plus ou moins de réussite, j'ai tenté de répondre à ses questions. Toutefois, leur enchaînement trop rapide a provoqué des chevauchements, et je crois bien avoir répondu : « Café... avec un peu de lait », quand elle demandait si j'allais voir ma femme aujourd'hui.

Pour l'instant, j'étais plutôt agréablement surpris par une chose : mon dos ne me faisait pas si mal que cela. Il y avait toujours une douleur, bien sûr, mais sous sa forme la plus conciliante. J'ai pensé que le lit y était pour quelque chose. À ce moment, Édouard est arrivé.

« Il est bien ton lit..., ai-je dit.

— Ah, tu m'étonnes, c'est du matelas suédois.

— C'est peut-être ça qu'il me faudrait chez moi.

— Oui, c'est sûr. Ils sont doublement molletonnés, et compressés avec de la fibre de bambou... »

Il enchaîna quelques phrases sur son matelas, avec une évidente fierté. Édouard et Sylvie n'avaient jamais eu d'enfant, alors ils se répandaient parfois sur des sujets sans intérêt avec la même intensité que s'il s'agissait d'un exploit de leur petit dernier. Malheureusement, dès le lendemain matin, en me réveillant avec une forte douleur, j'allais comprendre que le matelas miracle n'existait pas. Mais je n'en dirais rien à Édouard, pour ne pas affecter son bonheur matériel. Les tentatives de mon couple d'amis pour m'aider à traverser ces moments difficiles me touchaient. Ils étaient heureux de m'avoir près d'eux, comme si cela leur faisait du bien de s'unir ainsi pour une cause commune. Je les sentais soudés, ce matin, comme rarement. Je n'étais pas loin de penser que rien ne vaut un ami dépressif pour renforcer les liens conjugaux.

Leur attitude trahissait aussi leur inquiétude. Sur le fond, ils n'avaient pas tort. J'avais dépeint ma situation, et elle avait l'allure d'un désastre. Ce n'était pas ce que je ressentais. Je me sentais prêt à affronter les jours à venir sans réelle panique. Cette nouvelle forme d'assurance était liée à ce que j'avais fait à Gaillard. Cette folie passagère m'avait libéré d'un poids immense. Tant de fois, j'avais rêvé sans me l'avouer de tout foutre en l'air. Enfin, je l'avais fait. Si j'étais capable de cette force-là, alors plus rien ne pouvait m'arriver. Bien sûr, ce n'était qu'une illusion.

16

Intensité de la douleur : 5.
État d'esprit : adopté.

17

Quelques heures plus tard, je me retrouvais face au psychologue. Je devais m'entretenir avec lui, en préambule à mon licenciement. Voilà que je devenais un sujet de questionnement pour autrui. Je comprenais maintenant le plaisir éprouvé par les psychopathes à être ainsi analysés. À la question : « Avez-vous des regrets concernant votre geste d'hier ? », je répondis immédiatement : « Non. » L'homme, qui devait avoir une quarantaine d'années, m'a fixé sans parvenir à masquer son étonnement. On devait régulièrement lui faire le coup des regrets pseudo-sincères, dans le simple espoir de toucher des indemnités. D'une manière assez amicale je dois dire, pour éviter que je ne me saborde entièrement, il tenta de reformuler sa question :

« .Considérez-vous que vous étiez dans un état normal, hier ?

— Oui.

— Étiez-vous lucide au moment de l'agression ?

— Plus que jamais.

— Cher monsieur, je voudrais être clair avec vous. Votre employeur semble avoir une certaine estime pour vous, et il me semble qu'il cherche à vous attribuer des circonstances atténuantes afin de vous aider à bénéficier de quelques émoluments en contrepartie de votre licenciement pour faute grave.

— C'est gentil de sa part.

— Vous êtes rentier ?

— Pardon ?

— L'argent n'est pas un souci pour vous ?

— Si, bien sûr que si.

— Alors pourquoi ne faites-vous pas un effort ?

— Quel effort ? Vous me posez des questions, je cherche simplement à dire la vérité. Tout comme j'ai exprimé ce que j'avais en moi en frappant mon collègue.

— Qu'avez-vous éprouvé ?

— Du soulagement. Une forme de libération. Et un apaisement de mon mal de dos, pendant quelques minutes.

— Vous avez mal au dos ?

— Oui… et d'ailleurs, je voulais justement vous en parler. Pensez-vous que l'on puisse se revoir dans un autre cadre que celui-ci ? »

Le psychologue, légèrement déstabilisé par la tournure de notre entretien, m'a donné sa carte. Nous avons convenu d'un rendez-vous pour le lendemain. Il semblait intrigué par mon attitude, alors que je n'avais jamais été aussi sincère et naturel. Comme l'entretien avait lieu au sein de l'entreprise, j'ai décidé d'aller rendre visite à mon patron (je ne risquais pas de croiser Gaillard, en arrêt de travail pour plusieurs semaines). Sa secrétaire m'a laissé passer, sans rien dire, un peu effrayée, comme si j'étais devenu une bête sanguinaire. À mon entrée, Audibert a levé la tête. J'ai commencé :

« Pardonnez-moi de vous déranger.

— ... Je... vous en prie.

— Je voudrais, si je puis me permettre, vous dire deux choses.

— Oui...

— La première, c'est que je tiens à vous présenter mes excuses. Je suis désolé de m'être comporté ainsi au sein de votre entreprise. Vous ne pouvez pas savoir comme je vous respecte, et je regrette d'avoir mal agi... mais c'était ainsi... je ne pouvais pas faire autrement.

— Et la seconde ?

— Je voulais vous remercier pour votre tentative de me faire obtenir des indemnités. Je suis très touché par votre attitude.

— Je vous en prie. Vous savez, je suis sans doute un vieux con à la ramasse, mais je sais très bien ce qui se passe ici. Vous n'auriez pas dû réagir comme ça. On aurait dû en parler. Mais bon, ce qui est fait est fait, et je dois vous virer.

— Oui, bien sûr...

— Hier soir, on a glissé une lettre sous la porte de mon bureau, une lettre anonyme qui évoque le caractère de Gaillard. Enfin, c'est une sorte de témoignage en votre faveur. Alors, soyons clairs : avez-vous été victime de harcèlement ?

— ...

— Vous ne voulez rien dire ? Vous savez, je vous connais depuis longtemps. Je sais que vous êtes un non-violent, et même un peu... enfin... alors, vous pouvez me parler...

— Tout ça est derrière moi. J'attends ma lettre de licenciement.

— Très bien... »

Je suis alors reparti vers la porte, mais au dernier moment, je me suis retourné pour reprendre la parole :

« Est-ce que je peux vous demander encore une petite chose ?

— Vous deviez me dire deux choses.

— Une troisième alors.

— D'accord, je vous écoute.

— Juste avant mon geste, j'étais en train de travailler sur un dossier... celui d'un petit parking à construire dans le Val-d'Oise.

— Ça ne me dit rien...

— C'est normal, nous n'avons rien signé. C'est un dossier qui n'a aucun intérêt pour nous. Mais voilà, j'aimerais que vous vous en occupiez. Vous envoyez n'importe qui, ça prendra deux jours de travail. S'il vous plaît, c'est la dernière chose que je vous demande.

— Bon... bon... après tout, vous êtes peut-être un peu fou... », conclut-il avec un sourire. C'était une fin étonnante. En dix ans, je n'avais jamais autant parlé avec lui. Je me suis dit que toute ma vie ici aurait pu être différente, si j'avais été capable de venir lui parler comme ça, avant. On devrait vivre sa vie à l'envers pour ne pas la rater.

Quelques jours après cet entretien fugace, Audibert parvint à convaincre Gaillard de ne pas porter plainte contre moi. Il le lui demanda comme un service, pour ne pas ébruiter l'affaire, ne pas nuire à l'image de l'entreprise. Gaillard ne comprit pas que c'était une façon dissimulée de le désavouer, et de lui signifier qu'il méritait probablement ce que je lui avais fait. Ce fut d'ailleurs ce que pensèrent la majorité des salariés de l'entreprise. Il avait voulu se poser en victime, mais chacun connaissait ma décennie pacifique passée dans la société. « Il n'y a pas de fumée sans feu », dirent certains. Et il en vint à être soupçonné d'être responsable de mon explosion d'agressivité. Progressivement, certains de ses agissements seraient remis en cause, et il finirait par être bloqué dans son ascension. Cette justice à rebours aurait pu me faire plaisir, mais non. La vie de cet homme ne m'intéressait pas.

18

Intensité de la douleur : 3.
État d'esprit : libéré.

19

Je ne savais pas si j'allais toucher des indemnités, je ne savais pas comment j'allais vivre pendant les prochains mois, comment je rembourserais mon crédit, et je n'avais aucune envie d'aller faire la queue à Pôle emploi, non vraiment je ne voulais rien faire pour le moment, juste vivre simplement, savourer la vie non salariée. L'après-midi commençait à peine, et il me semblait que j'avais un siècle à vivre aujourd'hui. Le temps s'étirait comme un chat s'éveille. Libéré de mon travail, j'allais pouvoir régler mes problèmes. J'espérais aussi que mon dos allait bénéficier de l'allégement de cette partie de ma vie. J'ai envoyé un message à ma femme, auquel elle a répondu aussitôt. Après tant d'années, c'était si étrange de lui écrire en réfléchissant à chaque mot, comme si notre amour marchait subitement sur des œufs. Nous avons convenu le soir même d'un rendez-vous dans un restaurant. Qu'allions-nous dire ? Allions-nous parler du passé ou de l'avenir ? Je n'en avais aucune idée. Nous nous retrouvions à ce carrefour dont tout le monde parle : le carrefour des possibles. Après ce dîner, on pourrait décider de ne plus se voir ou de ne plus se quitter. Tout était envisageable. Au fond, nous ne savions plus grand-chose de ce que nous voulions. Nous étions dans cet âge entre les âges, incapables de savoir si nous étions jeunes ou vieux, heureux ou malheureux, alors nous attendions tout de ce dîner. Ou du moins j'attendais tout.

Je suis rentré chez mes amis. Sylvie travaillait dans une grande pièce de l'appartement. Édouard l'aimait et l'admirait au point de tout faire pour qu'elle bénéficie des meilleures conditions de travail possible. Il passait sa vie dans les bouches en véritable mécène de sa femme. En arrivant, j'ai demandé à Sylvie si ma présence ne la dérangeait pas. Je ne voulais surtout pas la gêner.

« Oh non, bien au contraire. Ça me fait plaisir que tu sois là...

— Ah... » répondis-je, en sentant le traquenard.

Sylvie, comme tous les artistes qui n'exposent pas, aimait plus que tout avoir un œil sous la main. Elle était heureuse de ma présence, car cela lui permettait de passer en revue tout ce qu'elle avait fait depuis des mois et que je n'avais pas encore vu. Au tout début de notre rencontre, je l'avais profondément admirée. Et même, comme je l'ai déjà dit, j'avais été amoureux d'elle. Elle représentait à mes yeux ce qui existait de plus excitant : l'autorité artistique. Nos errances dans les galeries étaient si lointaines, mais on en parlait encore avec une émotion fraîche. Certains souvenirs ne sont pas soumis à la fatigue de la mémoire. Nous étions toujours très proches, mais la vie nous avait séparés surtout à cause des enfants. Cela nous avait propulsés dans deux vies relativement distinctes. Année après année, notre connivence s'était dissipée. À mes yeux, cela n'avait rien de négatif. Si nous avions changé, nous demeurions liés par le passé.

Je lui ai raconté mon entretien, et la fin de ma carrière dans mon entreprise. Elle parut inquiète :
« Tu vas faire quoi maintenant ?
— Je ne sais pas.
— Tu devrais te remettre à écrire.
— Quoi ?
— Écrire. Tu te souviens que tu écrivais ?
— Oui... oui... mais je suis surpris que tu t'en souviennes, toi. Tu m'avais conseillé d'arrêter...
— Non... je t'avais mis en garde contre la difficulté d'une telle vie. C'est toi qui avais interprété ainsi mes propos.
— ...
— Très honnêtement, il ne fallait pas te pousser beaucoup pour que tu renonces. Tu étais très effrayé.
— Pourquoi tu me dis tout ça, maintenant ?
— Pour t'éclairer sur qui tu étais vraiment. Ce jeune homme sage que j'adorais.
— Ah... oui, moi aussi, je t'adorais...
— Je sais ! Bon, assez parlé de toi... passons aux choses sérieuses ! Je te montre mes tableaux ! »
Sylvie maniait bien ce second degré qui permet de masquer un peu la vérité : elle aimait être le centre du monde. J'ai toujours pensé qu'il fallait une sacrée dose d'égocentrisme pour créer ainsi pendant des années, avec la certitude inébranlable de son talent. Elle me montrait ses dernières œuvres, et je sentais en elle une conviction dépassant l'entendement. À l'écouter, on aurait dit une artiste en train d'hésiter sur les

tableaux qu'elle allait montrer lors de sa prochaine exposition à Beaubourg. Elle semblait complètement oublier qu'on était dans son salon, et qu'elle vivait aux crochets d'un mari dentiste. Elle habitait un monde féerique, celui de la conspiration du non-dit. Elle n'était jamais une artiste en proie au jugement des autres ; elle ne connaissait pas le danger ; elle se promenait entre ses œuvres comme un humain dans un zoo, dans un environnement parfaitement balisé. Depuis vingt ans, tout le monde lui disait qu'elle avait un talent formidable. Mais qui le disait ? Son mari, ses amis, sa famille, ses voisins. Tous les cinq ans, elle faisait une exposition dans une honnête galerie parisienne. À chaque fois, en lisant l'invitation et sa notice biographique, on avait l'impression que Sylvie avait révolutionné l'art de la gouache. Ou encore que Jeff Koons lui devait tout. Lors de ses expositions, nous achetions ses toiles (je devais en avoir une bonne dizaine chez moi). Nous étions conditionnés, pour ne pas dire contraints, par le lobbying fanatique de son mari. Je savais Édouard capable d'utiliser la torture ; il est facile de faire acheter un tableau à quiconque demeure bouche ouverte sous la menace de cet atroce instrument injustement appelé : la fraise. Alors, les soirs de vernissage, elle croulait sous les compliments, personne n'osait jamais émettre le moindre bémol, personne ne pouvait effleurer un tant soit peu la vérité, et cela la confortait d'une manière douillette dans la certitude de son génie.

Pourquoi étais-je si dur avec elle ? Je n'aimais pas ce qu'elle peignait, c'était même confondant de laideur, mais je n'avais pas à juger ainsi sa vie. Je la voyais marcher entre ses tableaux, et si elle m'épuisait de commentaires, elle n'en demeurait pas moins adorable d'espoir. Je devrais vanter sa nature, au lieu de l'abîmer ainsi. Qui suis-je pour être aussi

175

méprisant, moi qui ai passé ma vie comme un larbin ? Après tout, j'avais abandonné lâchement l'idée d'écrire. Par faiblesse, ou par conscience de ma médiocrité ? La seule chose qui nous différenciait, c'était la pudeur. J'étais certain d'être incapable de montrer à quiconque mon travail, et encore moins d'oser déranger les gens, les faire venir dans une galerie, et me poster à côté d'eux en attendant leur avis. Je n'avais jamais montré à quiconque la moindre ligne de ce que j'écrivais. J'étais tout simplement incapable d'affronter le jugement des autres. J'avais si peur que mon travail soit mauvais. Qu'avais-je écrit d'ailleurs ? Un vaste brouillon de roman, boursouflé par des pages et des pages de notes. Si je me remettais à écrire, je serais à nouveau soumis au risque de l'inachèvement. Il fallait que j'accepte cette idée d'emprunter un chemin qui serait peut-être une impasse. Mais les mots m'avaient manqué. Je m'en rendais compte maintenant plus que jamais. Je ne savais pas comment j'avais fait pour vivre ainsi à l'abri de ma passion. Je m'étais écarté de l'essentiel, m'installant le plus loin possible de la source. Mon assèchement venait de là, j'en étais certain. Mon assèchement et mes douleurs. Pour aller mieux, je devais déplacer ma vie là où elle devait être. Ma vraie vie m'attendait depuis vingt ans.

Après une heure, pendant laquelle mon esprit avait souvent divagué ailleurs, Sylvie me montra son tableau le plus récent. Je ne voyais pas en quoi il différait des autres, mais elle évoqua à son sujet *une véritable mutation* dans son travail. Je voulais bien la croire, surtout pour abréger le moment. Elle semblait tellement heureuse de ma présence, son énergie me faisait sourire. À la fin de notre tour, elle se positionna devant moi et me demanda après un grand souffle :
« Alors, tu en as pensé quoi ?

— De quoi?

— Ben, des tableaux... de tout ce que tu as vu.

— J'en ai pensé quoi?

— Oui, tu en as pensé quoi?

— Franchement?

— Oui... franchement...

— Franchement, j'ai adoré...

— C'est vrai?

— Bien sûr que c'est vrai. J'ai trouvé ça formidable. »

20

Niveau d'intensité de la douleur : 2.
État d'esprit : dans la confusion des sentiments.

21

J'allais dîner avec Élise comme s'il s'agissait d'un premier rendez-vous. Cette femme que je connaissais si bien, cette femme que je connaissais *par cœur*[1], m'était apparue avec les gestes d'une étrangère. Je ne sais plus dans quel livre j'avais lu cette histoire : les deux membres d'un couple se réveillent après des années ensemble et se regardent comme des étrangers. La symbolique est claire : le quotidien est une redoutable machine à ne plus observer l'autre. Ma femme et moi vivions depuis quelque temps déjà comme des automates de la tendresse. J'avais peur que notre discussion débouche sur un constat terrible. Et je devais l'avouer : je ne savais pas

1. Au sens propre.

ce que je voulais non plus. J'avais le sentiment de l'aimer, pourtant j'avais été capable de penser à un voyage quand elle m'annonçait la pire nouvelle pour elle. Et puis, je n'avais pas lutté immédiatement quand elle avait prononcé le mot « divorce ». En roulant ce soir-là vers le domicile de mes amis, je m'étais même laissé aller à imaginer une vie sans elle. Cela ne m'avait pas effrayé. Bien sûr, et c'est toujours ainsi avec le cœur, je n'avais cessé de changer d'avis. Deux minutes plus tard, j'étais certain qu'Élise et moi étions faits pour passer notre vie ensemble. Il était hors de question que notre histoire s'achève ; et encore moins dans le décor hideux de cette pizzeria où elle m'attendait depuis dix minutes déjà quand je suis arrivé.

Je l'ai trouvée particulièrement belle. Je ne sais pas pourquoi, mais j'ai pensé : « Elle a peut-être un amant. » À ce stade de notre histoire, tout était possible. En m'installant, j'ai continué à la regarder et, oui, sa beauté me surprenait presque. Sa beauté m'attrapait par la nuque. J'étais lucide sur un point : c'était mon regard qui changeait. J'étais le représentant pathétique de ce cliché : il faut perdre les gens pour enfin les regarder. Quand je suis arrivé, elle m'a adressé un sourire, auquel j'ai répondu par un sourire, et rien ne semblait avoir changé entre nous. À part un détail majeur : je ne l'avais pas embrassée en arrivant, car je ne savais pas où positionner mon baiser. Je ne supportais pas l'idée qu'elle puisse détourner la tête en cas de tentative de baiser sur la bouche. Quant à la joue, non. Je ne pouvais pas me résoudre à la joue de ma femme. C'était une partie de son corps que je ne connaissais pas, celle réservée aux autres, et qui serait peut-être la mienne bientôt. J'allais peut-être vivre dans le même sac que tous les autres, j'allais appartenir au club de ceux qui embrassaient ma femme sur la joue.

Au tout début, nous avons cherché nos mots, parlé de choses sans importance, reculant devant l'obstacle. Mais notre réserve de sujets superficiels s'est vite épuisée. J'aurais pu lui annoncer mon licenciement, et j'étais certain que cela eût été une bonne diversion ; mais je voulais d'abord qu'on parle de nous, qu'elle me dise ce qu'elle ressentait. Ce qu'elle fit :

« Je vais prendre un avocat.

— ... »

Je sais que ça va paraître absurde, mais c'est la vérité : dans un premier temps, j'ai cru qu'elle parlait du menu. J'ai cru qu'elle avait choisi de manger un avocat en entrée. J'ai furtivement regardé la liste des entrées, avant de subitement comprendre le sens de sa phrase.

« Un avocat ?

— Oui. J'ai envie qu'on règle correctement les choses. Il faut que tu en prennes un toi aussi. Ou alors si nous sommes d'accord sur tout, on peut prendre le même.

— ... »

Était-ce ma femme qui parlait ? Comment un tel monstre pragmatique avait-il pu entrer ainsi dans son corps ? Quand elle avait prononcé le mot « divorce » la veille au soir, j'avais pensé qu'elle voulait parler d'une séparation. Et même : d'une séparation temporaire. Si nous devions nous séparer, il me semblait qu'il fallait procéder par étapes dans l'idée de ne plus vivre toute notre vie ensemble. Je voulais quelque chose de progressif car c'était la solution qui me paraissait la plus indolore. Mais elle voulait trancher, couper d'un coup sec notre vie à deux. Elle devait penser que ça ferait moins mal.

Nous étions opposés dans la stratégie de notre désintégration. De la même manière, il y a deux écoles de l'arrachage du pansement : d'un coup, ou tout doucement. Les femmes doivent être ainsi. Elles sont en avance sur les hommes, elles entrent toujours les premières dans l'ère du concret.

« Tu ne crois pas que les choses vont trop vite ?

— Justement, j'ai besoin d'avancer vite.

— C'est le contexte...

— Non... enfin, oui... bien sûr... la mort de mon père a joué... mais c'est quelque chose que je ressens depuis longtemps... et toi aussi tu le ressens... ne fais pas semblant...

— Mais nous ne sommes pas malheureux...

— Ce n'est pas ça, le bonheur. Écoute, on s'adore, on partage tant de choses... mais c'est mécanique entre nous..,

— Et alors ? On peut changer les choses...

— On pourrait, oui. Mais je n'ai pas envie de ça. Et toi non plus. Je pense qu'on a déjà dépassé l'étape de faire des efforts...

— Mais tu étais si aimante... il y a peu...

— Oui, je crois que je t'aimais il y a quelques jours encore... ça s'est arrêté comme ça, au moment où j'ai formulé les choses... mais c'était déjà fini depuis longtemps...

— ...

— Tu n'es pas heureux non plus. Si je parais dure avec toi, c'est que je te connais par cœur... tu n'es pas épanoui, ça se voit tellement. Et c'est pire depuis le départ des enfants.

— ... »

Élise a continué à parler toute seule. On aurait dit qu'elle avait préparé son monologue depuis longtemps. Je l'écoutais me parler de nous, et j'avais parfois l'impression qu'il s'agissait d'un roman. Elle évoquait nos enfants : « Notre couple fonctionnait tant qu'il était associé à une famille », voilà ce qu'elle avait dit, ou quelque chose comme ça. Nous n'avons pas réussi à retrouver nos repères. Selon moi, il fallait juste attendre un peu ; le bonheur nous attendait encore, pensais-je sans être plus sûr de rien. Peut-être qu'Élise avait raison ? Je l'aimais, mais mon amour manquait de vie. Il était atone, tout comme ma réaction. J'aurais dû pleurer, être désespéré, mais non. Je me sentais mal, mais il n'y avait rien de tragique. De manière paradoxale, c'était cela qui me rendait triste : ne pas ressentir une douleur plus forte à cet instant.

Nous étions incapables de manger ; nos plats sont restés vierges. Le serveur, avec un grand sens de la psychologie romantique, nous dit : « Vous devez vraiment être amoureux, vous. » Nous sommes alors partis dans un fou rire. Avec du recul, je me dis qu'il n'avait pas tort. Le coup de foudre ou la séparation, ce n'est pas très différent. On est là, à se regarder sans parler, incapables de manger. Après quelques minutes de silence, j'ai évoqué à nouveau cette histoire de bonheur. J'avais dit : « Nous ne sommes pas malheureux » et elle avait répondu : « Ce n'est pas ça, le bonheur. » Je ne sais pas pourquoi je me focalisais autant sur ce dialogue. Il me paraissait être au centre de tout. C'est très difficile de constater le manque de bonheur quand on n'est pas dans le malheur. Peut-être mon corps avait-il parlé parce que mon esprit ne réagissait pas. Mon dos, en se manifestant, avait souligné une certaine tristesse de mon bonheur. Quant à Élise, une pulsion de vie la démangeait, née peut-être de la mort de son père.

« C'est triste, dis-je.

— Oui, c'est triste.

— Il faut que je te dise quelque chose…

— Quoi ?

— Enfin, c'est important d'en parler maintenant.

— Dis-moi.

— J'ai perdu mon emploi. Alors voilà, il faut qu'on en parle... Mais ça peut être un peu compliqué pour la maison...,

— Justement, je voulais te dire quelque chose aussi. Mon père m'avait fait un virement, il y a un an, quand il était malade.

— ...

— Je n'ai jamais voulu toucher à cet argent. Mais c'est différent, maintenant. On va pouvoir rembourser entièrement le crédit. Et puis, je pourrai t'aider si tu as besoin. Ne t'inquiète pas...

— ... »

Je fus assez surpris qu'Élise ne me pose pas davantage de questions sur la façon dont j'avais perdu mon travail. Ce n'était peut-être pas le moment. Un problème à la fois. C'était bizarre que tout se règle ainsi. Son père allait payer nos dettes. En quelque sorte, il libérait sa fille de moi par son argent. Je ne voulais pas compliquer les choses. Il fallait accepter la situation telle qu'elle était maintenant. J'aurais pu insister pour continuer à payer la moitié de la maison, mais après tout c'était elle qui allait y vivre. Et puis, nous avions à aborder une autre question, autrement plus importante :

« Et nos enfants ?

— Ils sont grands. Ils comprendront. L'essentiel pour eux est de voir que leurs parents vont bien.

— Et tu crois qu'on va bien ?

— Je ne sais pas, mais on va essayer d'aller mieux..., fit Élise tout doucement.

— ...

— ...

— Oui...

— Et ton dos, comment ça va ?

— Mieux, merci.

— J'en étais sûre. C'était moi ton problème. Notre séparation va te dénouer.

— Ne dis jamais ça.

— C'était de l'humour. On peut encore rire ? »

Oui, on pouvait. Et on pouvait aussi être encore dans la tendresse. Une fois dehors, on est restés un long moment dans les bras l'un de l'autre. Ça faisait du bien, ça faisait du mal. Puis Élise est partie. Je suis resté sans bouger à la regarder s'éloigner, jusqu'au moment où elle est devenue un petit point dans la nuit. J'avais une boule au ventre. En moins d'une journée, tout avait basculé. Je n'avais plus de femme, je n'avais plus d'emploi, mais j'avais toujours mal au dos.

TROISIÈME PARTIE

1

À mon réveil, j'ai examiné ma nouvelle vie avec effroi. Je ne comprenais pas pourquoi les discussions avec Élise avaient été aussi calmes, dénuées de passion. Nous avions été victimes, dans la plus discrète des progressions, d'une anesthésie affective. Mon avenir réintégrait une sphère plus réaliste, parasitée par l'incertitude, déstabilisée par l'imprévu. Les douleurs dorsales avaient joué, me semblait-il a posteriori, un rôle important dans ma léthargie réactionnelle. On ne peut réagir normalement quand son corps hurle en permanence pour signaler sa présence. Suivant le conseil de la magnétiseuse, j'avais rendez-vous ce matin avec un psychologue — celui-là même qui avait étudié mon dossier de bête sanguinaire. Je n'étais pas certain que cela soit très sérieux de démarrer une analyse avec cette image-là collée à la peau. Mais bon, j'essayais de croire en cette option. Peut-être que le mode d'emploi de ma guérison se cachait au fond de moi ? Si tel était le cas, j'espérais au moins qu'il serait écrit en français.

À mon entrée dans son cabinet, il me fit un grand sourire. Mon défoulement sur Gaillard ne paraissait pas le perturber : il semblait voir en mon geste non la haine mais une réaction humaine à une situation devenue intolérable [1].

« Ça m'a un peu surpris que vous vouliez me voir, a-t-il commencé.

— Ah bon ?

— Oui. Habituellement, les salariés que je rencontre en vue de leur licenciement n'ont pas spécialement envie d'une prolongation.

— Je ne me suis pas posé la question. On m'a conseillé de voir un psy, et vous êtes arrivé à ce moment-là dans ma vie.

— On vous l'a conseillé ? Qui ça ?

— Une magnétiseuse.

— Ah... Et pourquoi ?

— Parce que j'ai mal au dos.

— ...

— ...

— Le mieux est peut-être de vous allonger...», conclut-il d'une manière solennelle, dans un effort pour masquer sa surprise. Je m'exécutai. Contrairement à ce que j'avais toujours imaginé, je n'étais pas effrayé. Et même, je ressentais une sorte d'excitation. La situation m'amusait. Enfin non, ce n'est pas le mot. Disons plutôt que ça me plaisait. La première fois qu'on s'allonge chez un psy, on ressent forcément ça. On est presque content d'avoir des problèmes. C'est après que les choses se compliquent, quand on s'enlise dans ses névroses. Il a ouvert un tiroir, et j'ai tourné la tête à temps pour le voir prendre un carnet. J'ai pensé que ce geste n'était pas anodin. Il aurait pu le laisser sur son bureau, mais non, il y avait dans

---

1. Zinedine Zidane en finale de la Coupe du monde de football 2006.

ce moment d'ouverture du tiroir comme un rituel d'accès à la conscience. Je réfléchissais sûrement trop, mais lors de cette séance, je n'ai cessé de distinguer les détails d'une mise en scène censée me propulser dans les conditions de ma compréhension. Chaque symbole avait son importance. Par exemple, j'avais lu quelque part que Freud préconisait de payer en liquide, pour bien matérialiser le transfert de l'argent. J'avais prévu des petites coupures, pensant que plus j'aurais de billets mieux je me porterais. On pouvait commencer le travail, j'étais installé confortablement. Pour une fois, je n'avais pas mal au dos dans cette position. C'était peut-être ça qu'avait préconisé la magnétiseuse : non pas la séance chez le psy, mais l'utilisation de son divan ultra-confortable.

Un homme que je ne voyais pas allait m'écouter. Je me demandais pourquoi la psychanalyse était fondée sur cette absence d'échanges de regards. Les yeux empêchent sûrement la confession ; c'est valable aussi pour les catholiques. On ne peut pas se laisser aller sous le regard de l'autre. Il y avait un avantage à tout cela : il pouvait faire autre chose pendant que je parlais. Il pouvait dormir, envoyer des messages sur son téléphone, que sais-je ? Je n'avais aucune idée de son sérieux, ni même de ses compétences. Si ça se trouvait, les psys d'entreprise n'étaient pas les meilleurs ; je n'imaginais pas Lacan établir le degré de responsabilité d'un employé en vue d'un licenciement.

« De quoi voulez-vous parler ? commença-t-il.

— Je ne sais pas. C'est à vous de me dire.

— Non, c'est à vous. Pourquoi êtes-vous là ?

— Pour mon dos. J'ai mal au dos. Je n'en peux plus.

— Je comprends. Ça fait mal... le dos. »

Je n'ai pas su répondre, soufflé par son à-propos. Heureusement, il a enchaîné :
« Depuis quand avez-vous mal ?
— Presque dix jours.
— Ça vous arrive souvent ?
— Non, c'est la première fois.
— Y a-t-il eu un élément déclencheur ?
— Non. On me l'a déjà demandé. J'ai réfléchi. Il n'y a rien, je ne vois rien. C'est arrivé comme ça, sans raison.
— Nous verrons ça. Il y a forcément une raison. Ce n'est pas la première fois qu'on vient me voir pour un problème physique. Bon nombre de nos maux physiques ont une origine psychologique...
— ...
— D'une manière simple, on peut déjà commencer par faire la liste de tout ce qui vous oppresse.
— Ce qui m'oppresse ?... Je ne vois pas...
— Écoutez, monsieur... vous avez battu gravement l'un de vos collègues... alors que tout le monde dit que vous êtes le calme incarné... alors ne me dites pas que rien ne vous oppresse...
— ...
— Réfléchissez tranquillement à tout ce qui ne va pas. C'est la seule façon de dénouer les choses...
— ...
— Car c'est bien ça votre problème : il faut dénouer.
— Non vraiment... je ne vois pas... à part... oui, c'est vrai... à mon travail, j'ai eu quelques soucis... il faut dire que c'est un homme... enfin un homme... une sorte de brute... un tyran... un pervers... ça m'est arrivé d'imaginer son enfance... enfin je veux dire... on ne peut pas devenir un salaud comme ça... vraiment une ordure... j'ai travaillé pen-

dant des mois sur un projet... et il m'a mené en bateau... je n'ai jamais rien vécu d'aussi humiliant... jusqu'à présent, j'ai toujours eu des rapports cordiaux avec mes collègues... certains ont même failli devenir des amis... ce n'était pas extravagant... mais il y a toujours eu une ambiance acceptable..., et là, ce... enfin, il ne mérite pas de nom... depuis qu'il est là... mais il n'y a rien à dénouer franchement... je l'ai fait en lui cassant la gueule... je me sens tellement mieux... libéré de tout ce que je retenais... et je suis heureux de ne plus travailler... j'avais peur pour l'argent... ça oui, l'argent ça m'oppressait... mais bon, ma femme m'a dit qu'elle avait eu une sorte d'héritage... alors nous sommes un peu tranquilles... enfin, je dis "ma femme"... mais je vais devoir bientôt dire "mon ex-femme"... car je ne vous l'ai pas dit encore, mais on va divorcer... enfin, sûrement... je ne suis plus vraiment sûr aujourd'hui... mais elle, elle a l'air d'être déterminée... mon problème, je dois vous le dire... c'est que je n'arrive pas à savoir ce que j'en pense... est-ce que notre séparation me fait mal ou est-ce qu'elle me soulage?... Est-ce que ça arrive souvent, ça? De ne pas savoir ce qu'on ressent.... je flotte... je suis partagé... il y a une part de moi, je ne peux pas le nier, qui est heureuse de tout ça... le mariage m'étouffait... la vie à deux... mais pourtant, on était heureux... enfin, je ne sais pas... il faut dénouer les choses, vous dites... je ne sais pas si la séparation est un nouveau nœud dans ma vie, ou si au contraire je vais me sentir mieux... je ne sais pas... enfin, je sais juste que le mariage implique des responsabilités... surtout avec des enfants... c'est une pression permanente... la nécessité d'être à la hauteur, pour assumer... il faut gagner de l'argent, s'accrocher à son travail... toute cette vie-là, elle était pesante d'une certaine façon... je m'en rends compte maintenant... c'est terrible,

191

mais je me dis qu'il n'y avait pas tant de moments heureux que ça... elle était belle, notre vie de famille, mais si souvent écrasée par le quotidien... la logistique... tout était tellement réglé... et puis, cette vie-là, elle était arrivée si vite... trop vite sûrement... je n'ai pas eu le temps de m'habituer à l'idée d'être un adulte, je crois... j'ai eu mes enfants très jeune... je venais de commencer à travailler... je venais de renoncer à certains rêves... j'écrivais... enfin, je ne pense pas que j'aurais pu écrire dans la vie... c'était juste comme ça.... mais j'ai été propulsé directement dans la réalité, dans la vie normale... alors ce que je vis maintenant, ça m'effraye bien sûr... mais en même temps, je me rends compte que je l'ai toujours voulu... ça m'a manqué de ne pas connaître le goût de l'incertain... le goût de l'errance... de vivre au jour le jour, comme on dit... remarque, c'est ce que je vis un peu maintenant... dommage que toute cette période qui pourrait être réjouissante soit parasitée... elle est gâchée par le mal qui me ronge... et qui m'épuise... ce que j'ai fait au travail, c'est en grande partie à cause de mon dos... ça m'a rendu fou d'avoir mal comme ça... ça me pousse là où je ne suis jamais allé... j'ai cru devenir dingue... et je ne sais toujours pas ce que j'ai... il y a forcément une raison... ce n'est pas possible autrement... il y a forcément un diagnostic qui m'attend quelque part... toutes mes humeurs varient en fonction de ça... et là, aujourd'hui, ça va... à l'instant où je vous parle, j'ai moins mal au dos... on dirait presque que je n'ai plus mal... enfin, je ne devrais pas dire ça... car à chaque fois que je me suis réjoui, que j'ai cru que la douleur s'estompait, eh bien, ça a repris... ça a repris de plus belle... enfin là, disons que ça va... le mal fait une pause... peut-être parce que je vous parle, et que ça me fait du bien de parler... je n'ai plus envie de m'arrêter... j'ai l'impression que je dois rejeter tous les mots que j'ai en moi... pour aller mieux... me déverser pour respirer... c'est vrai que ça fait du bien... de parler... de se libérer... c'est un bon travail que vous faites finalement... vous êtes là, avec votre carnet... et vous faites du bien aux gens sans rien faire... c'est immense... faut juste avoir deux oreilles... enfin... je me doute que c'est plus complexe que ça... il faut des années d'études pour apprendre à écouter... et puis c'est respectable comme métier... ça fascine même... au moins, avec ça, votre père ne doit pas vous emmerder... le mien, je ne vous dis pas... il est toujours sur mon dos... ah tiens... c'est un lapsus?... il faut noter ça! Enfin non, c'est pas un lapsus... mais vous devez avoir un mot pour ça...

— Ne vous préoccupez pas de la théorie. Continuez.

— D'accord... enfin, vous devez avoir un mot pour décrire le fait que notre esprit nous indique quelque chose... mais bon, ce n'était pas la piste la plus difficile à défricher avec moi... mon père, vous ne pouvez pas imaginer à quel point c'est un poids pour moi... je dis que je m'en fous... que je me suis habitué à sa façon permanente de me rabaisser... mais non, ça ne pourra jamais se rattraper tout ça, tout l'amour dont on a manqué... on court toujours après... il a beau montrer parfois de l'intérêt, jouer deux minutes au père tendre... ça ne peut pas marcher... il a des décennies de sécheresse à rattraper... alors oui, je sais ce que vous allez dire... je connais les bases de vos théories... vous allez dire qu'il reproduit... c'est vrai qu'il n'a pas connu des torrents d'affection dans sa jeunesse à lui... mais est-ce une raison? Moi, je vois bien comment je suis avec mes enfants... je passe mon temps à les embrasser, à leur dire qu'ils sont merveilleux, que je les aime... c'est si difficile que ça? C'est quelque chose qu'on a au fond de soi l'amour des enfants, non? L'amour démesuré pour les enfants? Je ne sais pas ce que ça fait, de ne pas le ressentir, cet amour... alors parfois je voudrais hurler sur mon père... et mes parents finalement... parce que leur affection, elle est simplement polie... et ça ne suffit pas... c'est un poids pour moi, tout ce qu'on ne se dit pas... ça devrait être ravageur l'amour des parents... pas étouffant, mais ravageur... c'est ce que je ressens... ça déborde en moi... parfois un peu trop... ça crée des angoisses... quand je pense à mon fils qui vit à New York en ce moment, je suis fier de lui, bien sûr... mais j'ai des palpitations dans tout le corps... je passe mon temps à espérer qu'il ne lui arrive rien... je ne pense pas être un père oppressant, loin de là... mais je l'aime... de cet amour qui rend inquiet... alors oui, il faut dénouer... c'est peut-être aussi de là que ça vient, je ne sais pas.... depuis qu'il est parti... je me sens dépossédé... c'est arrivé si vite... le corps accepte les mutations progressives, mais pas les décisions hâtives... c'est peut-être ça mon mal de dos : une réaction subite à son départ... bien sûr qu'ils ont leur vie nos enfants... mais ce n'est pas bien de mettre un océan entre nous... si je veux le voir, je ne peux pas... j'ai l'impression qu'hier encore j'allais le chercher à l'école... hier, il grimpait sur mes épaules... je ne savais pas ma chance de vivre ces moments-là... ça m'effraye tout ça... oui, je sais, c'est d'un banal... mais on a le droit de souffrir des choses les plus banales, non ?... Et puis ma fille... c'est différent... mais c'est sûr que j'ai eu du mal à accepter la situation... d'ailleurs, elle me le reproche... je ne suis toujours pas passé chez elle... je connais à peine l'homme avec qui elle vit... je ne sais pas pourquoi j'ai autant de mal à affronter les choses nouvelles... j'ai dû manquer d'amour sûrement, non ?

— ...

— Vous ne dites rien ?

« — Bon... bon, très bien. Nous arrivons à la fin de notre séance.

— Déjà ?

— Oui.

— Et vous en pensez quoi ?

— C'est la fin de la séance.

— Ah... ah... je peux me lever alors ?

— Oui, vous pouvez.

— En tout cas... merci, docteur. Merci pour tout... ça m'a fait un bien fou de parler de tout ça.

— ...

— Vous êtes formidable. »

Il parut surpris par ma dernière phrase. On ne devait pas souvent lui faire de compliments. Il voulait que nous décidions d'un nouveau rendez-vous, mais j'ai dit que je n'avais pas mon agenda. Il a fait mine de croire cet alibi ridicule. Je n'avais simplement pas envie de reprendre un rendez-vous tout de suite. J'avais subitement libéré des mois de paroles retenues, ça suffisait. Et puis, il avait dit l'essentiel : il fallait dénouer. Je devais régler les problèmes de ma vie pour aller mieux. Sans la moindre hésitation, j'ai su qu'il fallait commencer par l'essentiel : mes parents.

2

Intensité de la douleur : 1.
État d'esprit : combatif.

3

Le dîner couscous de la dernière fois avait été comme un préliminaire. En me voyant débarquer sans prévenir, mes parents ne furent pas surpris. Ils devaient se douter que ma nouvelle étrangeté comportementale aurait des répliques. Je pus même voir mon père jeter un œil vers ma mère, qui semblait dire : « Tu vois, je te l'avais dit. » Car, dans notre mythologie familiale, *débarquer à l'improviste* était quasiment passible d'une peine à perpétuité. Ça ne s'était jamais fait. Pour se voir, il fallait obligatoirement prévenir. De préférence plusieurs jours à l'avance : affection rimait avec planification.

Habituellement, j'étais un cadre à cravate. Là, j'arrivais en pleine semaine, en pleine journée, sans le moindre costume, sans le moindre détail de ma vie d'avant.

« Ah c'est toi…, dit ma mère.

— Oui, c'est moi.

— Ça va mieux ton dos ? » demanda aussitôt mon père.

Cette entrée en matière me surprit. Mon père était donc capable de conserver en mémoire quelque chose me concernant. Certes, il se souvenait surtout des moments où j'étais défaillant. Il était toujours fort pour me désarçonner, pour demander de mes nouvelles quand je ne voulais plus en avoir des siennes. Il avait un sens assez spectaculaire du timing émotionnel. C'était le genre de personne avec qui vous ne pouviez jamais rompre. Ça arrive parfois, dans la vie affective, ces boulets capables de doser leur insupportabilité[1]. Ils parviennent à ne jamais franchir la limite de notre tolérance. Mon père maîtrisait cet art de désamorcer juste à temps mon agressivité, ce qui empêchait toute confrontation. Autrement dit, mon père ne me laissait jamais l'occasion de dénouer.

« Oui… oui, ça va mieux, merci.

---

1. Oui, je sais, ce mot n'existe pas ; mais c'est celui qui me vient.

— Ah tant mieux.

— J'ai battu à mort un de mes collègues, et c'est vrai que depuis je vais mieux.

— …

— Mais du coup je me suis fait virer. »

Ma mère tomba sur une chaise qui, par chance, attendait derrière elle sa chute.

« Mais ça ne va pas, de balancer des choses comme ça à ta mère ! Regarde dans quel état tu la mets ! s'énerva mon père.

— Ah, ça t'intéresse ce que les gens ressentent ? C'est nouveau.

— Pourquoi tu dis ça ?!

— Parce que tu ne penses qu'à toi. Tu te fous des autres. Tu t'en fous de ce qu'ils pensent, de ce qu'ils éprouvent. L'essentiel dans ta petite vie… c'est toi, toi, toi !

— Arrête ! » supplia ma mère.

Mon père me regarda droit dans les yeux sans rien dire. Je n'arrivais pas à savoir s'il était profondément choqué ou s'il appréciait que je sorte pour la première fois de mes gonds. Oui, rien n'était moins sûr, mais quelque chose au fond de son iris me troublait. Il semblait presque heureux. C'était très loin dans son œil, et peut-être que j'interprétais à tort cette expression que je ne lui avais jamais vue, mais pendant un instant cela m'a déstabilisé. Heureusement, il s'est repris.

« Tu es dingue de nous parler comme ça ! Qu'est-ce qu'on t'a fait ?

— Qu'est-ce que vous m'avez fait ? C'est ça, que tu demandes ? Tu ne te remets donc jamais en question ? Ce que tu m'as fait… ce que tu m'as fait… mais rien… rien, justement… si tu ne t'en rends même pas compte…

— Mais de quoi tu parles ? Tu es devenu fou, je ne vois que ça.

— Je parle que tu me rabaisses tout le temps. Tu n'as jamais été capable de dire une chose positive sur moi dans ta vie. Jamais!

— ...

— Vas-y! Essaye pour voir! Dis quelque chose de gentil sur moi.

— ...

— Allez!

— ...

— J'aime bien ta coupe de cheveux », souffla alors mon père.

J'ai fait plusieurs fois le tour de la cuisine, en baragouinant : « Ma coupe de cheveux... ma coupe de cheveux... » En marchant, je sentais une grande force parcourir mon corps. J'allais enfin tout libérer, et mon dos me remercierait. Au bout d'un moment, je me suis arrêté devant ma mère. C'était son tour.

« Et toi, tu ne dis jamais rien. Tu es sèche comme pas possible. Ce n'est pas une mère que j'ai, c'est l'Arizona.

— Bon ça suffit! cria mon père. Si tu n'es pas content de tes parents, alors va-t'en! Tu crois que nous on est contents de toi... hein? Qu'est-ce que tu en sais? Et on n'a jamais fait un tel cirque.

— Je ne fais pas un cirque. Je vous dis ce que j'ai sur le cœur depuis toujours. Vous ne m'aimez pas. Surtout toi, tu ne m'aimes pas. Pourquoi tu ne l'avoues pas, une bonne fois pour toutes? Au moins, les choses seront dites.

— ...

— Vas-y!

— Non... ce n'est pas vrai... je ne peux pas dire ça..., balbutia mon père.

— Ton père t'aime…, dit ma mère en se relevant. Tu vis sûrement des choses difficiles en ce moment. Tu as mal au dos, tu as des soucis au travail… mais ne crois pas que nous sommes responsables de tout ça.

— Arrête d'essayer de m'amadouer. Tu fais tout le temps ça. Tu arrondis les angles. Mais ça ne marchera pas aujourd'hui… »

Ma mère avait pris le relais de mon père dans l'art permanent du désamorçage. Mais je n'allais pas me faire avoir, pas aujourd'hui, non, il fallait que je tienne, que je tienne encore, je n'étais pas fou, je n'étais pas violent, ils ne m'aimaient pas, je me répétais ça, ils ne m'aimaient pas, sinon je n'aurais jamais agi comme ça. Ils me regardaient tous les deux avec des yeux de chien battu, sans agressivité. Ils semblaient sincèrement blessés par ce que je venais de dire. J'avais l'air d'être le méchant de l'histoire. C'est sûrement ce qu'il y a de pire : vous retenez depuis des années ce que vous avez sur le cœur, et le jour où vous explosez, c'est vous qui passez pour le salaud. J'avais envie de m'excuser. Mon père a repris :

« Et toi, tu ne te remets jamais en question ?

— …

— Tu crois que c'est facile d'avoir un fils comme toi ? Tu dis qu'on te rabaisse tout le temps, mais on dirait qu'il y a toujours un drame peint sur ton visage. Tu as toujours l'air d'une victime. Ton mal de dos, ça ne m'étonne pas. C'est ton genre de finir plié en deux… et ça te rend heureux… car on peut te plaindre… et c'est ça que tu veux : qu'on te plaigne.

— …

— Tu voudrais qu'on t'admire, mais cite-moi une chose admirable que tu aies faite dans ta vie ! »

J'étais estomaqué. Je pensais que ça serait mon moment de libération, ce moment tant attendu où je pourrais balancer à mes parents leurs quatre vérités (et bien plus encore, car quatre ne suffisaient pas pour eux), et voilà que la situation s'inversait. Encore une fois, ça allait être ma faute. On était donc responsables de ne pas être aimé. J'essayais de tenir bon. On doit aimer un enfant coûte que coûte, non? C'est l'amour de ses parents qui rend un enfant merveilleux.

« Tu as raison, ai-je fini par dire. Tu as raison. Je ne suis qu'un minable. Je suis désolé de vous avoir fait perdre votre temps. Vous ne me verrez plus.

— Ah quel sens du drame… ça c'est une qualité que tu as! éructa mon père. Oui, quel sens du drame! Tu dis que tu n'aimes pas être au centre des situations, mais c'est faux. Tu adores ça. Tu pourrais parler pendant des heures de ta vie, de ton dos, de nous! Tu serais capable d'en faire un roman!

— …

— Oui, tout un roman! »

Ma mère s'est alors approchée de moi, tout doucement, chuchotant : « Ne dis pas ça… ne dis pas qu'on ne se verra plus… » C'était comme si mes paroles l'avaient vraiment affaiblie. Sa progression vers moi n'était pas linéaire; elle luttait pour ne pas tituber. À mon tour, je me suis assis sur la chaise laissée vide. Mes parents sont restés tous les deux, debout, près de moi. Moi non plus, je n'avais plus de force. Je ne savais que dire. Est-ce que j'avais rêvé tout ça? Était-ce ma faute? Je ne savais plus rien. Au bout d'une minute, j'ai balbutié :

« Je vais divorcer.

— …

— On vient de décider ça avec Élise. Pour l'instant, je vis chez Édouard.

— Pourquoi chez Édouard ? Tu aurais dû nous appeler, et venir ici… à la maison… », fit ma mère avec douceur. Surtout, elle ne paraissait pas du tout surprise. J'avais l'impression que mes parents avaient anticipé le désastre que je vivais maintenant. Mes échecs étaient la chose la moins surprenante qui soit, aussi prévisible que l'arrivée de la nuit en fin de journée.

« Oui, tu aurais dû venir ici, répéta-t-elle.

— Je n'y ai pas pensé…

— Tu aurais dû, dit mon père. Tu nous critiques et je veux bien admettre que tout n'est pas parfait… mais la famille, ça reste la famille. C'est peut-être normal de la détester quand on va mal… mais on est solidaires…

— Oui, on est solidaires… », a répété ma mère.

Ils étaient maintenant tous les deux près de moi, comme pour me consoler d'un chagrin. Je n'avais plus mon âge ; j'étais un enfant qui se réveille en pleine nuit après un cauchemar. Pour parachever la perte de tous mes repères, ma mère ajouta : « Tu n'aurais pas dû dire ce que tu as dit… on t'aime. »

J'avais bien entendu. Ma mère avait dit : « On t'aime. » Je venais de les insulter, de les mépriser, de leur crier ma haine, et voilà comment se terminait la scène : un mot d'amour. Un mot que j'entendais pour la première fois. Je n'arrivais pas à décider s'ils avaient eu peur de me perdre, ou s'ils étaient capables d'une grande perversité. S'ils m'aimaient maintenant, alors leur nouvel amour m'encombrait. Cette déclaration advenait après des années de sécheresse. Comment la croire ? Elle me perturbait plus que je ne le pensais. J'avais envie d'une rupture brutale et totale, et voilà qu'ils m'en empêchaient. On était une famille, disaient-ils. On était solidaires, ajoutaient-ils. Leur réaction ne pouvait être rangée dans aucune réaction humainement logique. J'allais me tuer à essayer d'avoir des échanges normaux avec eux, ou à faire en sorte qu'ils changent à mon égard. Les mots de ma mère marquèrent comme un coup d'arrêt à cette course inhumaine à laquelle je me livrais depuis mon enfance : celle qui consistait à essayer de les comprendre. Je devais l'admettre une fois pour toutes : mes parents étaient fous, et je ne pouvais pas les changer. Modifier sa famille est impossible, aussi absurde, épuisante, injuste, insupportable fût-elle.

J'étais comme paralysé. À d'autres moments de ma vie, je me serais peut-être mis à rire. Mais là, c'était impossible. Nous nous sommes observés sans rien dire jusqu'à ce que ma mère brise le silence :

« J'espère que ça t'a fait du bien de dire ce que tu avais sur le cœur. Ton dos, c'est sûrement ça. Tu gardes trop les choses, mon chéri. Tu devrais aller voir toutes les personnes avec qui tu as eu des problèmes, et les régler une fois pour toutes...

— Ta mère a raison. Dans la vie, il faut parler.

— ...

— Tu vois, nous par exemple, on a suivi une thérapie de couple pendant plus de dix ans, a ajouté mon père. Et c'est pour ça que ça marche. Si tu nous avais dit plus tôt pour Élise et toi, on t'aurait donné le numéro de notre conseiller...

— Vous... vous suivez une thérapie de couple ? Vous êtes sérieux ?

— Ben oui... et ça fonctionne très bien... tu nous reproches des choses mais ta mère et moi on s'aime. Et le plus important, c'est notre couple...

— Oh... », souffla ma mère, attendrie.

Mes parents s'embrassèrent alors sous mes yeux ébahis avec une grande intensité. C'était une scène quasiment inédite. Encore une fois, ils me surprenaient. Leur baiser dura un moment, et ils semblèrent si heureux. C'est la seule chose que je pouvais trouver belle : j'étais le fruit de leur amour. J'étais un fruit sec sûrement, ou un fruit qui commençait à pourrir, mais ça me plaisait d'être un fruit. Leur baiser, que je continuais d'observer, s'apparentait à une forme surréelle. Il n'y avait pas de mots pour traduire ce que je voyais. Mes sens se déconnectaient les uns des autres, s'épanouissaient dans la naissance d'une anarchie émotive. Mes parents me regardaient maintenant en souriant. J'ai quitté la pièce, sans me retourner. Je venais de vivre l'une des scènes les plus étranges de ma vie, mais finalement assez caractéristique de mes démarches : en cherchant la clarté, je tombais souvent nez à nez avec la confusion.

4

Intensité de la douleur : 5.
État d'esprit : perdu.

5

La visite chez mes parents ne m'avait pas apaisé. Au contraire, j'étais plus perturbé que jamais. Seul point positif, j'étais prêt à admettre définitivement que je ne comprenais rien à leur comportement. Ils étaient deux ovnis, et c'était peut-être de leur instabilité émotionnelle qu'était né en moi le goût des choses stables. J'avais fait des études sérieuses, je m'étais marié tôt, j'avais fondé un foyer honnête ; je prenais enfin conscience que la création d'une vie basée sur des comportements rationnels avait été mon moteur. Mes parents avaient une pathologie difficile à repérer, elle était rare, et surtout impossible à capturer. Je devais les accepter tels qu'ils étaient, et peut-être même apprendrais-je à rire de leur folie douce ? Je sentais naître la possibilité d'un apaisement de nos relations. C'était sûrement là l'une des pistes les plus importantes pour mon dénouement [1].

En attendant, j'avais toujours mal au dos. Pire, en sortant de chez mes parents, j'ai éprouvé une douleur intense. La tension accumulée pendant notre conversation se traduisait à présent par de terribles spasmes. Je ne m'attendais pas à ce que le mal revienne ainsi, armé d'une telle violence. Au bout de quelques secondes, le sol s'est dérobé sous moi. J'ai cherché à m'agripper à quelque chose pour ne pas tomber. Heureusement un lampadaire était là. Je ne voyais plus très bien, mais il m'a semblé apercevoir une silhouette. J'ai tenté de lever le bras, geste qui me parut d'une incroyable difficulté, nécessitant un effort surhumain. Personne ne venait à mon secours, la forme floue était le fruit de mon imagination. J'ai continué à chercher du regard quelqu'un qui puisse m'aider, mais il n'y avait personne. Mes parents habitaient une zone pavillonnaire, c'est-à-dire l'équivalent d'une eutha-

1. Dénouement : je me rends compte subitement de la symbolique de ce mot.

nasie sociale. Le temps se décomposait et je me laissais envahir d'une foule de pensées, à la manière du personnage de Michel Piccoli au moment de l'accident dans *Les Choses de la vie*. J'ai balbutié des mots incompréhensibles sur le seuil d'une forme lumineuse. On pourrait appeler ça un tunnel de lumière. Une plongée dans un jaune pâle mais aveuglant mélangé au bleu rêvé des mers chaudes. Puis je suis tombé d'un coup d'un seul, évanoui sous l'effet de la crise qui se propageait dans tout mon corps : mon dos avait abandonné son poste central de la douleur pour devenir l'épicentre d'une contamination totale. Je m'effondrai, inconscient.

Un peu plus tard, j'ouvris les yeux dans une ambulance. Je respirais à l'aide d'un masque à oxygène. C'est d'ailleurs le bruit parfaitement régulier de la pompe qui m'a ramené à la conscience, et non le chaos ou le désordre qui a dû précéder ce moment. Un jeune homme m'adressa un grand sourire :
« Tout va bien se passer. Ne vous inquiétez pas, dit-il.
— ...
— Vous avez fait un malaise. On vous emmène à l'hôpital le plus proche.
— ...
— Pouvez-vous me dire votre nom ?
— ...
— Votre nom ? Vous vous en souvenez ?
— J'ai mal au dos... », ai-je alors soufflé.
Le visage de ce jeune homme paraissait vraiment rassurant. Je m'y accrochais comme on s'accroche aux sourires des hôtesses de l'air quand l'avion traverse une zone de turbulences. On admet si facilement que notre survie dépend de leur expression. Si ce jeune homme souriait, c'est que j'étais tiré d'affaire. Il devait être heureux de me voir revenir à la

vie. Heureux et surtout soulagé. En arrivant à l'hôpital, il a posé une main sur mon épaule pour me dire au revoir. Il me laissait entre d'autres mains. Il ne devait être chargé que des transferts. Il me semblait extravagant de ne jamais revoir ce témoin privilégié de ma résurrection. Il avait été aux premières loges d'un des instants cruciaux de ma vie, et voilà qu'il partait partager un autre moment aussi intense avec un nouvel inconnu. Je n'avais pas réussi à lui dire mon nom, incertain que j'en étais au moment du réveil. On revient toujours de l'inconscience d'une manière anonyme. Lui non plus ne m'avait pas dit son nom ; il demeurerait un visage qui me hanterait longtemps.

Quelques heures plus tard, j'étais allongé sur un lit, dans une chambre partagée avec un vieux monsieur qui ne bougeait pratiquement pas. Même l'arrivée du nouveau voisin que j'étais n'avait pas déclenché chez lui le moindre mouvement. Il portait une barbe surprenante, noire, forte, entretenue, soyeuse, en décalage avec son aspect général. J'avais tenté d'engager la conversation, sans succès. Après le jeune homme de l'ambulance, il était le deuxième figurant de cette journée. Sa simple présence, comme celle de tous ceux que j'allais croiser ce jour-là, le ferait entrer d'une manière prioritaire dans ma mémoire. Alors que nous sommes perfusés en permanence à l'amnésie, certains jours deviennent une succession d'images indélébiles. Chaque détail, chaque rien, chaque passant dans le couloir, tout composait le bourrage hypermnésique de ces heures. En ce sens, c'est bien notre mémoire qui décide le degré d'importance de ce que nous vivons. Et bien sûr, je n'allais jamais oublier le médecin qui est alors entré dans la chambre :

« Comment vous sentez-vous ?

— Ça va.

— C'est la première fois que ça vous arrive ?

— Oui. Je ne sais pas ce qui s'est passé. J'ai des douleurs fréquentes ces derniers temps...

— Il se peut qu'une succession de crises soutenables provoque subitement un malaise grave. Ce que vous avez ressenti a été comme la goutte d'eau...

— ...

— J'ai récupéré votre dossier médical... et j'ai pu avoir les comptes rendus de vos radios, et de votre IRM récente...

— Et alors ?

— Et alors, vous n'avez rien.

— Mais ce n'est pas possible. J'ai tellement mal. Je dois forcément avoir quelque chose de grave. Les médecins ont dû se tromper. On ne tombe pas comme ça dans la rue.

— Si la douleur est trop forte, c'est possible...,

— Je n'en peux plus...

— Je sais bien... mais certaines personnes ont mal au dos toute leur vie...

— ...

— Écoutez... la réaction de votre corps a été sérieuse... je ne veux pas vous alarmer... car pour moi les résultats de l'IRM sont très clairs...

— ...

— Mais je vais vous garder quelques jours en observation. »

Je n'ai rien répondu. Sa phrase : « Certaines personnes ont mal au dos toute leur vie » m'avait achevé. Et puis son incohérence : il disait que je n'avais rien, mais il voulait me *garder en observation*. Rien n'était plus angoissant que cette expression. Nous ne sommes pas des insectes. Je ne suis pas dans un bocal. Qu'on me soigne, qu'on m'ausculte, d'accord, mais pas question qu'on m'observe. À ce moment-là, deux brancardiers sont venus chercher mon voisin de chambre. Je n'ai pas bien compris s'il devait subir une opération ou changer d'établissement, mais une chose est sûre : je ne l'ai plus jamais revu. Le lit près de moi est resté vide. Les jours suivants, il m'est arrivé plusieurs fois de tourner la tête vers sa place, en me demandant si vraiment un homme avait été là au tout début de mon séjour. Après tout, il avait eu l'apparence d'une apparition.

Un peu plus tard (je ne sais pas vraiment quand) ma femme est arrivée. Enfin ma future ex-femme. Enfin, disons Élise.

« Je suis venue dès que j'ai su.

— C'est gentil.

— Comment te sens-tu ?

— Ça va… c'est mon dos… une crise un peu plus forte… et je me suis évanoui… rien de bien méchant.

— Mais pourquoi tu ne m'as pas dit que tu avais toujours mal ?

— Je pensais que ça allait mieux.

— Tu penses, tu penses… tu es chiant, franchement. Tu ne dis rien. Et voilà ce qui arrive après.

— Tout va bien, vraiment…. »

Élise s'est assise sur le bord du lit. Je mesurais à quel point elle avait dû s'inquiéter. Ça faisait longtemps que je ne l'avais pas vue se soucier ainsi de moi. Un instant, je me suis dit : cette situation va nous unir à nouveau. C'était plausible. Je tombe dans la rue, et il faut être deux pour se relever. Ma rechute avait été comme un appel du corps. Elle nous poussait à bien réfléchir à ce que nous devions faire. Il me semblait voir de l'amour dans sa façon d'être là, près de moi, mais je me trompais. Ce que je voyais était la manifestation de son affection, et non de son amour. Les transitions affectives sont parfois si infimes, presque perfides, on marche sur une frontière sans savoir si notre histoire est en Suisse ou en France. Certains vivent des années comme ça, dans l'absence de clarté, dans l'incertitude du cœur. Si j'avais une aptitude évidente pour le flou, je savais qu'avec Élise les choses seraient toujours définies. Avec elle les mots retrouveraient toujours leur maison, alors qu'avec moi ils pourraient errer des années à côté du dictionnaire.

Un peu plus tard, alors que je racontais en détail ce qui s'était passé, elle s'est mise à rire.

« Pourquoi ris-tu?

— Mais ça s'est passé juste après une visite chez tes parents. Depuis le temps que j'attendais ça! Que tu leur parles enfin franchement.

— Ah bon?

— Je t'ai toujours poussé à réagir.

— Ils sont fous, je crois. En tout cas, j'ai décidé à partir de maintenant de mettre leur attitude sur le compte de la folie.

— Toi aussi, tu es un peu fou. Tu ne fais jamais rien comme tout le monde.

— Moi?

— Mais oui, regarde-toi. Quand tu as mal au dos, ça prend de sacrées proportions.

— Et encore, tu ne sais pas tout.

— Ah bon?

— Enfin non, rien. J'aimerais tellement que la douleur s'arrête.

— Mon pauvre...

— Ils vont me garder en observation.

— Ah bon?

— Oui. Le médecin n'était pas très rassurant. Il n'avait pas l'air sûr de lui.

— Je peux l'aider. Je suis sûrement la personne qui t'a le plus observé...

— Très drôle...»

Nous avons parlé encore un peu, oubliant presque le contexte de l'hôpital. On discutait simplement, comme un couple solide, le genre de couple qui a surmonté une crise. Ce n'était pas notre cas. Nous n'avions pas eu de crise, et nous n'avions rien surmonté. Élise était belle, et j'ai pensé : c'est elle qu'il faut observer ici. Elle, et non moi. Subitement, ce qui m'était apparu comme un échange léger entre deux personnes qui vont se séparer me sembla empreint de gravité. Dans notre entente même, quelque chose me paraissait triste. Je ne l'aimais pas, finalement, cette entente. Je ne sais pas pourquoi j'ai subitement demandé :

« Tu as rencontré quelqu'un?

— Quoi?

— Tu as quelqu'un d'autre dans ta vie?

— Mais non... non... bien sûr que non... »

Après un temps, elle s'est levée en disant qu'elle passerait m'apporter quelques affaires. On s'aidait encore. On gardait nos habitudes. J'avais naïvement pensé que notre séparation allait me faire du bien. Qu'elle faisait partie de ce que je traversais actuellement : une remise en question totale. Avec un but, celui d'aller mieux. Je m'étais trompé. La vie sans elle m'effrayait, notamment à cet instant, quand elle me laissa seul dans la chambre.

J'ai passé quelques jours à l'hôpital. Comme toujours quand je me retrouvais dans un contexte médical, je n'avais plus mal.

On m'a fait des radios, des prises de sang, des je-ne-sais-quoi remboursés par la mutuelle, mais il n'y avait rien de nouveau. Mon dos se faisait oublier et tout le reste aussi d'ailleurs : l'hôpital était un monde entre parenthèses, dont les moments majeurs demeuraient les repas. Je mangeais des bouillies en regardant des programmes idiots à la télévision, et je pouvais admettre que je n'étais pas si mal que ça.

6

Intensité de la douleur : 1.
État d'esprit : drogué.

7

Le jour où j'ai quitté l'hôpital, Édouard et Sylvie sont venus me chercher. On s'est installés dans la voiture, eux devant, moi derrière, un peu comme un couple avec un enfant. Ils me lançaient des petits regards dans le rétroviseur, histoire de vérifier si j'allais bien. Assis sur cette banquette arrière, je me laissais guider docilement, soumis à leur bienveillance. Ils semblaient satisfaits de leur journée, heureux comme ils ne l'avaient pas été depuis longtemps. Édouard aurait presque pu siffler. Sylvie aurait presque pu rougir. On aurait presque pu aller tous les trois à la campagne, passer un dimanche près d'un lac où il aurait fait bon pique-niquer. Ils se regardaient en coin, et c'est toujours le meilleur angle pour la tendresse. C'était de plus en plus évident : ils cimentaient leur couple sur mon dos. Alors j'aggravais parfois ma mine pour leur offrir le bel éclat de leur utilité.

Chez eux, ma chambre était propre et prête. Et je pouvais sentir l'odeur des lasagnes (mon plat préféré) préparées par Sylvie.

« Tu nous as fait peur…, avoua Édouard.

— Ce n'est rien. J'ai passé de nouveaux examens. Tout confirme que je n'ai rien. Enfin, d'un point de vue médical.

— Tu as encore mal ?

— Un peu.

— Il doit bien y avoir une solution. Ce n'est pas possible autrement.

— J'espère. Mais là, franchement, je ne vois plus.

— Écoute, j'ai peut-être une idée…

— Ah bon, quoi ? »

Édouard parut alors un peu gêné. Il s'approcha de moi, et parla à voix basse :

« Oui, je crois que je sais ce qu'il te faut…

— Ah bon ? »

À ce moment-là, Sylvie cria d'une manière autoritaire : « À table ! » Il ne fallait pas la faire attendre.

« Bon, je t'expliquerai plus tard…., souffla Édouard en se grattant la joue.

— Mais non, dis-moi maintenant. Rapidement.

— Non, plus tard. Ça ne se raconte pas en deux secondes…

— … »

Pendant tout le repas, Sylvie ne cessa de me poser des questions : « Alors, c'est bon ? » « Tu aimes la béchamel ? » « C'est mieux que chez votre italien, non ? » « Tu es content ? », etc. « Oui, oui », répondais-je entre les bouchées. Édouard aussi tentait de montrer qu'il prenait du plaisir à ce repas, mais sa femme était bien moins intéressée par son bonheur culinaire à lui. À se sourire ainsi, on avait l'air de trois acteurs dans un spot publicitaire. Édouard voulut déboucher l'une de ses meilleures bouteilles pour « fêter dignement » mon retour, mais je n'avais pas du tout envie de boire. Il parut déçu et tenta d'insister un peu.

« Il t'a dit qu'il n'en voulait pas ! coupa Sylvie.

— Bon très bien... on boira plus tard... », renonça Édouard.

On aurait dit qu'ils participaient à une compétition pour la médaille d'or de mon bien-être. Si leur attention me touchait, je devais admettre qu'elle me surprenait. Je les découvrais sous un angle nouveau. Il y a une différence abyssale entre connaître ses amis et vivre avec eux. Nous étions proches depuis plus de vingt ans, mais sans être jamais partis en vacances ensemble, par exemple. On se voyait pour des dîners, des spectacles, des expositions, des promenades. On se voyait pour des moments de vie excluant les données basiques du quotidien. J'avais toujours vu en Sylvie une artiste, certes très subventionnée, mais disons tout de même une artiste avec du goût et une forme d'exigence ; elle m'apparaissait à présent comme une maniaque des horaires, pour ne pas dire un tyran domestique. Quant à Édouard, que je savais dominateur, drôle, il prenait maintenant l'aspect d'une bête apeurée, mesurant ses mots et ses gestes dans l'effroi d'un dérapage minuscule.

Oppressé par tant de bienveillance, j'en étais même à réprimer cette étrange pulsion : on peut avoir envie de tuer ceux qui nous veulent du bien. Je voulais être seul, ne plus avoir à parler, ne plus avoir à commenter le degré de mon mal. Ça m'épuisait d'observer en permanence l'inquiétude dans leur regard. Ce soir-là, j'ai fermé ma chambre à clé. C'était un signe qui ne trompait pas. J'avais peur qu'ils ne viennent vérifier si j'allais bien pendant la nuit. Il n'y avait pas de répit à leur amitié, pas de vacances à leur amour. Si j'avais assez mal dormi pendant mon séjour à l'hôpital, l'immobilité forcée m'avait complètement rechargé. Je n'avais pas du tout sommeil. Je saisis mon téléphone portable. Pendant des années, j'avais été accro à cet objet, guettant sans cesse de nouveaux messages, au détriment parfois du réel. Dans ma vie sociale, le message écrit prédominait. Le téléphone était un lien permanent avec mon entreprise. À tout moment, on pouvait me prévenir de quelque chose. Et quand je faisais mine de trouver cela insupportable de devoir être toujours ainsi joignable, il va de soi que je mentais. J'adorais ça : c'était ma fièvre et la possibilité de m'extirper toujours du présent. Je consultais mes e-mails sans la moindre coupure temporelle, je répondais à des clients le dimanche, en espérant qu'ils remarqueraient ainsi le panache de mon professionnalisme. Ma femme s'énervait parfois de me voir pianoter sans arrêt sur ma machine, et je lui expliquais à chaque fois à quel point l'affaire que j'avais à traiter était *de la plus haute importance*. Mais depuis quelques jours, tout avait changé. Je n'avais pas utilisé mon portable pendant mon séjour à l'hôpital. Cet objet qui avait été si important dans ma vie avait subitement perdu tout intérêt. Je me demandais pourquoi je m'étais laissé ainsi polluer. Depuis des années, je n'avais pas vécu une journée sans être enchaîné au virtuel. Je comprenais maintenant que tout cela aussi avait contribué à peser sur mes nerfs, et sur mon corps.

Sur ma boîte vocale, plusieurs messages attendaient. Il s'agissait de collègues, d'amis, et il y en avait même un de mes parents. En substance, voilà ce qu'ils disaient : « J'espère que tu vas bien… nous avons bien réfléchi à tout ce que tu as dit... ce n'est pas la peine de te mettre dans un tel état... » Il y avait quelques phrases de cet ordre-là et aussi une tentative de tendresse à la fin. Il s'agissait peut-être d'un « On t'embrasse », mais je n'étais pas sûr. C'était symptomatique : le réseau avait été moins performant au moment de l'expression de l'affection. Je ne captais pas bien les baisers de mes parents. J'ai effacé le message et je suis passé au suivant. Cela me surprenait vraiment d'être l'objet de ces sympathies. J'entendais la voix de ma secrétaire, ou encore de la meilleure amie d'Élise. Pour la première fois depuis longtemps, c'est idiot à dire, mais j'avais l'impression qu'on m'aimait bien. Je m'étais trompé en exaltant ma solitude. J'avais des amis qui m'aidaient et d'autres qui se préoccupaient de mon sort. J'étais incapable de faire un lien entre ce que je pensais de ma situation (je prenais des décisions pour tenter d'aller mieux) et ce que mon entourage en percevait (j'étais au chômage, en instance de divorce, et à l'hôpital). De leur point de vue, tout ça méritait bien un appel de soutien.

Enfin, je reconnus la voix de mon patron. Audibert, d'un ton extrêmement posé (celui des grandes réunions avec les Japonais), me demandait de le rappeler : « J'ai quelque chose d'important à vous dire. » Il ajoutait même : « C'est assez urgent. » Je me demandais bien ce qu'il avait à me dire. Pourtant, ça ne se faisait pas, de rappeler un dimanche soir, même s'il avait prononcé le mot « urgent ». Cette règle de courtoisie m'arrangeait : je n'avais pas spécialement envie de lui parler. Il n'avait plus pour moi le moindre intérêt. Ma vie d'entreprise, ce qu'il avait à me dire, les suites de mon affaire, rien, plus rien ne me touchait maintenant. Je voulais simplement dormir un peu. Mais comment y parvenir ? Je n'avais jamais essayé de compter les moutons ; j'avais toujours trouvé ça parfaitement absurde d'inventorier des boules de poils pour s'endormir[1]. Je les imaginais maintenant sautant par-dessus mon corps, plus ridicules les uns que les autres. Et moi aussi je me jugeais ridicule d'être là dans mon lit à les observer dans mon imaginaire. Je finis par en rire. J'étais aussi loin que possible de m'endormir, mais au moins je n'avais presque plus mal au dos. Les moutons avaient fait diversion. Finalement, j'avais bien fait de les invoquer.

8

Intensité de la douleur : 1.
État d'esprit : ultra-végétatif.

9

Ça faisait longtemps que je n'avais pas aussi bien dormi. La façon dont je me détachais du matériel me semblait être une bonne voie. En quittant ma posture d'homme attentif au monde, j'avais trouvé un apaisement nouveau. La vie moderne est incompatible avec le sommeil. On ne sait plus se mettre sur pause. Je regardais en permanence les informations ; j'étais le premier au courant de chaque attentat, de chaque déclaration politique, de chaque résultat sportif. Je vivais ma vie en même temps que celle de millions d'individus ; il y

---

1. Qui a bien pu inventer cette histoire de moutons ? Quel est le premier homme ou la première femme à s'être dit : « Tiens, ce soir pour m'endormir, je vais compter les moutons » ? Et après, comment a fait cette personne pour contaminer le monde entier ?

avait de quoi se sentir épuisé. Mais tout ça était derrière moi. Le monde pouvait s'effondrer, ça ne m'intéressait plus. J'ai regardé ma montre une nouvelle fois : il était presque dix heures. Je n'en revenais pas. Depuis quand n'avais-je pas dormi ainsi le matin ? La journée me parut encore plus douce, ainsi amputée de ses premières heures.

J'ai alors repéré un mot sous ma porte. Je me suis levé doucement, pour aller le prendre. J'ai reconnu aussitôt les pattes de mouche d'Édouard [1]. Il me proposait de le rejoindre pour déjeuner. Il avait ajouté en bas, en tout petit : « On pourra parler... » Tout était dans les points de suspension. Ça sentait le chuchotement à plein nez. La veille, il avait voulu me parler d'une idée pour mon dos, mais nous n'avions pas eu l'occasion d'être seuls. Je verrais un peu plus tard ; je n'avais pas envie de décider de mon programme dès mon réveil. Et puis j'avais passé tout le dimanche en leur compagnie ; j'avais besoin d'un répit de leur amitié. Je prenais les minutes les unes après les autres. Comme si elle avait guetté mon réveil, Sylvie apparut :
« Tu es enfin réveillé ?
— Oui, à l'instant.
— J'ai préparé du café. Tu veux que je te l'apporte ?
— Non, ça va. Je vais me lever, et venir à la cuisine... »
Après ce genre de phrase, tout hôte normalement constitué quitte la chambre du convive. Ma dernière phrase n'appelait pas le moindre commentaire. Pourtant, Sylvie demeura sur le seuil. Elle me regardait fixement sans rien dire, si bien qu'au bout d'un moment je dus ajouter : « Je te rejoins dans la cuisine... »

---

1. Ça aussi, il faudra me l'expliquer : cette incompatibilité totale entre le monde médical et le monde de l'écriture lisible.

N'écoutant pas ma proposition, elle s'est approchée de moi, comme hypnotisée. Elle semblait soumise à une étrange pulsion. Elle s'est alors assise sur le lit, tout en me regardant droit dans les yeux. À cet instant, son expression me parut inédite. Je ne l'avais jamais vue comme ça. Il n'y avait rien sur son visage, ni sourire ni inquiétude. Ses mains ont amorcé un mouvement. Ou plutôt sa main droite. Elle s'est mise à caresser le drap, tout doucement, vraiment tout doucement. Elle frôlait ma jambe, mais je n'étais pas complètement sûr. Je n'osais rien dire. Je ne comprenais pas ce qu'elle était en train de faire. Ou plutôt si, je comprenais, mais je ne voulais pas m'avouer que je comprenais. Pourtant, il n'y avait plus vraiment de doute, car sa main était sur ma cuisse maintenant. Sa main qui remontait et redescendait le long de ma jambe, et qui se rapprochait à chaque fois davantage de mon sexe. J'ai fait mine de reculer, de m'éloigner, mais elle a accentué sa pression.

Sylvie tenta alors de m'embrasser d'une manière totale, les lèvres en avant, comme arrachées à son visage. Malgré la position de sa bouche, elle parvint à proférer quelques mots crus que je n'ose répéter. On eût dit que des années de nymphomanie réprimée explosaient subitement.
« Mais qu'est-ce que tu fais ?
— Je n'en peux plus. Depuis le temps que j'ai envie de toi.
— Mais ça ne va pas ! On ne peut pas faire ça ! Et on ne peut pas faire ça à Édouard !
— Oh Édouard, on s'en fout ! Ça fait des mois qu'il ne me touche plus ! »
Je ne savais comment esquiver les assauts de Sylvie. J'étais coincé dans un recoin du lit. Je tournais la tête comme je

pouvais. Elle ne semblait pas se rendre compte qu'il y avait comme un léger manque de réciprocité dans le désir. Et pas que le désir. Je pensais à la morale. Édouard était mon ami, et il me semblait que cela ne se faisait pas de coucher avec les femmes de ses amis. C'est d'ailleurs sûrement ça la définition de l'amitié : être ami avec quelqu'un, c'est ne pas coucher avec sa femme. Alors non, franchement non. Cela dit, j'ai aussi pensé en passant qu'Édouard m'avait menti. J'avais encore en mémoire sa tirade sur la vitalité sexuelle de son couple. À l'écouter, sa femme et lui avaient trouvé l'antidote à la lassitude. Je l'avais admiré pour cela, et je m'étais senti coupable ensuite de ne pas être dans cette folie du désir immuable avec ma femme. J'éprouvais non pas la culpabilité de désirer d'autres femmes mais celle de moins désirer la mienne. Rien ne me paraissait plus dramatique que d'avancer à deux, en partageant de belles choses (des enfants, des souvenirs, de la tendresse) tout en perdant progressivement la passion sensuelle. La vie me paraissait mal faite, et les récits d'Édouard accentuaient en moi le malaise du déclin érotique.

J'apprenais maintenant que tout était faux. Car j'étais certain qu'elle disait la vérité : le corps ne ment pas. Faire croire que sa vie était meilleure que celle des autres n'était pas digne d'un ami. Enfin, je me rendais bien compte qu'il se mentait avant tout à lui-même. Ça devait lui faire du bien de s'inventer une vie torride dans mes oreilles. Pendant que toutes ces réflexions se bousculaient dans mon esprit, Sylvie continuait de batailler contre ma résistance.

« Mais arrête, je ne veux pas…, répétais-je.

— Oh, ce n'est pas ce que tu disais ! Tu ne rêvais que de ça !

— C'était il y a vingt ans…

— Eh bien, je m'offre à toi... enfin...

— ... »

Impossible de nier que cela avait été vrai. Sylvie avait représenté un fantasme total pour moi lors de nos premières rencontres. Plus âgée, plus libre, elle était le rêve de tout jeune homme à peine rescapé de l'adolescence. Mais, comme je l'ai déjà raconté, ce fantasme s'était envolé avec l'arrivée d'Édouard. Le meilleur antidote pour achever une passion, c'est que la femme aimée épouse un dentiste. Après ce genre d'annonce, le désir s'expatrie directement à l'autre bout du monde érotique. Voilà qu'elle tentait de raviver ma flamme si lointaine, soufflant éperdument sur les braises froides. Pour ne pas la vexer, j'avançai un argument moral de taille ; argument qui m'évitait d'avouer mon absence totale de désir. Je répétais : « On ne peut pas faire ça à Édouard. » Au bout d'un moment, comme rattrapée par la réalité, ou bien la pudeur peut-être, elle s'est redressée. Je pense qu'elle a hésité à partir sans rien dire, mais elle a finalement bafouillé :

« Je suis désolée, je ne sais pas ce qui m'a pris.

— Ce n'est rien.

— J'espère que tu sauras oublier ce moment d'égarement de ma part.

— Oui, oui, bien sûr... »

Elle se releva doucement mais quitta très vite la chambre.

*

Ainsi, elle avait opté pour la folie passagère, une pulsion non maîtrisable donc excusable. Ce n'était pas de sa faute. Son corps avait réagi de manière inappropriée. J'avais le sentiment qu'elle s'était jetée sur moi par dépit, comme on appelle au secours. Certains ont des pulsions suicidaires, d'autres des pulsions érotiques. Je ne dis pas que vouloir coucher avec moi équivaut à une sorte de renoncement à la vie, non, je ne dis pas ça. Mais il semblait que son assaut avait été celui d'un être en bout de course. Une femme perdue dans les doutes. Elle était dans cet âge du milieu. Elle était trop jeune pour être vieille, mais déjà trop vieille pour être jeune. Son corps avait crié une angoisse qui dépassait la simple frustration. Ce qu'elle venait de faire avec moi serait un déclic pour elle. Nous serions tous surpris des décisions qu'elle n'allait pas tarder à prendre.

*

Quelques minutes plus tard, je rejoignais Sylvie à la cuisine. Elle était assise sur un petit tabouret rouge, immobile. Je me suis approché d'elle, j'ai pris ses mains pour la forcer à se lever. Face à face, on s'est regardés un moment avant de se mettre à sourire. Je l'ai prise dans mes bras. Nos vingt ans d'amitié pouvaient se résumer à ce geste-là. Nous sommes restés un moment ainsi. Rien n'était grave.

10

Intensité de la douleur : 0,5.
État d'esprit : en fuite.

11

En partant retrouver Édouard pour le déjeuner, j'ai emporté toutes mes affaires. Sylvie a compris que je ne reviendrais pas. Il me fallait vivre ailleurs. Je ne savais pas encore où, et finalement j'aimais cette sensation. C'est assez rare dans une vie comme la mienne de ne pas savoir où l'on va dormir le soir même. J'étais un nomade dans ma ville. J'allais sûrement prendre une chambre d'hôtel, ça ne m'inquiétait pas plus que ça. Les événements glissaient sur moi, et mon dos m'en remerciait. La façon dont j'abordais les choses, dans une décontraction si surprenante, me faisait admettre plus que jamais que mon mal était d'ordre psychosomatique. En me détendant, en réglant mes problèmes, j'allais anéantir mes douleurs.

Mais bien sûr, elles étaient plus perverses que cela. Il suffisait que j'énonce la moindre certitude concernant ma guérison pour que des picotements reviennent hanter le bas de mon dos. Mon corps se rappelait à moi pour me chuchoter : « Non, ce n'est pas fini. » Mon dos agissait comme la culpabilité avec Raskolnikov. Je devais *prendre mon mal en patience*, une expression dont je saisissais mieux que jamais le sens. Je devais attendre mon heure du bonheur. Pourtant, à chaque retour de la douleur, je me sentais plus abattu. Rien n'est pire que la rechute (le mot même est terrifiant); rien n'est pire que le retour du mal quand on a cru en réchapper. Je me suis assis sur un banc et je pouvais voir mon apaisement des minutes précédentes s'enfuir comme un inconnu dans la foule. Le bien-être me fuyait. Mon état d'esprit changeait brutalement. J'étais soumis aux variations de mon corps, victime de la cyclothymie typique des faibles. De fil en aiguille, les idées noires se mirent à progresser en moi. Alors que je venais de vanter ma joie de cette vie intrépide (j'avais souri de ne pas savoir où j'allais dormir ce soir), voilà que j'étais rattrapé par une multitude d'interrogations : Que faire de mes jours ? Comment gagner ma vie ? Allais-je finir en chaise roulante ? Pour illustrer mes angoisses, je vis subitement non loin de moi un SDF. C'était un homme d'une cinquantaine d'années, peut-être moins, peut-être même avait-il exactement mon âge ? Qu'en savais-je ? Vivre dans la rue doit vieillir. On doit prendre dix ans par année d'errance. Comment ne pas y voir un signe ? Cet homme, c'était moi. C'était ce vers quoi j'avançais. Il n'y avait plus le moindre doute. Comment avais-je pu ne pas admettre l'évidence de cette condition qui m'attendait ? Je n'avais plus de travail, plus de femme, plus d'argent, plus rien, mes enfants menaient leur vie sans moi maintenant, et ils allaient progressivement me rejeter. Comment ne pas avoir honte d'un père comme moi ? D'un père tordu, souffreteux, un paria affectif et professionnel ? Plus j'y pensais, plus je me reconnaissais dans cet homme, là-bas. Je ne pouvais plus en détacher mon regard. Une femme s'est alors approchée pour lui donner une pièce de dix centimes. Enfin, je n'ai pas pu voir le montant, mais je sentais que c'était dérisoire. C'était un petit geste, sûrement mieux que rien, mais c'était une poussière dans son effondrement. Dix centimes, pas plus... Et il l'a remerciée en lui faisant un grand sourire, un immense sourire, un sourire de siècle. J'ai pu voir qu'il n'avait presque plus de dents ; il ne pouvait plus se soigner ; il allait mourir. Alors oui, dans ces cas-là, on sourit comme un caniche à une femme qui vous jette dix centimes. Je voulais suivre cette femme, pour la remercier à mon tour : j'avais le sentiment que c'était à moi qu'elle venait de donner une pièce. Je voulais la bénir, car plus personne ne me regardait, plus personne ne me regarderait jamais.

C'est alors qu'il se passa quelque chose d'incroyable.

La vie, dans sa pure pathologie bipolaire, m'offrit une nouvelle qui me permit de rompre avec le fantasme effréné de ma déchéance. Je venais de divaguer dans une mer noire avec, je dois l'avouer, un réel penchant pour la dramatisation de mon état. Ça fait du bien de dériver dans la version catastrophe de sa vie, de se laisser aller au pire scénario. Les adultes ont parfois besoin de ça, car ils n'arrivent plus à pleurer comme des enfants. Ils n'arrivent plus à évacuer par les larmes leurs doutes et leurs chagrins. J'étais assis sur mon banc, quand la réalité se rappela à moi sous la forme d'une sonnerie de téléphone. J'ai regardé le nom qui s'affichait : Audibert. Avec l'agression matinale de Sylvie, j'avais complètement oublié de le rappeler. Il avait pourtant prononcé le mot « urgent ». J'ai décroché.

« Allô ?

— Ah bonjour… je ne vous dérange pas ?

— Non, non… pas du tout.

— Vous avez eu mon message ?

— Oui, oui… pardon… je n'ai pas pu vous rappeler avant… j'ai eu quelques soucis de santé…

— Ah… j'espère que ça va mieux.

— Oui, merci. Je pense que ça va aller.

— Bon, tant mieux. Car la santé, c'est le plus important.

— Oui, vous avez sûrement raison.

— Je voulais vous parler de votre licenciement.

— …

— J'ai de très bonnes nouvelles.

— Ah ?

— Je vous passe les détails, mais votre collègue ne portera pas plainte contre vous. Et nous nous sommes arrangés pour vous éviter le licenciement pour faute grave…

— Ah… merci…

— Par conséquent… vu votre ancienneté dans la maison,

vous allez toucher un chèque… enfin, vous allez avoir le temps de vous retourner…

— Me retourner?

— Oui, enfin, façon de parler… vous allez avoir le temps de voir venir…

— Voir venir?

— Oui, enfin… c'est une bonne nouvelle, non?!

— Oui, vraiment… très bonne… je vous remercie, monsieur… pour tout ce que vous avez fait…

— Je vous en prie.

— …

— Vous allez nous manquer », ajouta-t-il avant de raccrocher.

Je suis resté un instant sans bouger. Cette conversation avait été étonnante. S'il m'avait laissé entendre qu'il allait tout faire pour résoudre ainsi mon licenciement, j'avais été surpris par son ton enjoué. Et même, je pouvais le dire : son affection. Je n'en revenais pas qu'il ait pu me dire : « Vous allez nous manquer. » J'avais travaillé plus de dix ans avec cet homme, et s'il n'avait jamais été distant ni désagréable, on ne pouvait pas dire qu'il était chaleureux. Il avait toujours maintenu avec ses employés une distance nécessaire, évitant de créer des liens d'amitié avec quiconque. Je comprenais maintenant qu'il s'agissait d'une stratégie professionnelle; sa véritable nature était tout autre. Le matin, en arrivant au bureau, il devait ranger sa personnalité réelle dans sa mallette. L'entreprise était un monde dans le monde. Un monde avec ses faux-semblants, ses apparences, où chacun jouait un rôle en fonction de son poste. Je comprenais les règles au moment de quitter le jeu. C'est sûrement le trait le plus important de mon caractère : cette façon d'avoir sans cesse un train de retard sur la réalité[1]. Mon problème était de n'avoir pas compris cette réalité-là au moment où je progressais dans l'entreprise, parmi les possibles saloperies. Bien sûr, je n'étais pas dupe de certaines perversités, loin de là, mais mon incapacité à avancer masqué m'avait finalement rendu aveugle aux rivalités. Je n'avais aucun regret, car je n'avais pas les capacités requises pour aller plus haut dans la hiérarchie. Je n'étais pas assez politique, pas assez comédien, je n'avais pas le don d'être un autre. Je me sentais en permanence retenu dans une sorte de premier degré, condamné à être moi.

J'ai mis encore quelques minutes avant de comprendre ce que cette conversation impliquait concrètement : apparemment, j'allais toucher des indemnités importantes. Et bénéficier également des allocations chômage. Quelques jours après l'annonce de l'héritage de ma femme, je continuais de voguer dans l'annulation pure et simple des contraintes financières. J'allais pouvoir vivre au moins deux ou trois ans sans rien faire. Ce que je ne souhaitais pas. Mais j'avais le temps de prendre mon temps. J'ai pensé à tout ce que je pouvais faire avec cet argent, et rien ne venait. Aucune envie, aucun désir. Un voyage ? Même pas. L'idée de me déplacer dans mon état m'épuisait par avance. Je n'avais envie de rien. Ça ne me changeait pas vraiment du passé. Je n'avais jamais été dépensier, non par avarice, mais par désintérêt total pour les achats. Jamais je n'aurais pensé vivre une telle période : sans femme, sans enfant, sans emploi, et sans angoisse financière. Combien de fois dans une vie peut-on vivre sans la moindre

---

1. Il m'arrivait souvent de trouver le jeudi la réponse à une question qu'on m'avait posée le lundi.

contrainte ? Ça ne m'était jamais arrivé. Je vivais une vie iné-dite.

J'avais passé des années à me sentir oppressé par l'argent, les impôts, tout ce qu'il fallait payer. Tant de fois, je m'étais éveillé en pleine nuit, car mon inconscient faisait des calculs malgré moi. Je pensais au taux de remboursement de mes crédits, j'hésitais entre diverses options financières, je calcu-lais ma nouvelle imposition avec le récent changement de gouvernement, je pensais avec effroi à l'augmentation de la mutuelle, et puis la facture du gaz me revenait en mémoire, l'assurance de la voiture, les frais de scolarité de mon fils, les anniversaires de tout le monde tout le temps, et puis Élise qui demandait régulièrement : « Quand est-ce qu'on repeint la salle de bains ? » J'y pensais tout le temps à toutes ces ques-tions, mais de manière diffuse, sans même le savoir, comme si les sentiers de l'angoisse arpentaient en permanence notre corps de manière autonome. Étrangement, c'est en apprenant ma libération financière que j'admis à quel point j'avais vécu des années dans cette soumission apeurée. Je le sentais dans mon corps. Quelque chose se libérait subitement. Et j'allais mieux. Oui, je pouvais le dire. Mon dos avait aussi subi mon rapport angoissé à l'argent. Ce n'était pas la raison principale de mes douleurs, bien sûr, mais je me sentais apaisé. J'avais envie d'entrer dans n'importe quelle boutique et d'acheter n'importe quoi. D'ordinaire, je pesais tant le pour et le contre de tout achat, que souvent je finissais par me persuader que je n'avais envie de rien. Je comprenais que c'était un men-songe. On passe son temps à se mentir pour que ses désirs soient en conformité avec ses moyens. C'est le seul antidote à la frustration. Soudain, mes envies naissaient en moi, libre-ment ; des envies non soumises aux incessantes injonctions du concret. J'ai marché en pensant à tout ce que je pourrais acheter. Je me suis arrêté devant un distributeur, et j'ai retiré un billet de cinquante euros. Je l'ai positionné devant mon visage, à hauteur de mes yeux, et je l'ai regardé un moment. C'est alors que, pris d'une pulsion, je suis revenu sur mes pas. Je suis retourné à l'endroit où j'avais reçu l'appel d'Audibert. Le SDF était toujours là assis, et il était probable qu'il allait passer la journée ici. Je me suis approché, et je lui ai tendu le billet. Il m'a adressé un sourire, exactement le même qu'à la femme de tout à l'heure. Au fond, le montant semblait lui importer peu. Seul le geste comptait. Je ne raconte pas cette anecdote pour paraître généreux ou altruiste, même si souvent on se glorifie d'une bonne action, on en retire une satisfaction qui dénature le simple geste d'aider l'autre, non, je ne raconte pas cela pour me vanter, car la vérité est tout autre : je demeurais persuadé que cet homme, c'était moi.

12

Intensité de la douleur : 2.
État d'esprit : renfloué.

13

Il y a des gens qui ne changent jamais. C'est fascinant. Édouard est la personne la plus identique que je connaisse. Les jours ne le modifient pas. C'est une qualité rassurante pour un ami. Il est d'égale humeur. Je me demande si cette façon d'être n'est pas inhérente à sa profession. Il faut avoir une sorte de rapport distancié aux choses pour être toujours dans des bouches. Être dentiste, ça rend sûrement un peu bouddhiste. Ainsi, Édouard m'accueillit avec sa tête de tous les jours, immuable comme un dieu du Quotidien. De mon côté, je ne cessais de penser à l'attaque érotique de sa femme. J'avais envie de me montrer encore plus amical avec lui. Je m'intéressai lourdement à sa vie, je lui posai de nombreuses questions, si bien que j'éveillai ses soupçons :

« Ça va ? Tu es sûr que ça va ?

— Oui, ça va.

— Ton attitude m'inquiète…

— Ah bon ? Pourquoi ?

— Tu t'intéresses à moi… tu veux savoir comment je vais… tu me demandes des détails… des précisions…

— Et alors ? Je suis… ton ami.

— Si tu es mon ami, alors dis-moi la vérité.

— Quelle… vérité ? balbutiai-je.

— La vérité sur ta condition. Tu as eu des nouvelles de l'hôpital, c'est ça ?

— Non…

— Tu es sûr ?

— Puisque je te le dis.

— Ah tu me rassures. Tu m'as foutu le bourdon, avec toutes tes questions. Tu avais vraiment l'air de quelqu'un qui veut dire adieu…

— … »

J'avais dû avoir une tonalité un peu trop compassionnelle. Mais il est difficile d'être à l'aise avec un ami dont la femme vient de tenter de vous violer. Au lieu d'imaginer la situation, il avait cru que j'avais reçu des nouvelles désespérantes de l'hôpital. Ça en dit long sur les rapports humains : s'intéresser à l'autre, c'est avoir quelque chose à cacher. Au fond, je n'avais pas de quoi m'inquiéter. Édouard n'avait jamais été très perspicace ; c'était un trait de son caractère que j'avais toujours aimé. Il paraissait parfois complètement déconnecté de la réalité. On eût dit qu'il avait réussi à emporter une partie de son enfance dans sa vie d'adulte. C'était d'ailleurs l'un de nos points communs. Malgré nos vies professionnelles, et nos responsabilités, notre amitié reposait sur une forme d'incrédulité face à notre âge. Nous n'avions jamais vraiment réussi à attraper le train du sérieux. Par exemple, on faisait tous les deux partie de cette catégorie assez rare d'hommes qui seront toujours ridicules en cravate.

Mais venons à l'essentiel de notre rencontre. Depuis la veille, Édouard voulait me parler d'une idée qu'il avait eue :
« Ça a un rapport avec ton dos, commença-t-il.
— …
— Voilà… je pense que tu as essayé pas mal de choses… mais il te manque l'essentiel.
— Ah bon ? Quoi ?
— Le plus important dans la vie d'un homme, c'est de se libérer des tensions sexuelles.
— …
— Tu me l'as dit à demi-mot, mais j'ai bien compris qu'entre Élise et toi, ce n'était plus vraiment la folie au lit.
— Oui… enfin, ça allait.
— Et maintenant que vous vous êtes séparés, il faut vraiment réfléchir à la question.
— C'est-à-dire ?
— Tu as essayé les médecins, les psys, les magnétiseuses, et je ne sais plus quoi encore. Et rien ne marche. Ce qu'il te faut, c'est une professionnelle.
— Une professionnelle de quoi ?

— Du... sexe, dit-il tout bas en tournant la tête alors que le restaurant était quasiment désert.

— Mais ça ne va pas ! Je n'ai pas du tout envie de ça.

— La question n'est pas de savoir si tu veux ou pas. Je te dis que c'est pour ta santé. Tu as besoin de faire l'amour complètement, totalement... bestialement.

— ...

— Ne me dis pas que tu n'y penses jamais ?

— Non, je t'avoue que je n'y pense pas tant que ça. J'étais heureux avec ma femme. Et là, j'ai surtout d'autres choses à régler avant de commencer une histoire.

— Justement, ce n'est pas une question d'histoire. C'est une question d'une simple heure. Tu payes, et hop.

— Tu as essayé, toi ?

— ...

— ...

— Moi ? Tu me demandes si j'ai essayé, moi ?

— Oui, toi.

— Mais non, voyons, je t'ai dit à quel point ça n'arrête pas avec Sylvie.

— Oui, oui... je sais... », dis-je pour ne pas chagriner son mensonge. Je voyais dans son regard qu'il ne doutait plus de la vérité de ce qu'il m'énonçait. C'est la force de persuasion du mensonge sur la réalité ; au bout d'un moment, ça devient vrai.

Pendant tout le déjeuner, il n'a cessé de me parler de son idée. J'ai commencé à me poser des questions. Étais-je si épanoui que ça ? Avais-je raison de considérer ma vie sexuelle comme honorable ? Faire l'amour n'était-il pas devenu un acte dénué de cette folie qui libère les sens ? J'aimais dormir après l'amour. J'avais le sentiment d'un bienfait physique, d'un délassement salvateur. N'était-ce pas suffisant ? La discussion avec Édouard avait semé un doute. Après tout, la cause de mon mal-être venait peut-être d'une sorte de frustration invisible. Si le désir avait été moins tenace avec ma femme, j'avais l'impression de ne pas être en manque. J'aimais les femmes, je les regardais, mais je ne me sentais pas en chasse d'un quelconque rapport. Je m'apprêtais d'ailleurs à vivre sans sexualité, jusqu'à ma prochaine histoire amoureuse, sans que cela me pose problème. J'avais d'autres soucis. La permanence de la douleur m'avait écarté des sphères du plaisir. Ce qu'il disait était peut-être vrai. Par les baisers, les caresses, la jouissance, on pouvait échapper aux atroces tenailles de la souffrance. Et si le dénouement de la douleur se trouvait dans le corps de l'autre ?

Il suffisait de se pencher un peu sur l'histoire, pour se rendre compte à quel point la liberté sexuelle demeure le palliatif absolu des difficultés. C'est bien simple : à chaque crise, on progresse d'un cran dans la libéralisation des mœurs. Un choc pétrolier permettait la légalisation de l'avortement (1974). Une cure d'austérité après une dévaluation s'adoucissait par les premiers pornos à la télévision (1984). Ainsi de suite, jusqu'à notre époque ravagée par une crise si violente. Que fait-on ? On revient à des valeurs d'amour. Les gens se marient comme jamais. Dans la rue, des inconnus offrent des câlins, des *free hugs*. Il faut vraiment qu'une société aille mal pour s'aimer ainsi. Tout me paraissait lié. J'avais besoin d'amour, j'avais besoin de libérer ce que je retenais passivement en moi. Oui, Édouard avait raison : mon dos avait crié à la famine sensuelle. Pour autant, je n'envisageais pas un rapport avec une professionnelle. Mais mon ami insistait : « Le mal est trop grave, il te faut une femme qui sache s'y prendre… » Il me parla d'un site Internet où l'on pouvait trouver des petites annonces, avec des commentaires des patients précédents… enfin, des clients.

« Les filles sont évaluées. Sur ce qu'elles font bien, ou pas bien. Leur attitude générale. Leur rapport au temps. Et tant de choses…

— … »

Il n'avait pas l'air de trouver choquant qu'on puisse ainsi noter un être humain. Devant mes réticences, il ajouta :

« C'est pareil pour tout le monde. Les professeurs sont notés. Et même les dentistes.

— Ah bon ?

— Oui, il y a un site où chaque patient donne son avis. De toute façon, notre société est basée maintenant sur les avis de chacun. Si tu vas au théâtre, au cinéma, dans un hôtel, tu regardes d'abord ce que les autres consommateurs ont dit.

— …

— Eh bien, c'est pareil pour les prostituées. »

Édouard se rendait-il compte qu'il avait l'air d'un habitué de ces pratiques ? J'ai fait mine de ne pas relever les implications de sa parfaite connaissance du sujet. À la fin du déjeuner, en sortant du restaurant, je lui ai dit que j'allais prendre une chambre d'hôtel.

« Mais pourquoi ? Tu peux rester autant que tu veux chez nous.

— J'ai besoin d'être un peu seul. Ça ne m'est jamais arrivé.

— Ah…

— Bon, en tout cas, tu pourras revenir quand tu veux. On est là, tu sais.

— Oui, je sais.

— C'est Sylvie qui va être déçue.

— …

— J'ai vu qu'elle aimait s'occuper de toi, te préparer des petits plats… enfin, tu la connais… c'est une affective…

— … »

J'ai marché un moment à la recherche d'un hôtel. J'étais un touriste dans ma ville. Pour fuir les soucis incessants du quotidien, j'avais parfois rêvé de tout quitter. Tout le monde y pense un jour ou l'autre. Changer de vie, repartir de zéro. Au fond, j'en aurais été bien incapable. Alors, le destin avait décidé à ma place. Je n'avais plus le moindre repère. Il m'arrivait de ne pas savoir ce que je ressentais. Je n'étais ni dans le bonheur ni dans le malheur. Je découvrais une zone étrange, assez indolore je dois dire, de l'existence. J'avais peur d'être devenu insensible, mais non, c'était autre chose. C'était être passager de ses jours. On ne pilote plus, on est juste là, flottant dans la succession des événements. Je sentais que mon dos appréciait ma nouvelle léthargie. Pourquoi avais-je passé tant d'années à me stresser pour des broutilles ?

J'étais maintenant devant un hôtel. Un tout petit établissement qui s'appelait « Les Pyramides ». En entrant, je ne vis personne à la réception. Comme il n'y avait pas de sonnerie, je me suis raclé la gorge bruyamment, première chose à laquelle j'ai pensé pour manifester ma présence. Un homme d'une cinquantaine d'années est apparu. Mat de peau, pourvu d'une grande moustache et d'un nez en forme de triangle isocèle, il avait l'air d'un Égyptien. Ce qui expliquait sûrement le nom de l'hôtel.

« J'étais en train de faire ma comptabilité, s'excusa-t-il en arrivant.

— Je vous en prie.

— Je peux vous aider ?

— Oui, je voudrais une chambre.

— C'est pour une nuit ?

— Oui, et peut-être plus.

— Ah d'accord, très bien... », dit-il, l'air d'être un peu surpris qu'on puisse rester plusieurs nuits ici. Il me montra ma chambre. Elle me sembla charmante. Elle n'avait rien d'extravagant, et était plutôt petite. Mais la fenêtre donnait sur une courette intérieure qui semblait très calme. On aurait dit un de ces hôtels parisiens en voie de disparition, un de ceux qu'on peut voir dans les films des années 1970. Il y avait un lit, un bureau, un fauteuil : de quoi rendre heureux un homme dénué d'ambition. La salle de bains était à l'image de la chambre : fonctionnelle. Rien de superflu. J'ai annoncé que c'était parfait. Le gérant m'indiqua les horaires du petit déjeuner et quitta la pièce en disant : « Reposez-vous bien. » J'avais donc l'air si fatigué que ça. Je n'avais qu'un sac avec moi, je n'étais pas rasé : je devais ressembler à un homme en cavale.

Je me suis allongé sur le lit. Le matelas était un peu trop mou. J'avais peur pour mon dos. Surtout que je sentais le retour de la douleur ; mon corps devait payer la longueur de ma journée, et mes déambulations. À part ça, je me sentais plutôt bien, mais j'avais encore tant à affronter. Cette chambre était un répit dans la tempête de mes péripéties. Je m'étais un peu menti en parlant d'un moment de vie qui pouvait être excitant. J'étais effrayé par ce qui m'attendait.

14

Intensité de la douleur : 3.
État d'esprit : touristique.

15

Finalement, la nuit fut plutôt bonne. Au petit déjeuner, j'ai échangé quelques amabilités avec le patron. Il n'était pas égyptien mais grec. D'une manière assez étrange, il est resté assis près de moi, sans rien dire. On aurait cru qu'il voulait vérifier si je buvais bien tout mon café. Au bout d'un moment, je n'eus d'autre possibilité que de faire mine de m'intéresser à lui :

« Pourquoi avez-vous appelé votre hôtel "Les Pyramides" ?

— Parce que j'ai de l'ambition. Là, je suis au tout début de la pyramide.

— ...

— Mais bientôt, j'aurai un hôtel comme le Ritz. »

Je n'ai pas tout compris de son histoire de pyramide, mais il semblait très sérieux. Ça me fascinait toujours un peu, les gens qui avaient une telle foi en leur avenir. Le téléphone a sonné, et il s'est levé en m'adressant un signe d'excuse. J'étais soulagé de ne pas avoir à poursuivre notre conversation. Je détestais parler le matin, surtout avec un homme, encore plus un moustachu. À un moment, un couple de touristes allemands est entré dans la salle. Nous nous sommes salués cordialement, avec la connivence de ceux qui partagent un secret. Dormir au même endroit, ça crée des liens. J'ai quitté la salle, en regrettant de ne pas connaître un mot d'allemand; pourtant, j'avais toujours trouvé que c'était la plus belle langue du monde. Et même, la plus érotique.

Je suis repassé chez moi, enfin dans mon ancien chez-moi. C'est toujours difficile de définir ses rapports avec les lieux et les personnes quand les ruptures sont fraîches. J'ai pris quelques affaires, des livres et mon ordinateur. En fin de matinée, j'étais de retour à l'hôtel. J'avais maintenant des journées à remplir comme je pouvais. On se plaint si souvent de sa vie professionnelle, mais qu'il est reposant de ne pas avoir à prendre en charge le contenu de ses journées. Mes heures étaient devenues des pages blanches. Assis au bureau, j'ai allumé mon ordinateur. J'ai ouvert un document Word. Toutes les phrases étaient possibles. Je répétais sans cesse que j'avais abandonné un projet d'écriture. En étais-je bien sûr? Il y avait si longtemps. J'avais peut-être rêvé cette partie de ma vie. Je m'étais peut-être inventé ce costume d'artiste frustré. Je m'étais fait croire que j'avais tout abandonné pour la vie concrète. Mais au fond, quand on veut vraiment écrire, on écrit. C'est valable pour toutes les obsessions, artistiques ou autres. On ne peut pas abandonner ainsi au premier doute. Ce roman avec toile de fond la Seconde Guerre mondiale, l'avais-je seulement commencé? Je n'avais aucun souvenir de ce que j'avais pu écrire. Je me souvenais simplement de la posture du jeune homme qui a un projet littéraire. Ça m'excitait, de jouer à l'écrivain.

Les conditions étaient maintenant réunies pour renouer avec ce fantasme inassouvi. J'étais devant un ordinateur, dans l'endroit parfait pour écrire (une chambre d'hôtel), j'avais du temps et de l'argent... alors? Alors rien. Aucune phrase ne venait à moi. Pour la simple raison que je voulais écrire par désœuvrement. On n'écrit pas parce que la vie vous laisse du temps libre. Il faut organiser sa vie autour des mots, et non le contraire. Je n'avais aucune vocation, et même aucune idée. Je me rendais compte maintenant que, toutes ces années, je n'avais cessé de me mentir. Ces années où je disais que ma vie d'adulte (un travail, un couple, des enfants) m'empêchait d'écrire mon roman. Tout était faux. Il n'y avait pas de roman; il n'y avait jamais eu de roman.

Désemparé, j'ai commencé à errer sur Internet. J'ai quitté le bureau pour m'allonger sur le lit, car mon dos me faisait mal (je ne pouvais plus m'asseoir sur la chaise en bois). J'ai passé du temps à perdre mon temps. Finalement, je me suis décidé à aller voir le site conseillé par Édouard. Toutes sortes de femmes proposaient toutes sortes de choses. J'ai admis aussitôt que ma sexualité avait été d'un classicisme total, une gentille épopée sur route balisée. J'avais si peu expérimenté. Mon excitation progressait à mesure que je voyais défiler les images, et ma douleur avait disparu. Ça ne m'empêchait pas de conserver une distance critique et une capacité à être choqué par l'étalage de commentaires sur les prestations de chacune. Je lus à propos d'une Ukrainienne qu'un client traitait de « fonctionnaire de la passe » : « Avec elle, c'est métro, boulot, sodo. » Un monde s'ouvrait à moi. Mon attention s'arrêta sur une Africaine prénommée « Carmen des Îles ». Son pseudo était ainsi complété : « 95 D de rêve. » Sous sa photo, on pouvait lire le détail de ses prestations, ce qu'elle faisait ou non. J'ai continué à consulter d'autres fiches, mais l'excitation baissait. Au bout d'un moment, les corps offerts deviennent immatériels, dénués de sensualité.

En dix ans, plutôt par hasard, j'avais dû aller deux ou trois fois sur des sites pornographiques, pour voir quelques images ou quelques vidéos. Je n'avais jamais été vraiment sensible à la pornographie. Plus jeune, j'avais acheté quelques films et m'étais épuisé à les regarder de nombreuses fois. Alors voilà, c'était peut-être étrange, mais je découvrais tout cela maintenant, à quarante ans. Pour soulager mon dos, il fallait que j'explore la piste érotique. Enfin, mon dos avait bon dos. Une part de moi, je le sentais bien, voulait vivre une expérience avec une expérimentée. J'ai donc téléphoné à « Carmen des Îles ». Gêné, j'ai balbutié tout doucement quelques questions. Elle était libre dans une heure. Juste le temps qu'il me fallait pour me préparer, et arriver chez elle. Elle habitait à Château-Rouge, dans le XVIIIe arrondissement de Paris. Elle m'avait donné toutes ses coordonnées par téléphone. Une fois en bas de son immeuble, je suis entré rapidement dans le hall. J'espérais ne croiser personne, mais manque de chance, il y avait un monde fou. J'avais l'impression que tout le monde savait où j'allais. La façon dont on me regardait ne laissait pas de place au doute : j'avais la tête du client. Une fois devant l'interphone, j'ai appuyé sur le bouton « C ». Sans me répondre, on m'a ouvert la porte. Carmen m'avait donné le numéro de l'appartement, et l'étage. C'était au quatrième, mais j'ai préféré monter à pied. J'ose à peine préciser qu'à cet instant-là, mon excitation était nulle. Je n'avais plus du tout envie de faire l'amour avec quiconque.

J'ai frappé à la porte, de plus en plus gêné. Une femme a ouvert, et m'a fait signe d'entrer sans parler. Carmen semblait bien différente de ce que j'avais lu à son sujet, et sur ses belles qualités d'accueil.

« Tu viens…, dit-elle.

— … »

Je l'ai suivie dans un couloir, et elle a indiqué une chambre.

« Attends-moi là », a-t-elle soupiré.

Elle m'a laissé seul dans la pièce miteuse. De nombreuses idées noires, et pas celles que j'espérais, ont alors envahi mon esprit. J'avais peur d'être tombé dans un coupe-gorge, qu'on me tue, qu'on me vole, qu'on me coupe en morceaux. Personne ne savait que j'étais là. J'avais été complètement fou. Heureusement, Carmen est revenue assez vite. Elle ne souriait toujours pas.

« Tu payes d'abord.

— Oui…, dis-je en sortant 150 euros de ma poche.

— Donne-moi 200, tu vas voir, ça sera mieux.

— D'accord, madame… »

Il m'a fallu quelques secondes avant de me rendre compte que la femme qui était devant moi n'était pas du tout celle de la photo.

« Vous n'êtes pas Carmen ?

— Non, je suis Jessica. Sa cousine. Mais tu vas voir, c'est pareil.

— Ah… », soupirai-je en pensant que ça ne servait à rien de commenter les prestations si on se retrouvait avec des cousines.

Jessica a fermé la porte derrière elle, et m'a fait signe de m'allonger sur le lit.

« Tu n'es pas un habitué, toi.

— Non… c'est la première fois… c'est parce que j'ai mal au dos.

— Ah… d'accord. Chacun son truc. Moi, je respecte. »

Je n'ai rien compris à ce qu'elle m'a dit. Avec son col roulé, elle n'avait pas l'air de vouloir travailler. Je ne bougeais pas, je ne faisais rien, je regardais le mur. Elle a alors pris ma main, et l'a posé sur son sein gauche. Je n'ai rien senti. On aurait dit qu'il n'y avait aucune connexion entre ma main et mon cerveau. Il faut dire aussi que son pull était râpeux.

« J'ai un rhume. Alors je garde mon pull, d'accord ?

— Euh... oui... si vous voulez...

— ...

— ...

— Je peux te fouetter si tu veux. Tu as une tête à aimer te faire fouetter toi, c'est pas vrai ?

— Je ne sais pas... »

Je pensais surtout à mon dos. Je n'étais pas convaincu que le fouet soit apprécié par mes lombaires fragiles. Je n'étais pas contre un peu d'action dans la sexualité, mais ça n'allait pas jusqu'au goût de la barbarie.

« Bon, tu te déshabilles... », ordonna-t-elle.

Je ne me sentais pas du tout prêt à un acte sexuel. En même temps, j'étais venu jusqu'ici, alors je voulais vivre cette expérience jusqu'au bout. Peut-être que sous ce pull, et cette apparente nonchalance, j'allais trouver mon billet pour le nirvana érotique, cet endroit que j'espérais atteindre pour semer mon mal de dos en route. Mais tout ça était trop mécanique, trop froid. J'avais besoin d'ajouter une touche d'humanité. J'ai demandé :

« Vous ne voulez pas qu'on parle un peu d'abord ?

— Ah, tu es le genre qui parle.

— Je ne sais pas.

— Ça te coûtera plus cher.

— De parler ? Ça coûte plus cher ?

— Eh oui... tu crois quoi ? Je ne me dévoile pas comme ça !

— ... »

Devant mon visage incrédule, elle s'est mise à rire :

« Tu n'as pas d'humour toi ?

— Ah... c'était pour rire...

— Ça doit faire un moment que tu n'as pas...

— Je ne sais pas.

— Tu ne sais rien, toi. Bon, qu'est-ce que tu veux savoir alors ?

— Je ne sais pas. Je veux juste parler... comme ça... c'est rien de précis...

— Oh, t'es un tordu toi, je le sentais bien...

— Vous venez d'où par exemple... ?

— De l'Est.

— D'Afrique de l'Est ?

— Mais non, de Strasbourg. Je suis alsacienne. Ça se voit pas ?

— Ah... si...

— Mais non, ça se voit pas... Je ne sais pas d'où je viens... J'ai été adoptée... Mon père adoptif m'a violée quand j'avais quinze ans... et je suis tombée enceinte... alors ils m'ont cachée... et ils m'ont obligée à abandonner l'enfant... c'est à ce moment-là que j'ai décidé de fuir... je suis arrivée à Paris comme ça... sans rien... sans famille... sans argent... et je ne sais même pas où est ma fille... heureusement j'ai rencontré un mec... mais bon, il m'oblige à faire la pute... sinon, il me tabasse... tu vois la marque, là ?

— ...

— C'était hier.

— ...

— Alors voilà... tu sais tout.

— ...

— Bon, on y va ? Tu te déshabilles ? »

Autant dire que je suis parti après cette conversation. Je lui ai laissé tout l'argent que j'avais sur moi. Je ne savais pas si elle s'était moquée de moi ou si toute son histoire était réelle. Elle en avait l'air. Quelques centaines de mètres après l'immeuble, j'ai commencé à me sentir soulagé. Je n'avais pas prévu ce type de soulagement, mais après un tel moment d'oppression, je respirais à nouveau. Fuir un traquenard, c'est comme faire l'amour. Je n'avais plus mal au dos. Édouard n'avait pas eu tort, finalement. Je suis retourné à pied vers mon hôtel. Le soleil commençait à se coucher quand j'ai refermé derrière moi la porte de ma chambre, heureux rescapé de ma tentative de débauche.

16

Intensité de la douleur : 3.
État d'esprit : soulagé.

17

Au matin, je me suis réveillé tout froissé de l'intérieur. J'avais l'impression d'avoir dormi dans une valise. J'avais mal partout. J'ai tout de même trouvé la force de descendre à la salle du petit déjeuner. Une fois que j'ai été assis à ma table, le patron est venu me voir :

« Ça va ? Vous vous plaisez dans mon hôtel ?

— Oui, ça va très bien.

— Vous comptez rester encore un peu ?

— Oui, je pense.

— Combien de jours ?

— Je ne sais pas. On verra.

— …

— …

— Est-ce que je peux me permettre de vous poser une question ?

— Oui…

— Êtes-vous en fuite ?

— Quoi ?

— Avez-vous commis un délit ? Est-ce que vous vous cachez ici ? Si c'est le cas, je peux vous garantir ma discrétion.

— Mais non, pas du tout.

— Ah pardon. Excusez-moi. J'ai cru que… enfin excusez-moi.

— …

— Remarquez, si c'était le cas, vous ne me le diriez pas…

— Quoi ?

— Que vous êtes en fuite.

— Mais je ne le suis pas. Qu'est-ce qui vous fait penser ça ?

— Vous êtes un client un peu atypique. Ici, j'ai en général des routards. Ou des touristes peu fortunés. Mais vous, on ne sait pas qui vous êtes.

— …

— Vous êtes qui ?

— Eh bien… rien… je traverse une crise. Ce n'est pas un délit ça ?

— Non, bien sûr. Je suis vraiment désolé d'être indiscret comme ça.

— …

— Et vous faites quoi dans la vie ?

— En ce moment, rien. Mais j'ai travaillé dans un cabinet d'architecture.

— Ah bon ? C'est incroyable.

— Pourquoi ?

— Justement, je cherchais de l'aide. Je voulais faire des travaux ici. Pour agrandir certaines chambres. Mais je ne sais pas vraiment comment on pourrait organiser ça.

— Ah...

— Si vous avez un moment, peut-être...

— Oui, d'accord. Je vais y réfléchir...

— Ah bon, vous feriez ça ?

— Oui. On verra.

— D'accord, on verra. Je ne vous embête plus. C'est vraiment très gentil à vous d'y penser...

— ...

— Au fait, je m'appelle Vassilis », dit-il en me serrant la main.

Il a quitté la salle en souriant. Je ne savais pas pourquoi je ne lui avais pas dit mon prénom en retour, et encore moins pourquoi j'avais accepté de l'aider. Rien ne m'intéressait moins que de travailler à nouveau. Ma vie professionnelle dans un cabinet d'architectes était révolue. Je ne savais pas encore comment j'allais remplir mes jours, mais il me semblait que je devais chercher à l'opposé de tout ce que j'avais fait jusque-là. Je ne devais surtout pas prendre mon passé comme référence. J'avais pensé écrire, mais la tentative avait été des moins concluantes. En arrivant dans cet hôtel, par réflexe professionnel, j'avais observé le lieu, repéré toutes ses incohérences, et le gâchis de son potentiel. Je savais déjà ce qu'il était possible de faire pour l'améliorer. J'avais choisi cet endroit pour être à l'abri du monde. En un sens, cet homme avait eu raison. J'étais en fuite. Je me cachais de mon passé. J'avais commis le simple délit d'être moi jusqu'à présent. De vivre ma vie en m'écartant des interrogations majeures, des décisions importantes. J'étais responsable de l'état de mes relations avec les autres ; je ne pouvais plus fuir mes responsabilités. Vient un temps dans la vie d'un homme où son corps, à défaut de sa raison, lui demande des comptes. Je le comprenais plus que jamais, mais j'étais déçu que l'éclat de cette révélation se produise au sous-sol d'un hôtel en décrépitude, dans une salle soumise à la cyclothymie d'un néon en fin de vie.

Le patron revint vers moi, avec un grand café et un grand sourire. Tout ça me parut presque burlesque. Au moment où je me relevai pour attraper la tasse, il remarqua ma grimace.

« Ça va ?

— J'ai mal au dos.

— Ah, c'est violent, le dos. Sûrement le pire endroit. J'ai eu très mal aussi à une période.

— Ah bon ? Et comment ça s'est arrangé ?

— Je ne sais pas. Il y a eu comme un déclic. Un matin, je me suis levé, et je n'avais plus mal. C'est mon corps qui a dû décider ça. »

Une fois dans ma chambre, j'ai repensé à ses paroles. Quand mon corps allait-il décider d'aller mieux ? J'étais d'accord avec l'idée que je subissais sa tyrannie et sa dictature. Nous subissions tous notre corps. Mais que faire ? Attendre passivement qu'il se décide à nous laisser en paix ? Non. J'étais certain que je devais continuer à chercher les causes de ma douleur. Cette douleur qui ne passait pas, et qui me contraignit à passer la journée au lit.

Pendant des heures, j'ai échangé des dizaines de messages avec ma fille. Je ne l'avais pas vue depuis un moment déjà. Je n'avais pas voulu qu'elle vienne à l'hôpital, qu'elle assiste à mon délabrement. Quand elle était petite, elle voulait m'épouser. J'étais son prince charmant. Année après année, j'avais bien vu dans son regard que le mythe s'était éparpillé dans les affres de la réalité. J'étais tombé de mon piédestal et, si je ne cherchais pas à mentir sur qui j'étais, j'avais toujours eu envie qu'elle me voie au meilleur de ma forme. Au fond, je pouvais dire que nous n'avions jamais réellement eu une relation saine. La preuve : cette incapacité physique d'aller voir son appartement, ce lieu où elle vivait en femme. Il faudrait des siècles pour admettre que nos enfants sont devenus adultes. On dit souvent qu'il est difficile de vieillir ; moi, je pourrais vieillir indéfiniment du moment que mes enfants, eux, ne grandiraient pas. Je ne sais pas pourquoi j'éprouvais tant de difficultés à vivre cette transition que tout parent connaît. Je n'avais pas l'impression qu'autour de moi les gens avaient les mêmes. Pire, j'entendais des parents soulagés du départ de leurs enfants. Enfin, ils allaient retrouver la liberté, disaient-ils. Il y avait ce film où le garçon, Tanguy, s'éternisait chez ses parents, prolongeant sans cesse ses études. Le mien était parti à l'autre bout du monde dès ses dix-huit ans. C'est toujours comme ça : ceux qui veulent se débarrasser de leurs enfants héritent de boulets, tandis que ceux qui veulent couver à loisir leur progéniture se retrouvent avec des précoces de l'autonomie. Mon fils me manquait atrocement. Et je ne supportais plus d'échanger avec lui des messages par Skype, ou par e-mails. D'ailleurs, ces messages et ces moments virtuels étaient de plus en plus courts. Nous n'avions rien à nous dire. L'amour entre un parent et un enfant n'est pas dans les mots, pas dans la discussion. Ce que j'aimais, c'était simplement que mon fils soit là, à la maison. On pouvait ne pas se parler de la journée, ce n'était pas grave, je sentais sa présence, ça me suffisait. Étais-je si tordu ? Je ne sais pas. Je ne peux qu'essayer de mettre des mots sur mes sentiments. Et je peux affirmer maintenant ce que je sais depuis le début : je vis mal la séparation avec mes enfants. Elle me paraît normale, justifiée, humaine, biologique, tout ce que vous voulez, pourtant elle me fait mal.

J'espérais avoir moins mal au dos demain, car justement j'avais convenu d'un rendez-vous avec ma fille. J'allais l'inviter dans son restaurant préféré, un indien que je trouvais trop épicé. J'ai hésité à lui dire de venir accompagnée, mais je ne me sentais pas encore prêt. Pendant un long moment, j'ai repensé à tout ce qu'elle m'avait reproché ces dernières semaines. Je l'avais tellement déçue et pourtant elle ne m'avait jamais vraiment écarté. Elle demeurait aimante. J'avais honte. J'avais jugé son histoire d'amour sans rien en connaître. J'avais été horrifié par sa différence d'âge avec Michel, alors qu'à peine dix ans les séparaient. Ce n'était tout de même pas la première fois qu'une jeune fille était attirée par un homme plus mûr. Comment avais-je pu être aussi borné ? J'avais progressé dans la vie avec des œillères, obnubilé par des réunions sans importance avec des Japonais psychorigides, drogué aux informations politiques, économiques, pratiques, et tout ça n'avait plus la moindre importance. Je marchais progressivement vers l'essentiel, et c'était peut-être sur ce chemin qu'on avait moins mal au dos.

J'ai pris deux cachets, puis deux autres. Je ne pouvais plus rien faire de la journée. J'ai regardé la télévision. Tous ces programmes idiots qu'on est heureux de voir quand on est malade. Et j'ai dormi aussi par épisodes. Le soir, j'ai vu un film de guerre très connu, que je n'avais pas revu depuis mon adolescence. Dans la chambre d'à côté, un couple faisait l'amour avec une endurance impressionnante. Pour masquer le bruit de leur activité, j'ai monté un peu le son de la télévision. Notre mur délimitait ainsi l'amour et la guerre. Il devait être minuit quand je me suis endormi à nouveau. Et deux heures du matin quand je me suis réveillé face à une évidence : pourquoi attendre le lendemain pour dire à ma fille ce que j'avais sur le cœur ? Ça ne pouvait plus attendre. Il fallait agir au plus vite.

18

Intensité de la douleur : 5,5.
État d'esprit : déterminé.

19

Un jour où j'avais promis de visiter leur appartement, j'avais noté l'adresse sur un bout de papier. Je l'avais relue, cette adresse, pour ne finalement jamais y aller. J'avais même mémorisé le code de la porte d'entrée. En roulant dans la nuit, je me suis senti heureux de vivre ma pulsion. Il y avait si longtemps que je n'avais pas agi sans préméditation. J'avais toujours vécu sous l'oppression de la réflexion. Mes actes n'existaient qu'après avoir été notés dans mon agenda, après avoir intégré mon *emploi du temps*. Je ne supportais plus cette expression. Le temps ne s'employait pas. Le temps devait être incertain, à la

mesure de son immatérialité. Quel bonheur de déraper ainsi...
Je ne me supportais plus en adulte trop sage, et atrocement prévisible. Il était presque trois heures du matin quand je me suis
retrouvé devant leur porte. Malgré mon envolée lyrique intérieure sur la beauté de ma pulsion nocturne, j'ai hésité un instant. Après tout, je voulais apaiser les choses, mais était-ce la
meilleure façon d'agir? Il arrive si souvent qu'une action trop
spontanée soit contre-productive. Peu importe, je devais suivre
mon intuition. J'ai frappé à la porte. Tout doucement au début,
comme si je ne voulais pas les réveiller (paradoxe). Au bout
d'un moment, j'ai tapé un peu plus fort. J'ai entendu des pas,
puis une voix inquiète. Celle de ma fille :

« Qu'est-ce que c'est?

— C'est papa. »

Alice a ouvert la porte, emmitouflée dans une robe de
chambre rose (la première fois de ma vie que je la voyais
ainsi). Après un léger temps d'arrêt, elle m'a demandé :

« Ben... qu'est-ce que tu fais là? Il s'est passé quelque chose?

— Non... non, tout va bien.

— Alors quoi?

— Eh bien... rien. Je peux entrer?

— Oui... »

Je me suis retrouvé dans le salon. On ne voyait pas grand-
chose. En toute logique, tout était éteint.

« Papa, s'il y a un problème, il faut que tu me le dises.

— Non, ma chérie. C'est juste que je t'ai promis que j'allais venir plein de fois, et je ne l'ai jamais fait. Alors voilà, ça
m'a pris comme ça.

— ... »

Elle est restée sans rien dire. Je pense qu'elle avait du mal
à savoir si j'étais dans la démence la plus complète, ou s'il
s'agissait d'une simple petite crise passagère. À ce moment-

là, Michel a émergé de la chambre. Je l'ai vu au bout du couloir, en caleçon, les cheveux en bataille (une énorme bataille, quelque chose comme une guerre mondiale). Ma fille s'est précipitée vers lui pour lui chuchoter quelque chose. Je n'ai pas tout compris, mais ça sentait la tentative de désamorçage. Elle avait dû dire : « C'est mon père... il ne va pas bien en ce moment... avec le divorce... et son licenciement... », mais je n'étais pas vraiment sûr de ça. Au bout d'un moment, Michel s'avança vers moi et me dit :

« Enfin, vous vous êtes décidé à venir nous voir. Quelle bonne surprise. Vous voulez un café ?

— Euh... oui », ai-je balbutié.

Quelques minutes plus tard, nous étions tous les trois assis autour de la petite table de la cuisine. Il y avait une toile cirée ; je le précise car j'adore les toiles cirées. Ça me rappelle mon enfance, mes grands-parents, un accès nostalgique aux jours heureux. On peut aimer un endroit tout entier grâce à un seul détail. J'étais d'emblée séduit par leur appartement, simplement en voyant la toile cirée. Plus personne n'avait de toile cirée. Les jeunes générations ne doivent même pas savoir ce que c'est. Je ne sais pas pourquoi je me focalisais si fort sur ce détail. Je me disais qu'ils devaient être heureux, avec cette toile cirée. Cela m'évoquait l'idée d'un bonheur stable, en lien avec les années du passé où tout était plus facile. La toile cirée, ça donnait envie d'écouter un transistor en buvant un jus de citron. Ça donnait envie de boire du café dans un petit verre avec un numéro inscrit au fond. Leur attitude était très cohérente avec la toile cirée ; les détenteurs de toile cirée sont tolérants ; ils sont du genre à accepter une visite nocturne impromptue. Michel préparait le café, et personne n'aurait pu croire alors que nous étions en plein cœur de la nuit.

La ville ne faisait aucun bruit. Les autres pères de famille dormaient tranquillement. Nous sommes restés silencieux, juste comme ça, à écouter le ronronnement de la machine à café. Ce qui compte, c'est le bon moment. J'avais attendu d'être prêt pour venir ici, et mon corps avait choisi cette nuit-là pour dire : c'est maintenant. On ne prononçait toujours pas un mot. Je regardais à droite à gauche des détails de leur vie quotidienne, et tant de choses me touchaient. J'ai aimé ce petit calendrier sur le frigo avec une phrase pour chaque jour. J'ai lu celle d'aujourd'hui : « Tu n'as aucune chance. Saisis-la. » C'était une citation d'Arthur Schopenhauer. Il s'agissait d'un recueil des phrases les plus déprimantes qui soient. On y trouvait des aphorismes de Cioran et d'une multitude de pessimistes[1]. J'ai adoré cette idée, tellement plus originale que toutes ces compilations de phrases très connes sur la vie. Rien ne fout davantage le bourdon que les pensées positives. Il y a de l'humour à distiller tous les matins une bonne petite phrase bien sinistre, vantant à quel point tout va mal.

C'est si émouvant la première fois qu'on emménage à deux. Ça m'a replongé dans mes premiers mois avec Élise. Avoir des enfants, c'est revivre à travers eux ce qu'on a déjà vécu. J'avais trouvé effrayant que ma fille vive ce qui s'apparentait à l'un de mes plus beaux souvenirs : le début autonome de la vie amoureuse. Ils étaient là, à me sourire, pas du tout agacés par mon irruption. Michel semblait même ne pas m'en vouloir de toutes ces fois où je l'avais rejeté. Ça accentuait mon malaise. J'avais tant pensé à notre rencontre. J'avais

---

1. Il y avait aussi cette citation de Woody Allen : « La seule façon d'être heureux, c'est d'aimer souffrir. » Ou encore cette pépite joyeuse de Fitzgerald : « Toute vie est un processus de démolition. »

imaginé toutes les questions que j'allais lui poser. Pour mériter ma fille, j'espérais qu'il avait un CV en or. Je voulais connaître ses antécédents sentimentaux, ses films et ses livres préférés (selon moi, on pouvait en savoir beaucoup sur quelqu'un à travers ses goûts), ses rapports avec sa famille. J'allais être une parodie de père insupportable. Et puis, je me suis rendu compte que ce serait ridicule. Il valait mieux ne rien dire, et être là ensemble, paisiblement.

Après le café, on s'est levés, et ils m'ont fait visiter leur petit appartement. On a déambulé dans la pénombre, en bâillant. Nous étions comme une famille de somnambules. Je ne voulais pas les déranger plus longtemps. En partant, j'ai serré la main de Michel. Il m'a alors dit : « Merci d'être venu. » Et en plus il est poli, ai-je pensé. Je venais de lui saccager sa nuit. Le lendemain, il serait une loque à son travail, mais il me remerciait tout de même. Je ne savais pas si on allait bien s'entendre en parlant, mais il me semblait que le plus dur dans une relation, c'était de partager du silence. Et ça, c'était chose faite. Il me laissa seul avec ma fille. Je la pris dans mes bras en m'excusant d'avoir été si con. Elle fit mine de ne pas entendre. Sur le palier, j'ajoutai :

« Si tu es d'accord, j'aimerais prendre des billets pour New York. Je voudrais qu'on fasse une surprise à ton frère.

— C'est une très bonne idée. Il va adorer. »

Je suis reparti dans la nuit. J'ai marché un long moment dans Paris. Le soleil a commencé à se lever, alors les gens aussi. Ça faisait des années que je n'avais pas vu ma ville se réveiller. Elle semblait de bonne humeur, à peine fatiguée. J'ai attendu l'ouverture d'un café près de mon hôtel, et je me suis installé en terrasse.

QUATRIÈME PARTIE

1

Je vivais dans un hôtel deux étoiles dont la seconde paraissait avoir été arrachée de justesse, et mon avenir demeurait incertain. Mon dos continuait son comportement capricieux ; je n'arrivais pas à me libérer complètement des hypothèses noires. J'avais envie de repasser une IRM, avec comme une intuition qu'on allait cette fois-ci découvrir la tumeur qui me rongeait. Puis, je me calmais. Je reprenais les éléments en ma possession, un par un, tentant de me montrer logique. On m'avait poussé à penser que ma douleur était d'origine psychologique. Ma mère avait dit (pour une fois qu'elle disait quelque chose d'intelligent) : « Tu gardes trop les choses pour toi. Tu devrais aller voir toutes les personnes avec qui tu as eu des problèmes, et les régler une fois pour toutes… » Elle avait raison. Mon mal de dos devait être la somme de tous les nœuds jamais dénoués. Bien sûr, il y avait le cœur de ma vie : ma femme, mes enfants, mes parents, mon travail. Mais peut-être que j'avais négligé la multitude de points de tension qui avaient jalonné mon parcours. Je devais établir une liste de tous les conflits que j'avais vécus, de tout ce qui m'avait contrarié, frustré, bloqué. En pensant avant tout à ce qui ne paraissait pas décisif. La résolution se trouvait peut-être dans l'infime.

Au hasard de ma mémoire me revint alors une multitude de détails :

*Une accusation infondée de vol d'un livre
à la médiathèque de Perpignan.*

*

La non-invitation aux huit ans de Sophie Castelot.

*

*La note d'anglais terriblement injuste que j'ai reçue en 6ᵉ,
à cause d'une feuille de contrôle perdue.*

*

*L'assassinat de John Lennon (la frustration totale
de ne jamais savoir ce qu'il aurait composé après 1980).*

*

Une coupe de cheveux atrocement ratée en 1995.

*

*Ne jamais réussir à dire du mal d'un film
quand tout le monde l'encense.*

*

*Ma défaite injuste dès le premier tour du tournoi de
ping-pong du Club Vacances Eldorado en Turquie en 1984.*

*

*L'acceptation passive d'une facture astronomique
chez le garagiste.*

*

*L'agonie d'Albert, le hamster de mon enfance,
mort sous mes yeux en 1979.*

*

*La chute de vélo de mon fils le jour
où je lui avais enlevé les petites roues.*

*

*Avoir embouti une voiture à l'arrêt,
et être parti sans laisser de mot.*

*

*L'impossibilité de trouver une place pour le concert
de Miles Davis à La Villette le 10 juillet 1991.*

*

*N'avoir pas dit à Claude Jade, croisée rue de la Gaieté
en mars 1987, à quel point je l'admirais* [1].

*

Etc...

1. Ce moment ne pourra plus jamais exister. L'héroïne de *Domicile conjugal* est morte d'un cancer à cinquante-huit ans, le 1er décembre 2008.

Ainsi pouvait continuer la liste des blessures anodines… Des dizaines de petites contrariétés formaient peut-être un mal? Notre douleur serait la somme de nos riens ratés. Si je réglais tout ça, je n'aurais plus mal au dos. Pour certains de ces regrets, il était trop tard; mais pour d'autres, tout était encore possible. Il n'y a pas de prescription à nos frustrations. On pense que c'est trop tard, mais non : rien ne nous empêche d'aller revoir quelqu'un dix ou vingt ans plus tard pour poursuivre une discussion mal terminée. Par exemple, cette histoire de coiffeur. Je ne pouvais pas oublier avec quelle négligence on m'avait mis entre les mains d'un apprenti qui m'avait massacré. Ce jour-là, je m'étais transformé en cobaye. Après le drame, j'étais resté immobile devant le miroir. J'allais passer l'été à me cacher, pensais-je. Anticipant ma réaction, tous les coiffeurs du salon se sont approchés. Avec une mauvaise foi hallucinante, ils ont vanté le génie créatif de l'apprenti. Personne n'admit que j'avais été victime d'un Hiroshima du ciseau. Je vois encore leurs sourires solidaires. Mais dans ce souvenir, ce que je déteste par-dessus tout c'est ma propre réaction. Je me mis à sourire aussi. Y songer me donne encore des frissons. Et si mon mal de dos était né là? J'étais sorti sans rien dire, poliment, après avoir réglé la note. Par la suite, je n'ai jamais pu retourner chez le coiffeur sans repenser au ratage de 1995. À chaque fois que je devais me faire couper les cheveux, c'était le même cinéma, une tension grandissait dans tout mon corps. Je m'en voulais surtout et encore de n'avoir rien dit. Cette fois-là, comme tant d'autres, j'avais conservé en moi tant de paroles, trop de paroles. Par pudeur? Par timidité? Pour ne pas avoir mal au dos, il ne faut pas garder les choses en soi. Alors voilà, plus de quinze ans après, j'allais retourner dans le salon et laisser exploser ma rage. C'était sûrement la solution.

Dans ma liste, il y avait aussi le fait d'être incapable de critiquer un film encensé par tous. Par lâcheté? Je ne le croyais pas. J'avais été si mal armé pour affronter la vie sociale. Mon dos payait aussi cette incapacité-là. Je voulais enfin dire du mal de tous ces films. Si j'avouais avoir détesté *Magnolia*, *Gomorra* ou *Mélancholia* peut-être que j'irais mieux[1]? Il me faudrait me déchaîner pendant des heures à dire tout ce que je pense, sans la moindre retenue. Mon corps expulserait ainsi des centaines d'avis brimés dans une sorte de jouissance de la vérité. La courtoisie me rongeait, m'épuisait. Je n'en pouvais plus de vivre dans la compromission et les efforts pour ne pas faire de vagues. M'ouvrir de mon malaise à mes parents m'avait fait du bien. Enfin, il me semblait. Je n'en étais plus si certain que cela. On se libérait sur le moment. Un soulagement passager. Mais, est-ce que cela durait? N'était-il pas préférable de vivre tranquillement à l'abri de l'expression de ses opinions? Au fond, le mensonge social protège des tensions et des désaccords, et cela m'allait très bien. Je ne supportais pas les conflits. De tout temps, arrondir les angles avait été le slogan de ma névrose. Du coup, la vérité à tout-va était peut-être une fausse piste.

Mon raisonnement tournait en rond, coincé entre des opinions contradictoires. C'était peut-être ça, la cause de ma souffrance : une bataille insensée et incessante qui se livrait à l'intérieur de mon corps. J'étais le théâtre de l'indécision

---

1. Au passage, je me rends compte que les films que je n'aimais pas se terminaient souvent en A.

contemporaine. Nous étions perdus sur tous les sujets, incapables de nous définir. J'étais sûr qu'aucune époque n'avait jamais produit autant de maladies psychosomatiques. Je me souvenais des paroles de la pharmacienne : « Le mal de dos est à la mode. » Même dans mes souffrances, je n'avais rien d'original. Notre modernité, c'était donc ça. On souffrait de ne plus très bien savoir que faire et que penser. Nous n'étions donc plus animés par de grands idéaux. La politique était devenue le service de communication des mouvements boursiers et aucune guerre ne se profilait en Europe. Alors, à quoi bon lutter ? Notre époque était vide de tout engagement. J'étais certain que Sartre ou Camus, eux, n'avaient jamais eu mal au dos.

En relisant à nouveau ma liste, je me suis arrêté sur le nom de Sophie Castelot. Je n'avais pas pensé à elle depuis des années, et voilà que son nom avait surgi dès le début de l'énoncé de mes frustrations. Exfiltrée immédiate de mon inconscient, elle s'était présentée à ma mémoire avec le sourire immortel de ses huit ans. Voilà un traumatisme. Ça, c'était un traumatisme. Un vrai. J'avais vécu un drame avec Sophie Castelot. Son nom même était l'évocation du tremblement de ma terre. J'avais eu tellement mal le jour où j'avais appris que je n'étais pas invité à son anniversaire. Elle allait avoir huit ans, et ce serait sans moi. Le pire, c'est qu'elle avait convié Rodolphe Boulmi. Atroce blessure de CE2. C'était peut-être là que tout avait commencé. Il fallait remonter à l'origine de toutes les failles. Comment-elle était maintenant ? Elle devait être mariée, avec un enfant ; non, elle avait dû divorcer. Je pourrais la retrouver et lui demander pourquoi elle ne m'avait pas invité à son anniversaire. J'avais besoin d'une réponse. À l'époque, déjà si docile quant aux décisions des autres, je n'avais rien dit. J'avais fait mine de ne pas être blessé, et j'avais pleuré dans ma chambre.

J'avais eu envie de lister tous ces événements pour élire le représentant de mes frustrations. Je n'allais pas tout réparer, mais choisir un seul acte à accomplir ; celui qui symboliserait la cicatrisation de toutes ces éraflures du passé. J'avais tout essayé, même la magnétiseuse, alors cette idée ne me paraissait pas plus folle qu'une autre. Par rapport à ma liste, l'option Sophie Castelot était la plus évidente. L'intuition m'avait guidé vers elle. En y repensant, la blessure au cœur de cette histoire avait été ma première grande douleur d'amour-propre. Le mal de dos est peut-être la conséquence tardive de notre premier chagrin d'amour. En tout cas, une chose était sûre : elle allait devoir s'expliquer. Pourquoi ne m'avait-elle pas invité à son anniversaire ?

2

Intensité de la douleur : 3.
État d'esprit : mi-combatif, mi-nostalgique.

3

Parfois, on voudrait mener de grandes enquêtes à l'ancienne. Engager un détective, se prendre pour Antoine Doinel dans *Baisers volés*, que sais-je encore. Mais, triste époque que la nôtre : nous sommes si facilement retrouvables. Désespérément joignables. Sophie Castelot était là, au bout de mes doigts. En quelques secondes, j'ai découvert son profil sur

Internet, et je pouvais même lui envoyer un message. J'avais connu cette fille à une époque où le mot « ordinateur » évoquait le contrôle d'une grande machine reliée à une fusée, avec des astronautes dedans pour aller voir les extraterrestres. Et finalement, tout cela avait surtout servi à relier les hommes entre eux. Les relier de la manière la plus rapide, la plus immédiate, la plus totale, comme jamais auparavant dans l'histoire de l'humanité. On était tous si proches les uns des autres, mais le plus souvent d'une manière virtuelle. Cela modifiait surtout notre rapport à la solitude ; on pouvait croire n'être pas seuls, alors que nous l'étions toujours et encore ; ça prenait juste un peu plus de temps pour l'admettre. On se laissait bercer un temps par l'illusion de partager *réellement* le monde.

Je l'ai retrouvée si vite que je n'avais pas eu le temps de réfléchir à ce que je pouvais lui dire. Qu'écrit-on à une personne après plus de trente ans ? On opte immédiatement pour la connivence, comme si le temps ne nous avait jamais séparés : « Tu vas bien ? » Ou alors, on tente une sorte de tonalité mi-décontractée, mi-intrusive : « Tu deviens quoi ? » Il y avait aussi l'option peu assurée : « Je ne sais pas si tu te souviens de moi… » Finalement, j'ai envoyé un message assez neutre : « J'espère que tu vas bien, après toutes ces années… » J'avais évité d'être affectueux ou sentimental, car je trouvais toujours un peu pathétique d'écrire ainsi à une vieille connaissance. Ça faisait vraiment l'homme dépressif d'une quarantaine d'années en plein divorce qui cherche à renouer contact avec toutes les femmes qu'il a pu croiser dans sa vie. Remonter à une relation de CE2, ça aggravait la possibilité qu'elle puisse trouver glauque la démarche.

Apparemment non, car elle répondit dans la journée avec enthousiasme. Elle avoua qu'elle aussi avait cherché quelques anciens amis sur les réseaux sociaux (au passage, je pouvais en conclure que je n'avais pas fait partie de ses recherches). Elle s'extasia sur le fait que *ça remontait à loin* et que *c'était dingue qu'on puisse se retrouver comme ça.* J'étais assez surpris par le ton de ses messages. Pour tout dire, j'avais l'impression qu'elle n'avait pas changé. Je les lisais en entendant sa voix de petite fille. Mon ressenti perdura jusqu'au moment où je lui demandai ce qu'elle était devenue : « Je suis sexologue. » Sophie Castelot, sexologue. Sophie Castelot, cette fille que j'avais aimée à huit ans, et qui ne m'avait pas invité à son anniversaire, était devenue sexologue. Je restai quelques minutes décontenancé. Ma démarche me parut alors subitement ridicule. Évoquer un froissement de cœur (elle ne m'avait pas invité à son anniversaire) à une femme en prise avec le monde anarchique des orgasmes. Au fond, c'était assez symbolique de beaucoup de choses dans ma vie.

Nous avons convenu de déjeuner ensemble le lendemain. Depuis si longtemps je n'avais pas eu un rendez-vous avec une femme, une quasi-inconnue. J'ai passé une heure dans la salle de bains (ce qui était un véritable exploit quand on considère l'étroitesse de la pièce), me coiffant, me décoiffant, me recoiffant. C'était surtout sa profession qui m'angoissait. Je n'avais jamais côtoyé de sexologue. Elle devait savoir tant de choses, ça m'impressionnait. J'avais passé ma vie dans une honnête monogamie, dérapant assez peu du terrain classique de la sexualité. Il y aurait comme un monde entre nous. Subitement, j'ai pensé qu'elle s'y connaissait forcément en problèmes de dos. Après tout, Freud disait bien : « Tout est sexe. » Mon mal était d'ordre sexuel, c'était certain. Mais je m'étais trompé en allant voir une prostituée ; j'avais moins besoin d'une relation érotique que d'une analyse qui me permettrait de mettre au jour mes blocages. Je souffrais d'une pathologie mi-psychologique, mi-sexuelle. La vie est ainsi faite ; ce rendez-vous n'avait rien à voir avec le hasard. Le désir de régler un traumatisme de l'enfance avait été une injonction de mon inconscient pour me pousser à contacter celle qui me sauverait. On comprend souvent les véritables raisons de ses actes *après coup*. Ils sont guidés par ce fameux sixième sens. Après avoir essayé tant de pistes pour me soigner, c'était ce sens-là que je devais explorer. Ma guérison, de manière très improbable, reposerait alors sur ce dont j'étais le moins doté : l'intuition.

Sur son profil Facebook, Sophie Castelot n'avait posté aucune photo d'elle. En général, c'est plutôt mauvais signe. Allais-je retrouver sur son visage ce que j'avais tant aimé ? J'avais déjà recroisé des personnes du passé dans la rue ; catastrophique, à chaque fois. En les voyant, je devais admettre que moi aussi j'avais vieilli. C'est sur le visage des autres qu'on peut lire le nôtre. Qu'allais-je lire sur celui de Sophie ? J'avais peur de notre âge. Un instant, j'ai voulu faire marche arrière. On parle souvent de la peur de l'avenir, mais le passé me paraissait encore plus effrayant. J'allais avoir une vision de ce qui n'existait plus, de ce qui ne pourrait plus jamais exister. Je devais arrêter de penser, et simplement vivre ce moment. Et éviter de lui parler de mon dos. J'avais été stupide de considérer ce rendez-vous sous cet angle-là. Ce n'était pas une sexologue que j'allais voir, mais la version adulte d'une petite fille.

Elle est arrivée avec dix minutes de retard[1]. Je l'ai reconnue immédiatement. C'était stupéfiant. En la voyant, je vis nos huit ans. En revanche, elle balaya du regard le restaurant, signe que l'évidence n'était pas réciproque. Je dus faire un petit signe, et alors seulement elle se dirigea vers moi avec un grand sourire. On s'est fait la bise comme de vieux amis. D'une manière spontanée, nous nous sommes mis à parler. Exactement comme avec les messages écrits, les paroles coulaient simplement. Sophie Castelot avait un sens inné de la conversation. Avec elle, il n'y avait jamais aucun silence. Ce qui me gênait : j'avais toujours eu beaucoup de mal à parler et à regarder une femme en même temps. Et j'avais envie de la regarder, vraiment. J'avais envie de la dévisager, d'observer les détails de sa féminité. Mon analyse de l'absence de photo sur son profil avait été complètement fausse. Sophie était belle. Elle était belle à se demander pourquoi j'avais passé trente ans sans la voir. Je me suis laissé émerveiller un long moment, avant d'être rattrapé par la réalité : la raison de notre rencontre. Elle ne m'avait pas invité à son anniversaire. C'était elle qui m'avait exclu de sa vie. Quand deux personnes se perdent de vue, l'une des deux est toujours plus responsable que l'autre.

Il fallait que je fasse attention, ça pouvait recommencer. Elle était du genre à vous charmer, et après ne pas vous inviter à son anniversaire. C'est alors qu'elle dit :

« C'est drôle qu'on se soit retrouvés. Samedi soir je fais une grande soirée pour mon anniversaire. Ça serait bien que tu viennes.

— ...

---

1. Ou avais-je dix minutes d'avance ?

— Tu es là ?

— Euh… non… non, malheureusement samedi, je ne suis pas là… je pars aux États-Unis avec ma fille… »

Elle s'est alors mise à parler de son fils. Un fils unique, et ça l'attristait. Elle aurait voulu avoir un deuxième enfant. Mais bon, elle avait divorcé et n'était pas en couple pour le moment. C'était exactement ce que j'avais imaginé de sa vie, pensai-je en passant. Elle a continué à évoquer son fils, mais je ne l'écoutais pas vraiment. J'étais resté sur l'événement de l'anniversaire. Ça me paraissait complètement fou. J'avais retrouvé cette fille pour panser une blessure d'enfance, et voilà que sans le savoir elle me proposait, par une incroyable étrangeté de la vie, de réparer cette injustice-là. Je n'avais plus envie de lui demander pourquoi elle ne m'avait pas invité. Peut-être le ferais-je une autre fois quand nous nous reverrions ? Car ça ne faisait aucun doute, notre entente marquait le début d'une nouvelle ère entre nous. Il fallait donc suivre ses intuitions, même les plus folles. Sophie parlait encore, sans imaginer pourquoi nous étions là. La blessure était réparée.

Pendant le repas, nous avons abordé des sujets très personnels. Il arrive souvent qu'on se confie ainsi, sur des choses essentielles, à des gens qu'on connaît peu ou qu'on voit peu. J'ai survolé ma vie, mon travail, et ma récente séparation.

« Rien de ce que tu me racontes ne m'étonne, me dit-elle.

— Ah bon, pourquoi ?

— Parce que tu as voulu me revoir.

— Et alors ?

— Tu es à un tournant de ta vie. Alors tu repenses au passé. C'est normal.

— Je ne sais pas…

— Nous sommes dans la même situation tous les deux. On a quarante ans, on divorce, et on ne sait pas vraiment ce qui va se passer.

— ... »

Je suis resté sans réponse. Notre conversation a ensuite basculé dans une tonalité plus triste. Ce qui me surprit. On a souvent envie de montrer le meilleur de soi-même, et peut-être davantage encore avec les témoins du passé. Montrer à quel point on a maîtrisé sa vie, son destin. Qu'on le veuille ou non, revoir un fantôme de l'avant, c'est faire le bilan de celui que nous sommes devenus. L'intimité subite de notre conversation nous plongea dans une autre ambiance, plus réelle, dénuée de cette superficialité qui aurait dû être la nôtre. Nous avions tant de points communs, et finalement quoi d'étonnant à cela : nous vivons tous les mêmes vies.

Je superposais son visage à celui de son enfance. Il me semblait qu'elle était plus brune maintenant, et ce n'était pas lié qu'aux cheveux. Elle semblait plus typée, comme si elle était progressivement devenue espagnole. Son apparence avait voyagé. C'est ce à quoi je songeais quand elle me dit :

« Tu n'as pas du tout changé.

— Ah bon ?

— Enfin si, tu as vieilli. Mais tu as toujours le même air.

— Quel air ?

— C'est un mélange étrange. On n'arrive jamais avec toi à savoir si tu es heureux ou anxieux.

— ... »

C'était la première fois que j'entendais d'une manière concrète quelque chose que j'avais toujours ressenti. Nous étions connectés. Elle lisait en moi. Je pensais à son visage, et elle me parlait du mien. Je pensais à la blessure de l'anniversaire, et elle m'invitait au sien. Elle possédait un grand sens de l'intuition. Ce qui ne m'étonnait pas tant que ça. J'avais toujours pensé que la compréhension d'une personne passe par le corps.

« Tu es très fine, je trouve. C'est ton côté sexologue sûrement.

— Peut-être. En découvrant les problèmes de chacun, je peux mieux comprendre les personnalités. Et figure-toi que le contraire aussi est valable.

— C'est-à-dire ?

— C'est-à-dire que... en parlant à n'importe qui pendant plus de cinq minutes, je peux tout savoir de son rapport à la sexualité.

— Ah bon ?

— Oui.

— Et avec moi aussi... tu l'as fait ?

— Bien sûr. Je vois très bien quel type de patient tu serais.

— Dis-moi...

— Ah ah.... ça t'intéresse... eh bien, une autre fois. Car je suis très en retard. J'ai un patient qui m'attend justement.

— ...

— Il n'a pas eu d'érection depuis 1989.

— C'est dur.... »

Elle rit alors que je n'avais pas cherché à être drôle. Puis, elle se leva très vite, de la même façon qu'elle était entrée dans le restaurant. Certaines personnes ne sont pas douées pour les transitions, elle en faisait partie. C'est tout juste si elle ne s'était pas levée au milieu d'une phrase. En m'embrassant, elle m'avait dit :

« Ça m'a fait plaisir de te revoir. Vraiment.

— Oui, moi aussi... »

270

Une fois seul, je suis resté encore un moment à notre table. Les autres clients ont quitté le restaurant, et je dus alors partir.

4

Intensité de la douleur : 2.
État d'esprit : mi-anxieux, mi-heureux.

5

Dans l'avion, j'ai repensé à Sophie Castelot. J'ai raconté notre rencontre à ma fille, qui trouva ça *dément*. À son tour, Alice se mit à réfléchir à toutes les petites choses qui avaient pu la blesser. J'ai commencé à regretter de lui avoir parlé de ma propre liste, car dans la sienne, il y avait mon attitude récente vis-à-vis de son amoureux. Je lui ai proposé de regarder plutôt les films disponibles. Il y avait tant de choix. Il y a encore quelques années, on ne pouvait voir qu'un seul film dans l'avion. Selon son siège, on avait un accès plus ou moins chanceux au programme unique. Je me souviens d'avoir vu *Sur la route de Madison* alors que l'écran était juste au-dessus de ma tête [1]. Avec Alice, nous avons regardé ensemble des bouts de film, en se partageant le casque : chacun une oreille. Ça faisait longtemps qu'on ne s'était pas retrouvés comme ça tous les deux, loin de la maison, loin du décor de notre routine affective. On volait au-dessus de l'Atlantique, et c'était bien.

---

1. Je ne pourrai jamais oublier la formidable performance du menton de Meryl Streep.

En arrivant, Alice a envoyé un message en demandant des nouvelles à son frère. Il a répondu qu'il allait bien et qu'il s'apprêtait à travailler tout l'après-midi à la bibliothèque. Nous avons pris un taxi jaune pour aller directement à Columbia. C'était magique de traverser cette ville, la seule ville au monde dont la cacophonie soit mélodieuse.

« Tu te rends compte ? On est à New York ! s'émerveilla Alice.

— Oui, je me rends compte...

— Tu crois qu'il va faire quelle tête quand il va nous voir ?

— Je ne sais pas, ça va être un choc, sûrement.

— Oui, surtout avec toi. Tu n'es pas du genre à faire des surprises...

— ... »

J'ai voulu répliquer, mais Alice n'avait pas tort ; la préméditation était mon royaume.

Une fois sur place, il ne fallait surtout pas croiser Paul. À l'entrée de la salle d'étude, une femme nous a adressé la parole. Je n'ai rien compris à ce qu'elle me racontait. Dans un anglais plus qu'approximatif, j'ai tenté d'expliquer que je venais voir mon fils. Elle non plus n'a pas saisi. Par flemme sûrement, elle nous a laissés passer. Parfois, la meilleure façon d'obtenir quelque chose est de ne pas se faire comprendre. Une fois à l'intérieur, nous nous sommes mis à marcher tout doucement, en nous faufilant derrière les étagères. Les étudiants nous regardaient d'un air un peu blasé, comme si vivre aux États-Unis impliquait une forme de tolérance envers les comportements les plus insolites. Assez rapidement, nous l'avons repéré. Nous étions dans son dos. Il était là, à quelques mètres, parfaitement ignorant de la surprise qui se tramait. Alice sautillait comme une enfant. C'était si étonnant de ressentir cette frénésie dans ce temple du silence et de la concentration.

Doucement, nous nous sommes approchés. Pendant quelques secondes, nous sommes restés immobiles, tels deux anges perchés sur ses épaules. Sentant une présence, il s'est alors retourné et a crié. Ce cri était un tel dérapage dans la bibliothèque que personne ne s'est insurgé. Paul s'est levé, incrédule. Il avait l'air d'un chauve que l'on dote subitement de cheveux. Alice répétait :

« Surprise ! Surprise !

— Mais c'est fou ! Qu'est-ce que vous faites là ?!

— Tu nous manquais...», ai-je dit simplement.

Nous avons oublié le contexte. Les autres étudiants ont commencé à râler. Paul a expliqué en anglais qu'on venait de France pour lui faire une surprise. Émotive, Alice s'est mise à pleurer. Alors là, les Américains ont adoré. Ils ont enchaîné quelques-uns de ces superlatifs dont ils ont le secret. On chatouillait la cheville de Hollywood. Mais bon, l'enthousiasme fut éphémère. Il valait mieux sortir sans tarder. Une fois dehors, nous avons raconté à Paul la genèse du coup de tête.

« Mais, tu as pu quitter ton travail comme ça ?

— Je n'ai plus de travail...

— ... »

Il est resté sans voix ; j'avais l'impression de me reconnaître en lui. Nous avions la même façon de conserver les mots en nous. Une espèce de constipation orale héréditaire. Je l'ai rassuré, en lui disant à quel point tout allait parfaitement bien. Nous sommes allés poser nos affaires dans son appartement. Il le partageait avec un autre étudiant parisien à Williamsburg, un quartier branché de Brooklyn. « Vous n'allez pas être très dépaysés. Il y a beaucoup de Français ici », annonça Paul. C'est vrai, on entendait partout notre langue. Je trouvais ça étrange d'aller loin pour être comme chez soi. Mais Paul aimait cette sensation. Il n'est pas rare d'aimer son pays ailleurs que dans son pays. Pendant notre séjour, j'ai fini par comprendre. Croiser des Français dans la rue, tisser des liens avec ceux dont on partage les origines, ça diminue nettement le vertige de l'étranger. Et en termes de vertige, New York prédomine.

L'appartement de Paul m'avait paru plus grand sur les photos. J'avais pensé qu'on pourrait dormir chez lui pendant notre séjour, mais en découvrant l'endroit, cela semblait compliqué.

« Mais non, on va s'arranger, dit-il. Je vais te laisser mon lit, et nous on dormira sur le petit canapé du salon.

— Oui, très bien », dit Alice.

Le confort n'avait finalement aucune importance. Le colocataire de mon fils est arrivé ; il ne semblait pas gêné par notre présence, et pas davantage à l'idée que nous restions quelques jours. Il semblait perché dans une dimension inaccessible aux soucis du quotidien. Génie de l'informatique, Hector était l'un de ces étudiants dont le talent mathématique est inversement proportionnel à la maturité. Selon mon fils, son colocataire ne parlait que d'algorithmes ou de fractions. Soudain, quelque chose se passa dans son regard. On aurait dit qu'il entamait une lutte physique pour paraître sociable. Il souriait d'une manière figée, enchaînant quelques banalités sur la ville. Il nous fallut plusieurs minutes pour comprendre que la raison de cette mutation totale et subite n'était autre qu'Alice. En parlant, il jetait régulièrement des petits coups d'œil vifs dans sa direction, soulignés par des sourires crispés. Le stress finit par générer quelques gouttes de sueur, un détail qui me fit éprouver pour lui une tendresse immédiate. Avec le sentiment d'avoir accompli une sorte de mission spatiale (une situation sociale impliquant une fille), il retourna au doux confort des chiffres dans sa chambre.

Ce soir-là, Alice et moi n'étions pas fatigués. Pourtant, avec le décalage horaire, il était déjà très tard en France, et d'habitude, j'adorais me coucher tôt. Nous étions des étrangers, y compris par rapport à notre propre fonctionnement corporel. Paul proposa qu'on aille dîner dans un petit restaurant pakistanais près de chez lui. Cela nous parut être une excellente idée. Dès que nous nous sommes installés à table, j'ai remarqué une drôle d'odeur, un peu comme de la viande avariée. D'ailleurs, la nuit suivante j'ai eu mal au ventre, mais c'était peut-être à cause de la nourriture épicée, chaque plat que nous avons commandé était un incendie en bouche. Cela dit, ça collait bien avec l'atmosphère car il faisait une chaleur à crever. Le patron nous a expliqué que l'air conditionné était cassé, et que son ventilateur d'appoint avait été volé récemment. Malheureusement, avec la crise, il n'avait pas les moyens d'en acheter un autre. Bien sûr, c'est mon fils qui traduisait tout ça, car je ne comprenais pas très bien son anglais. Et puis, à la table d'à côté, il y avait un couple qui n'arrêtait pas de se disputer, on pouvait à peine s'entendre. Ça avait l'air sérieux comme problème, peut-être que Sophie Castelot aurait pu régler ça. Ils criaient vraiment fort, mais je ne voyais pas très bien leurs visages car j'étais gêné par une boule de cristal qui envoyait des ondes de lumière sur les clients. C'était un peu comme dans une boîte de nuit, mais je ne voyais pas l'intérêt d'installer un truc pareil dans un restaurant, on se faisait transpercer par des reflets jaunes et orange, et les jets mettaient aussi en lumière les murs jaunes du restaurant, murs ornés de quelques croûtes monumentales. Franchement, la décoration était un hommage au kitsch, une sorte de jubilé du kitsch, des tableaux avec des vaches ou des poules, des tableaux avec des moustachus et des filles avec un seul sein. À mon avis l'artiste, enfin le mec qui avait peint ces choses, devait être un cousin de la famille, le genre de boulet artistique que possède chaque famille, ou chaque membre d'une communauté. Il devait être l'artiste pakistanais de Brooklyn. Au bout d'un moment, j'ai commencé à trouver qu'il y avait comme une beauté à la laideur. Mais après j'ai dû me concentrer sur mon dos, car la douleur revint à moi d'une manière diffuse. C'était surtout à cause de la chaise, une chaise inouïe dont le siège n'était même pas droit, impossible d'asseoir ses deux fesses en simultané. J'avais l'impression de faire du ski assis... c'était terrible. Enfin, tout ça pour dire que j'étais avec mes enfants dans un restaurant à New York ; tout ça pour dire que je passais l'une des plus belles soirées de ma vie.

6

Intensité de la douleur : 4.
État d'esprit : magique.

7

Ce fut l'une de ces étranges nuits où l'on peine à distinguer les périodes d'éveil et de sommeil. Plus que jamais, la frontière entre conscient et inconscient avait été poreuse. Un seul élément était certain : j'avais rêvé d'une femme. Mais impossible de savoir qui elle était. Pourtant, son visage m'était familier, me semblait-il. Mais peut-être était-ce une actrice que j'aimais ou simplement une inconnue croisée dans la rue. Ou alors le mélange baroque de plusieurs femmes. Ce rêve ne représentait rien de particulier. Elle était là, assise près de moi, et elle me prenait la main. Je ressentis un calme incroyablement réel.

En me réveillant, je demeurai encore dans cette plénitude tout en regrettant la non-réalité du bonheur esquissé. On ne devrait jamais rêver de belles choses. Au lit, j'ai continué un long moment à penser à cette femme, tentant de reconstituer l'énigme de son visage. Pendant la nuit, Alice est venue me rejoindre.

« Tu ne dors pas ? avait-elle chuchoté.

— Non.

— Est-ce que je peux dormir dans la chambre ? Je vais me mettre par terre, sur la moquette. Ça ira très bien.

— Ah bon ? Tu n'es pas bien sur le canapé ? Ton frère bouge ?

— Non, ce n'est pas ça. C'est son colocataire, l'autre psychopathe. Il n'arrête pas d'ouvrir sa porte, et j'ai l'impression qu'il me regarde dormir.

— …

— Il me fait peur ! »

J'avais réprimé un rire. J'imaginais Hector passant sa nuit à se lever pour observer Alice. C'était la différence majeure avec moi : il avait accès à son rêve. Plus j'y pensais, plus je savais que j'avais déjà rencontré cette femme. Mais où ? Il y a des mots, des noms qui nous échappent. On dit alors qu'on les a *sur le bout de la langue* (j'adore cette expression). Sur le bout de ma langue, il y avait un visage qui n'appartenait à personne.

Nous avons passé deux jours merveilleux à nous promener dans des parcs avec des écureuils quasi rouges, à manger des hot dogs dans la rue, à visiter des galeries modernes aux installations incompréhensibles. Nous commentions tout, du plus futile au plus profond. Depuis quand n'avais-je pas parlé de cette manière avec mes enfants ? Je regrettais de ne pas l'avoir fait plus tôt. Qu'est-ce qui m'avait empêché de les emmener en week-end à Berlin ou à Madrid ? Rien. Sûrement rien. J'avais abdiqué si vite l'idée d'organiser notre relation. Avant, je passais mon temps à guetter les spectacles, les films, les expositions qu'ils pourraient aimer. Et puis, vient un âge où l'on sent qu'ils préfèrent passer leur temps avec d'autres. Mais ce n'était peut-être pas vrai. Je m'étais enfui des moments simples en pensant qu'ils n'existaient plus. Maintenant, on était presque étonnés d'être ensemble, comme si la norme était devenue la relation espacée. J'ai même pu parler de leur mère. Notre séparation les affectait plus que je ne l'aurais cru. Ça me faisait du bien en un sens. Je ne supportais plus l'insensibilité générale qui semblait caractériser notre époque. Tout paraissait normal : aussi bien le bonheur que la brutalité. On nageait dans une anesthésie émotionnelle, si bien que les annonces de nos drames personnels ne faisaient plus le moindre bruit. Mes enfants étaient tristes, et surtout ils ne comprenaient pas. J'ai voulu dire : moi non plus. C'était peut-être vrai. Il n'y a pas toujours de raison à une séparation.

Depuis notre arrivée, à chaque fois que j'y pensais, je m'efforçais de critiquer les États-Unis. Non par conviction, mais par une tentative grossière de dégoûter mon fils d'y rester. Une fois à l'aéroport, il m'a pourtant dit :

« Ça se voit tellement que tu aimes ce pays.

— Ah bon ?

— Tu ne sais pas dire du mal. Ça se voyait que tu n'étais pas sérieux.

— Mais tu ne vas pas rester ici quand même ?

— Non. Je reviens en France, cet été. Par contre, je vais peut-être aller en Allemagne l'année prochaine.

— Quoi ?

— Ça va, c'est moins loin. Vous viendrez me voir souvent...

— Très bonne idée... », approuva Alice.

Nous nous sommes embrassés longuement. En montant dans l'avion, j'ai repensé à l'Allemagne. J'ai demandé à ma fille :

« Est-ce que tu crois que les parents dont les enfants vivent à l'étranger ne sont pas un peu responsables ?

— Bon, il vaut mieux que tu dormes. Il t'a crevé, ce voyage. Tu fais au moins quarante-quatre ans.

— Ah... »

Elle s'est endormie la première. Nous volions de nuit. Je ne peux pas dormir en avion. D'ailleurs, je ne peux dormir nulle part ailleurs que dans un lit. Ça me fascine, les gens qui peuvent dormir assis. Ça me semble aussi incongru que de marcher allongé. Pourtant, j'ai fini par m'assoupir un moment. Et même : j'ai dû rêver. Et il s'est passé une chose incroyable. C'est par le rêve qu'est parvenue la clé du rêve. Oui, j'ai rêvé à nouveau de la femme, et cette fois-ci, j'ai vu son visage. C'était toujours aussi bien, une douceur et un bien-être. Je savais qui elle était. J'étais heureux de ne plus avoir son visage sur le bout de ma langue. Les rêves sont parfois le

déguisement de nos décisions. Il était évident qu'une des premières choses que je ferais en arrivant à Paris, ce serait d'aller
la voir.

8

Intensité de la douleur : 2.
État d'esprit : dans les nuages.

9

Quand j'ai regagné l'hôtel, Vassilis parut vraiment heureux. Ça me fit un drôle d'effet. Je n'avais pas pour habitude
qu'on m'attende quelque part avec un tel enthousiasme.
« J'avais peur que vous ne reveniez pas…
— Mais j'ai laissé mes affaires ici…
— On ne sait jamais… enfin, ça me fait plaisir…
— …
— J'ai besoin de vous ! »
Au tout départ, j'avais dit que je pouvais l'aider, presque
comme une formule de politesse. Il faut donc se méfier de la
politesse. Il y a toujours des gens pour prendre vos propos au
premier degré. Son hôtel, si décrépit fût-il, c'était toute sa
vie. Ça me touchait de voir qu'on pouvait aimer avec autant
de passion un endroit que d'autres auraient fui en courant. Il
m'avait déjà confié les plans de chaque chambre, mais je n'y
avais pas pensé une seule fois pendant mon séjour.
« Vous avez pu regarder… les plans ?
— Euh… oui…
— Et alors ?

— Et alors quoi?

— Tu as une idée de la manière dont on peut procéder?

— Ah, on se tutoie?

— Ben, si on va travailler ensemble, c'est mieux.

— D'accord. Bon écoutez... enfin, écoute... le mieux, c'est que je regarde encore tout ça, et que je prépare aussi une estimation budgétaire des travaux...

— Ah... ça va coûter cher tu crois?

— Ça dépend de ce que tu veux faire. On en parlera.

— ...

— ...

— Tu ne veux pas investir dans l'hôtel? lâcha-t-il subitement après une hésitation.

— Quoi? Moi?

— Ben oui, tu l'aimes bien cet hôtel. Sinon, tu ne vivrais pas ici. Alors peut-être que tu peux prendre des parts...

— ... »

C'était mal me connaître que de penser que je restais dans un endroit par goût. J'étais arrivé complètement par hasard et une fois installé je n'étais pas du genre à me déplacer. J'étais le prototype du sédentaire. Au tout début, sa proposition me parut incongrue. Mais une fois dans ma chambre, je me suis dit : « Pourquoi pas? » Après tout, j'avais un peu d'argent, du temps libre, et cet homme m'inspirait confiance. J'avais toujours travaillé pour les autres. Et qu'en restait-il? Quelles traces mémorables avais-je laissées sur tel ou tel édifice? Mon passé m'apparaissait comme une succession d'ombres. Si j'acceptais, je pourrais enfin m'estimer responsable d'un bâtiment. J'étais incapable d'écrire, mais ça ne voulait pas dire que j'étais incapable de créer. J'avais besoin d'une base concrète pour laisser vivre mon imagination. J'étais de cette race assez rare des rêveurs pragmatiques.

Pendant mes premières nuits dans cet hôtel, alors que je souffrais du dos à cause de la mauvaise qualité du matelas, alors que je dormais mal à cause de la mauvaise qualité de l'insonorisation, alors que j'avais trop froid ou trop chaud à cause du tempérament cyclothymique du climatiseur, je m'étais demandé : « Qu'est-ce que fais-je ici ? » Je tenais peut-être ma réponse. Et si rien n'advenait par hasard ? J'avais atterri ici pour avoir cette proposition. Cet hôtel serait peut-être le début de ma nouvelle aventure. J'allais devenir architecte pour hôtels minables. Jolie carte de visite. Au fond, j'avais toujours éprouvé une tendresse pour les missions désespérées, toujours aimé les endroits mal foutus, les immeubles ratés, les musées étouffants. Il fallait alors trouver des solutions pour pallier les errances de la création initiale. Ça me plaisait de panser, réparer, soigner. Pour cet hôtel, il fallait avant tout optimiser l'étroitesse. Il fallait faire respirer les chambres. En somme, il fallait dénouer le lieu. Je n'étais pas loin de penser que cet hôtel, c'était un peu moi.

Si le projet m'intéressait, je laissai le patron douter encore un peu. Je ne voulais rien lui annoncer pour le moment. Cette attitude, bien malgré moi, se révéla une excellente tactique de négociation. Le premier jour, il avait offert : « Je te laisse 15 % de l'hôtel. » Mon silence fit monter l'enchère à 30 %. Le lendemain, il revint vers moi, fébrile :

« Bon, tu es terrible...

— ...

— 40 %, tu ne peux pas refuser ! C'est mon dernier mot !

— ... »

Rien ne vaut le silence comme argument. Finalement, nous nous sommes mis d'accord pour un partage à 50/50 en échange de quoi je prenais quasiment à ma charge la totalité des frais de rénovation. De toute façon, il n'avait pas vraiment le choix. L'hôtel coulait, et plus aucune banque ne voulait lui prêter d'argent. En investissant dans la rénovation, je sauvais son affaire. J'avais de plus en plus d'idées. J'étais heureux de pouvoir enfin participer à l'élaboration d'un projet de bout en bout, et de ne pas rester enfermé dans le volet financier. L'emplacement était idéal. On pouvait passer d'un boui-boui de routards à un refuge pour escapades romantiques. En premier lieu, il fallait faire des doubles cloisons. Et puis, en tant que propriétaire, j'allais me réserver tout un espace pour y vivre. J'aimais bien l'idée d'avoir un appartement au milieu des chambres d'un hôtel.

Pendant les jours de la négociation silencieuse, je suis retourné voir la magnétiseuse. Il me semblait que cette consultation remontait à une époque si lointaine. J'avais le sentiment d'avoir vécu des années en quelques jours. Je me suis installé dans un coin de la salle d'attente, alors que je n'avais pas pris rendez-vous. Une femme était là, elle semblait mal en point ; elle m'a lancé un regard un peu désabusé. Pour la rassurer, j'ai dit doucement :

« Je n'ai pas de rendez-vous.

— Oui, et alors ?

— Non, je dis ça… car vous semblez inquiète de devoir attendre longtemps… à cause de moi…

— Pas du tout, je sais très bien que c'est mon tour après.

— Ah tant mieux…

— Elle va sortir dans quatre minutes et dix-sept secondes.

— Ah ? Comment le savez-vous ?

— Je suis omnisciente.

— Omnisciente ? C'est-à-dire… que…,

— Oui, c'est-à-dire que je sais tout. Je vois tout.

— C'est incroyable… ou c'est terrible… enfin, je ne sais pas…

— Oui, ça peut être difficile parfois. C'est pour ça que je viens ici.

— Ah bon ?

— Oui. Le magnétisme me permet de contrôler mon omniscience. J'arrive à mieux canaliser mes flashs.

— Ah tant mieux…, dis-je en regardant ma montre.

— Plus que deux minutes et cinq secondes, annonça-t-elle alors.

— C'est ça… »

Pendant un instant, je me suis demandé si je n'étais pas victime d'une farce. Mais non, elle semblait sérieuse. Son ton, la façon dont elle s'exprimait, tout ça paraissait tellement assuré. Je lui ai alors demandé, pour la tester :

« Si vous savez tout… vous devez savoir ce que je fais là…

— Bien sûr.

— Vraiment ?

— Oui, vraiment.

— Alors ?

— Alors quoi ?

— Qu'est-ce que je fais là ?

— Vous le savez très bien.

— Oui, mais dites-le-moi !

— Ah, vous voulez me tester…

— Non… enfin… oui…

— Eh bien, c'est très simple : vous êtes là car vous cherchez à retrouver une femme. C'est bien ça ?

— …

— C'est bien ça ?

— Oui…

— Il y a dix jours vous êtes venu pour des problèmes de dos. Après avoir passé de nombreux examens médicaux, vous aviez décidé de tenter quelque chose d'un peu différent. Vous êtes venu ici sur les conseils de votre belle-sœur. Enfin, de votre ex-belle-sœur. Il me semble que vous allez divorcer, non ?

— …

— Vous allez divorcer, oui ou non ?

— Euh… oui…

— Donc vous êtes venu, et on vous a conseillé d'aller plutôt voir un psy. Le problème, ce n'est pas votre dos, mais votre vie. Au passage, il me semble que vous allez mieux, n'est-ce pas ?

— …

— Vous avez dénoué des problèmes dans votre vie professionnelle, dans votre vie affective, avec vos enfants, et la douleur est tout de même moins forte. J'ai bon espoir que tout s'arrange pour vous. Je crois que vous êtes pratiquement au bout du chemin. Je ne dis pas que c'est fini, car à mon avis il va encore se passer des choses, plutôt surprenantes d'ailleurs… mais pour votre dos, on y arrive…

— Ah…

— C'était bien votre voyage avec vos enfants ? Enfin, c'est sûr que ça vous a fait beaucoup de bien.

— …

— Et c'est d'ailleurs là que vous avez rêvé de cette femme que vous voulez revoir. Vous avez adoré le moment que vous avez passé ensemble. Mais ce n'était pas le moment de penser à une histoire. Alors cette rencontre s'est sagement rangée dans votre inconscient. Avant de ressurgir dans un rêve, et tant mieux.

— …

— Pour la femme, je ne peux rien vous dire sur elle. Je ne suis omnisciente qu'en présence du sujet. Mais je suis sûre qu'elle est très bien. Vous prenez enfin les bonnes décisions.

— ...

— Et il était temps...», sourit-elle.

À ce moment précis, la magnétiseuse ouvrit la porte. Elle fut surprise de me voir.

« Vous n'allez pas mieux ? demanda-t-elle.

— ...

— Je crois qu'il va avoir du mal à répondre, dit l'omnisciente. Il est venu te demander les coordonnées d'une de tes patientes. Tu vas finir en agence matrimoniale...

— ...»

Personne ne réagit. En ce qui me concerne, j'étais sous le choc. On ne pouvait pas dire de moi que j'étais un grand mystérieux, une sorte de personnalité insondable et complexe, mais franchement, être percé à jour aussi totalement dépassait l'entendement. On se sentait nu face à cette femme. Son don était effrayant. La magnétiseuse m'a regardé encore un instant sans rien dire, avant de finalement sourire.

10

Intensité de la douleur : 1.
État d'esprit : paranormal.

11

J'avais été très déstabilisé par cette dernière expérience. Certes, j'avais toujours été sensible à l'irrationnel. Je me sentais mystique. Je croyais aux vies antérieures et à la réincarnation. Je croyais à l'idée qu'on puisse dépasser la conscience de l'immédiat. Mais un tel degré d'omniscience, c'était perturbant. On aurait pu croire que cette femme avait lu un roman sur ma vie.

C'était bien la femme rencontrée après mon rendez-vous chez la magnétiseuse qui était revenue vers moi par le rêve. Et d'une manière si puissante. On a envie de croire que la beauté de certains rêves peut s'adapter à la réalité. J'avais été profondément marqué par une interview de John Lennon au sujet de Yoko Ono. Il avait rêvé d'elle avant de la connaître. Il l'avait quasiment décrite sans l'avoir jamais vue, comme si le songe était le préliminaire de la réalité. En la rencontrant, il avait simplement mis en adéquation l'inconscient avec le conscient. Je ne savais pas quelle histoire j'allais vivre avec cette femme, je ne savais rien d'elle hormis nos quelques minutes ensemble, mais je sentais un si fort désir de la revoir. J'avais peur qu'elle ne trouve ma démarche trop étrange. Dans ce genre de situation, les femmes devaient être partagées. D'un côté, elles doivent être flattées qu'un homme veuille à tout prix les retrouver ; de l'autre, elles peuvent être effrayées d'être ainsi le fruit d'une quête fébrile. Au fond, je n'étais ni l'un ni l'autre. Mon inconscient m'avait simplement rappelé la beauté de notre rencontre, sa simplicité. Il faut souvent être aidé par son corps pour agir. Ça n'aboutirait peut-être à rien, mais je voulais en avoir le cœur net[1].

---

1. Encore une expression que j'aime : en avoir le cœur net. Le cœur est toujours plein de broussailles, d'hésitations, d'incertitudes. Il faut alors le rendre net et immaculé, pour ne pas laisser place à la moindre tache de regret.

La magnétiseuse avait refusé de me donner le numéro de mon inconnue. Face à ma déception, elle m'avait tout de même confié la date et l'heure de son prochain rendez-vous. Ainsi, je suis revenu le lendemain armé de mon rêve, armé de mon pressentiment. Je l'ai vue entrer dans l'immeuble, et j'ai attendu en bas la fin de sa consultation. Avec les jours, ma mémoire fatiguée avait quelque peu déformé l'allure de cette femme. Mon songe l'avait modifiée. Comment dire : c'était elle sans être elle. J'aimais cette confusion liée à une super-position de féminités. Cela n'avait aucune importance. Je l'attendais, et mon cœur battait, il battait comme il n'avait pas battu depuis longtemps. À ce moment précis, je n'avais plus du tout mal au dos. On pouvait admettre que le cœur, quand il vivait, quand il se manifestait, écrasait de son hégé-monie sensible toutes les péripéties du reste du corps. Plus rien n'existait que ce cœur qui battait en moi, étonné de ce qu'il ressentait, ramené à la vie.

Au bout d'une heure, elle est sortie. J'ai su aussitôt la jus-tesse de mon intuition. Mon corps me faisait mal ; mais mon corps était capable aussi de me guider vers le meilleur. C'est étrange à dire mais cette femme m'avait manqué. Pourtant, je n'avais pas pensé à elle une seule seconde avant qu'elle ne réapparaisse par le rêve. Le manque peut être *une sensation d'après-coup*. En voyant une personne, on peut enfin consi-dérer le vide que représentait son absence. Comment m'y prendre maintenant ? J'avais été incapable d'aller lui parler au moment où elle sortait de l'immeuble. Alors, je l'ai suivie. J'étais dans son dos. Elle marchait vite, un peu trop vite pour moi. Elle semblait comme pressée par le passage du temps. J'avais de plus en plus peur de l'aborder. J'allais passer pour un psychopathe, alors que jamais je ne m'étais senti aussi sain. J'étais traversé par une évidence douce, calme, ronde : une évidence suisse. Elle s'est arrêtée à un passage piétons. Positionné juste derrière elle, je pouvais en profiter pour lui faire un signe. Mon corps s'est mis à battre davantage encore, enfin mon cœur je veux dire. Je fus envahi de mots et de gestes possibles, mais rien à faire, je demeurai figé dans la timidité. Le signal est passé au vert, et nous avons repris notre marche.

Comme je n'arrivais toujours pas à lui parler, j'ai pensé à créer un faux hasard. Pour cela, je devais marcher vite, la dépasser, et revenir sur mes pas. Je pourrais alors la croiser, et m'extasier de la belle coïncidence. J'ai accéléré la cadence, puis je me suis dit que ce serait absurde. Je n'étais pas fait pour faire semblant. Je devais lui dire la vérité. Après tout, elle n'était pas une inconnue. Ça devrait être facile. Nous avions pris un café ensemble. Et nous nous étions très bien entendus. Ma démarche n'avait rien de pervers. Au contraire, elle serait sûrement contente de me revoir. Alors, pourquoi n'y arrivais-je pas ? Elle m'intimidait, je ne voyais que ça. Elle a continué encore un moment à marcher ainsi, en ralentissant un peu ; j'ai continué à la suivre, traversé de toutes parts par mes interrogations d'homme ne sachant plus séduire. Oui, c'était ça. Je ne savais plus. Je n'avais plus le moindre repère. J'étais devenu un étranger du monde féminin. Le temps s'étirait, mais cette poursuite ridicule n'avait pas duré plus de trois minutes. Heureusement, il s'est enfin passé quelque chose. Soudain, elle s'est arrêtée. J'ai dû faire de même. Si elle se retournait, elle allait donc me voir figé derrière elle, et le ridicule de cette image anéantirait tout espoir d'avenir. C'est pourtant exactement ce qui s'est passé. Elle s'est retournée, nous nous sommes alors retrouvés face à face. Elle m'a regardé fixement. Sans rien dire. Pensant que j'étais fou, sûrement. Ce fut une scène si étrange. On était là tous les deux, en silence, dans la foule bruyante de la ville. On ne bougeait pas. Nous étions un tableau d'art moderne, incompréhensibles aux yeux des passants. Nous sommes restés un moment ainsi dans l'arrêt du temps. La ville a pris de moins en moins d'importance. Nous étions seuls au monde.

CINQUIÈME PARTIE

1

Quelques semaines se sont écoulées. J'avais rarement eu une vie aussi active. Je passais des heures sur le chantier. Comme l'hôtel était fermé pendant la durée des travaux, il fallait agir vite. Pour m'aider, j'avais embauché deux Polonais que je connaissais bien. Je me suis installé dans mon nouvel appartement, au dernier étage, composé de deux anciennes chambres. J'étais sous les toits de Paris, ce qui me donnait l'impression d'être un étudiant. Je contemplais chaque soir la progression minutieuse de l'obscurité sur la ville. Enfin je prenais le temps d'observer ces beautés offertes. Peu de choses pouvaient rivaliser avec la nature. Cette ville le pouvait. On passe son temps à essayer de créer de la magie, par la poésie, le cinéma, la peinture, la musique, alors que tout est là, gentiment organisé. On aime son environnement différemment selon son âge, selon ce que l'on vit. J'avais passé toute ma vie dans cette ville, ou aux alentours, et pourtant il me semblait la découvrir pour la première fois. Elle se redessinait sous mes yeux, spectacle à la folie inépuisable, et je la désirais comme jamais.

Mon élan émotionnel fut coupé par l'arrivée d'Édouard. Il était la caricaturale irruption du réel dans le rêve[1]. À l'évidence, quelque chose n'allait pas. Il tenta pourtant de faire bonne figure pendant quelques minutes, s'extasiant mollement sur mon appartement, vantant ici ou là quelques détails sans même poser son regard. Je lui servis un verre de rouge qu'il but d'une traite, sans même m'attendre. Ce n'était pas logique : il adorait trinquer. Il aurait dû dire : « À ton nouvel appartement ! » Ou encore, avec un peu plus d'ambition : « À ta nouvelle vie ! » Il n'avait rien dit. Il avait absorbé son vin, pour aussitôt tendre son bras à nouveau. En langue alcoolique, souvent faite de signes et non de mots, cela voulait dire : « Encore. » Il but ainsi plusieurs verres, si bien que je ne pus faire autrement que de lui demander :

« Tu as des soucis au cabinet ?

— … »

Il ne répondit pas. En y repensant, je me dis que j'aurais pu simplement lui demander : « Tu as des soucis ? » J'avais précisé la géographie de ses éventuels tracas, comme si les problèmes d'Édouard ne pouvaient avoir de lien qu'avec sa vie professionnelle. Il y a des gens dont on est persuadé que la vie affective ou familiale est une sorte de roc inamovible. On vit mille péripéties, mille petits drames, alors qu'eux ne dérivent jamais de la trajectoire : ils s'épanouissent dans une sorte d'autoroute émotionnelle. Jusqu'aux derniers événements, j'en étais certain pour Édouard. Il fallait croire que cette période s'achevait sous mes yeux puisqu'il s'effondra sur un petit fauteuil que je venais de dégotter dans une brocante.

« Mais qu'est-ce qui ne va pas ?

— …

---

1. Un dentiste dans un poème d'Éluard.

— Tu peux me parler. Je vois bien que ça ne va pas. Je ne t'ai jamais vu comme ça.

— C'est Sylvie.

— Quoi Sylvie ?

— Elle m'a… quitté.

— … »

Depuis le fameux matin où elle m'avait agressé sexuellement, je ne l'avais pas revue. J'avais préféré m'extirper de leur couple. Ma plongée dans le travail m'avait offert un merveilleux prétexte. J'avais souvent parlé au téléphone avec Édouard, mais sans oser demander des nouvelles de Sylvie. De son côté, gênée, elle devait être soulagée de ne pas me voir.

« Mais qu'est-ce qui s'est passé ? Vous vous êtes disputés ?

— Non. Même pas.

— Alors quoi ?

— Ça a même été très calme. Elle m'a annoncé ça froidement. Comme si c'était une décision qu'elle avait prise depuis longtemps.

— Je suis désolé.

— Le pire, c'est qu'il y a quelqu'un d'autre.

— Quelqu'un d'autre ? Non… ce n'est pas possible…

— Si… c'est horrible…

— Ah…

— Vraiment… horrible…

— Mais… tu… le connais ?

— …

— Elle t'a dit qui c'était ?

— Oui…

— …

— C'est horrible vraiment. Jamais je ne pensais…

— Elle ne sait peut-être pas ce qu'elle fait… elle traverse une crise, sûrement.

295

— Non, ce n'est pas une crise. J'ai vu son regard. C'est une certitude.

— …

— Elle est amoureuse. Vraiment, ça se voit. Je suis dégoûté.

— …

— Elle est partie avec une femme. »

Il me fallut quelques secondes pour digérer l'information. Sylvie, avec une femme. Elle qui aimait tant les hommes. Je me souviens de nos premières années : quand nous nous étions rencontrés, elle ne parlait que de ça. Elle aimait être au centre des attentions masculines. Ça me paraissait vraiment incongru. Elle aimait les hommes au point de s'être jetée sur moi. J'avais peut-être été sa dernière pulsion.

« Je l'ai dégoûtée des hommes. Tu te rends compte ? pleurnicha Édouard.

— Mais non, ne dis pas ça.

— Mais si.

— Moi, je trouve ça presque moins dur de se faire quitter pour une femme que pour un homme…

— Pas avec Sylvie. Je la connais, elle n'est pas lesbienne. C'est moi le problème. Je suis un antidote à l'hétérosexualité.

— Tu dis n'importe quoi… »

Édouard a mouliné un moment sur ce thème, enchaînant les verres. C'était très violent, ce qui lui arrivait, mais c'était aussi *un nouveau départ*. Dans ces occasions, les proches emploient des expressions ridicules qui ne veulent rien dire [1].

---

1. La pire étant : « une de perdue, dix de retrouvées ». Qui peut penser que dix femmes attendent notre célibat ? Et puis franchement, dix c'est excessif. Pour nous consoler, une seule femme suffirait.

On essaye d'être optimiste pour réconforter celui qui souffre, alors qu'il n'y a rien à dire. C'est violent, et c'est ainsi. Elle est partie. Pour un homme ou pour une femme, ça n'a aucune importance finalement. Édouard vivait pour elle, et se sentait amputé. Son cœur allait boiter. De mon point de vue, il ne devait pas se sentir responsable : Sylvie n'était pas épanouie, surtout professionnellement.

« Mais ça marchait pour elle, souffla Édouard.

— Pas tant que ça, franchement... seuls ses amis lui achetaient ses toiles.

— Ce n'est pas vrai...

— Bien sûr que c'est vrai. Au bout d'un moment... après des années à masquer l'évidence... on peut s'avouer vaincu...

— ...

— Et tout remettre en question.

— ...

— Un peu comme moi... d'une certaine manière.

— Oui, mais toi tu n'es pas devenu homosexuel.

— ... »

En le voyant avachi sur le fauteuil, j'ai compris qu'il allait rester là un bon moment. J'allais lui proposer de dormir dans le canapé. J'étais presque heureux de pouvoir lui rendre la monnaie de son amitié. Il avait été si délicat avec moi pendant ma mauvaise passe (j'exceptais les fois où il avait tenté de me soigner avec du Doliprane). Deux ou trois heures et deux ou trois bouteilles plus tard, il balbutia :

« Heureusement que j'ai mon métier, ma passion...

— ...

— Tu sais, j'aime vraiment les dents.

— Je sais, je sais...

— Et toi ? Comment ça va ? On ne parle que de moi… et tu ne dis rien.

— Mais c'est normal. Tout va bien pour moi.

— Tu m'avais parlé d'une femme qui te plaisait.

— Oui.

— Et alors ? Qu'est-ce qui se passe avec elle ? »

Je suis resté un temps sans pouvoir lui répondre. Je n'étais même pas certain qu'il y avait quelque chose à dire. Édouard insistait, il disait : « Raconte-moi, raconte-moi », et ajoutait « je veux tout savoir depuis le début ». J'étais touché de son intérêt pour moi alors qu'il sombrait affectivement. C'était toute sa délicatesse. Ou alors, une question de survie. La vie des autres, c'est peut-être le meilleur refuge quand la nôtre nous désespère. En m'écoutant, je voyais qu'il chassait un instant ses difficultés. J'ai évité toutefois de m'attarder sur les moments de joie, brimant par pudeur la forme de bonheur qui s'emparait de moi.

2

Intensité de la douleur : 0,5.
État d'esprit : réconfortant.

3

Pauline [1] s'était donc retournée. Nous étions restés, un instant, dans la suspension de toute chose. Je me sentais idiot de

---

1. Oui, j'allais apprendre son prénom : Pauline. Je fus assez surpris en le découvrant. Sans savoir pourquoi, j'avais eu l'intuition qu'elle s'appellerait Caroline ou Amandine.

ne pas lui avoir parlé avant. Je devais trouver des mots pour expliquer la situation, justifier ma présence derrière elle. Comme rien ne venait, c'est elle qui parla la première :

« Bon... vous comptez m'aborder oui ou non ?

— ... »

Quelques minutes plus tard, alors que nous étions assis à la terrasse d'un café, elle m'avoua que la magnétiseuse lui avait tout raconté. Elle savait donc que j'avais cherché à la revoir. En sortant de son rendez-vous, elle m'avait vu mais avait fait mine de rien. Elle avait marché, sentant ma présence derrière elle. Impatiente ou constatant que j'étais incapable d'agir, elle avait finalement décidé de se retourner. Une fois au café, elle me dit :

« Vous en avez mis du temps.

— Ah bon ?

— Oui. Après notre rencontre, j'ai pensé que vous chercheriez plus vite à me revoir...

— Je suis sûrement un peu lent...

— On peut dire ça comme ça.

— ... »

Je ne sais pas pourquoi j'avais autant manqué de lucidité. Je n'avais jamais été capable de voir les évidences. Pourtant, notre rencontre avait été parfaite. Nous avions parlé librement de choses et d'autres, sans même nous connaître. J'avais aimé que cette rencontre soit restée anonyme (nous n'avions pas échangé nos prénoms), incertaine de son avenir (nous n'avions pas échangé nos numéros). Après tout, il fallait laisser la vie faire son travail. Et la vie était revenue sous la forme d'un rêve. Nous étions réunis. Ça ne voulait pas dire pour autant que nous avions des choses à nous dire. Au contraire, si la première rencontre avait été pleine d'aisance et de simplicité, la deuxième semblait plus compliquée. Sûrement à cause du contexte, qui n'avait rien de naturel. Après de longues minutes d'embarras, je me suis mis à lui parler du songe qui m'avait poussé à la retrouver. « Je suis la femme de vos rêves », dit-elle, pour nous plonger dans un sourire.

Pauline était célibataire depuis six mois, et ne se sentait pas en manque d'une relation. Après huit ans passés avec un photographe de guerre, elle avait décidé de le quitter car il ne voulait pas d'enfant. Elle avait trente-six ans, le temps pressait. Elle avait voulu fuir avant qu'il ne soit trop tard. Au tout début, ça lui avait semblé insurmontable de vivre sans cet homme. Huit ans, c'était une éternité. Elle s'était habituée à leurs messages quotidiens, à vivre avec un homme qui risquait sa vie à l'autre bout du monde. Elle avait eu du mal à admettre qu'elle aimait moins l'homme que le couple qu'ils représentaient. Elle aimait sortir seule le soir, être l'objet de certains regards, tout en sachant qu'elle n'appartenait qu'à lui. Il était loin, il était absent, mais il était son alibi pour ne pas avoir à prendre en compte les autres hommes. Elle aimait cette situation qui n'avait pourtant rien de parfait. On peut aimer vivre des histoires bancales, simplement pour être consolé de la solitude. Sans ce désir d'enfant, elle aurait pu rester encore longtemps dans cette vie-là. Son envie, c'était une évidence dans son corps. Son photographe arpentait les misères du monde, et trouvait ainsi une bonne raison de ne pas avoir à se reproduire. « Faire un enfant dans un tel monde ?... Mais c'est criminel ! » Elle avait d'abord pensé qu'il changerait d'avis, mais non, il demeurait inamovible dans ses certitudes. Plus il connaissait le monde, moins il comprenait sa femme. Pauline racontait cela, sans la moindre amertume, de manière presque détachée. Plusieurs fois pendant son récit, j'ai même pensé qu'elle ne parlait pas vraiment d'elle mais d'une sorte d'héroïne de fiction ; la fiction que devient le passé.

Rencontrer quelqu'un, c'est se raconter. Nous quittions progressivement notre statut d'inconnus. J'avais quelques années de plus qu'elle, et déjà deux grands enfants. Cette information sembla la fasciner. Elle me posa de nombreuses questions sur Paul et Alice, auxquelles je tentai de répondre non en père mais en fonctionnaire de ma vie. Je lui racontai la fin de mon histoire avec ma femme, cette fin en forme de délitement passif. Les derniers jours, nous avions été séparés par un mur ; chacun avait vécu sa douleur (mon dos, son père) de son côté. Nous étions devenus un pays scindé entre plusieurs forces occupantes, celles de la lassitude.

« Vous êtes drôle, dit-elle en m'interrompant.

— Ah bon ? J'avais plutôt l'impression d'être sinistre.

— Oui, vous l'êtes aussi. C'est un mélange que j'aime bien. En vous écoutant, on n'arrive pas à savoir si vous avez subi votre histoire, ou si vous en êtes le grand organisateur...

— ... »

C'était tellement juste. En permanence, j'étais traversé par cette question. Toutes mes initiatives récentes avaient été liées à mon mal de dos. Si bien que je ne savais pas si j'avais pris des décisions d'une manière consciente, ou si j'avais été contraint par la douleur. Je n'arrivais pas à déterminer la part de mon libre arbitre. Je m'estimais souvent victime des événements, comme si j'avais abandonné tout espoir de posséder une quelconque emprise sur le réel. Mais non, ce n'était pas vrai. Si j'étais là, face à cette femme, c'est que j'avais pris les bonnes décisions. Mon dos m'avait simplement aidé dans cette transition, en se faisant le moteur fou de mes bouleversements. Je pouvais admettre que ce que je vivais là, maintenant, avait commencé par une douleur lors d'un dimanche entre amis.

4

Intensité de la douleur : 0,5.
État d'esprit : débutant.

5

Nous avions convenu de nous revoir. Cela aurait pu être simple. Mais ça l'est rarement. La valse des premiers moments entre deux personnes manque de rythme. Ce qui m'était apparu limpide dans un premier temps se transforma en source d'angoisse. Je remettais tout en question. Devais-je l'appeler tout de suite au risque de paraître pressé ? Attendre quelques jours au risque de sembler peu motivé ? Quel est le timing idéal d'un appel téléphonique pour fixer un nouveau rendez-vous ? Qu'en savais-je ? J'entrais dans le costume du quadragénaire en instance de divorce qui, à nouveau, découvre les errances de la séduction. Je n'avais plus l'habitude de rien. La vie de couple anesthésie nos capacités de séduction. Lassé par la monotonie, mon cœur avait déserté mon corps. J'étais revenu au temps de mon adolescence quand le monde féminin me fascinait tout en me terrorisant. C'était absurde, je devais être simple. J'ai pris mon téléphone et je lui ai proposé par message que nous nous retrouvions le lendemain soir pour dîner. Elle a répondu qu'elle était d'accord (je fus heureux qu'elle réagisse immédiatement ; je ne supporte pas ceux qui font semblant d'être très occupés en répondant trois heures après). Cela dit, j'étais loin d'en avoir fini avec mon rendez-vous. Il me fallait maintenant trouver le bon restaurant. Le bonheur est une entreprise épuisante.

Je le savais, j'étais ridicule de me soucier autant des détails. Pauline ne semblait pas attacher la moindre importance au lieu. « Ce qui compte, c'est d'être ensemble », aurait-elle pu dire. Cette fois encore, je la trouvai différente. Sa féminité était nomade. Je mettais toujours un moment à reconstituer mentalement la certitude que j'étais bien face à cette femme que j'avais déjà rencontrée. Pourtant, il ne me semblait pas qu'elle avait changé de coiffure ou de maquillage ; non, c'était en elle, un voyage sur son visage. Pauline aussi m'observait ; sans le moindre doute, nous étions dans la séduction. J'avais l'impression de lui plaire, et ça me déstabilisait. Rien ne rend plus heureux que de plaire à quelqu'un qui nous plaît ; la réciprocité devrait être davantage estimée, placée au sommet des joies humaines. Quand on fait une belle rencontre, on redécouvre des trésors poussiéreux qui agonisaient en soi. On réveille ses désirs et ses passions. Je parlais de tout ce que j'aimais. Je n'avais pas eu l'impression d'avoir cité tant de livres que ça, mais elle me dit :

« Vous avez une grande culture littéraire.

— Ah merci.

— Vous avez lu Gombrowicz ?

— Euh… non. »

J'étais gêné, car cette défaillance advenait juste après son compliment sur ma culture. Pauline l'évoqua avec un enthousiasme démesuré, vantant sa puissance intellectuelle et son côté ardu aussi. Lors des premiers rendez-vous, on se pare souvent de goûts incroyablement pointus. On dira que son film préféré est *La Grande Illusion* de Renoir; et c'est au douzième rendez-vous seulement, si l'on va jusque-là, qu'on avouera sa passion sans bornes pour *Titanic*. Mais là, elle tapait fort avec Gombrowicz. Rien que le nom, ça en imposait. Elle aurait pu me parler de Céline ou Thomas Mann, mais ça, c'était un nom à complexer un libraire.

« Vous devriez lire son roman *Cosmos*. C'est si beau.

— Ah...

— Il a une façon de s'intéresser aux détails. Quand il parle d'une femme, il peut ne parler que de sa bouche[1]. J'adore cette forme d'obsession.

— ... »

En prononçant cette phrase, j'ai remarqué qu'elle regardait ma bouche. J'ai acquiescé :

« J'aime beaucoup cette idée. Se concentrer ainsi sur une seule partie d'une personne.

— ...

— Il y a un tableau d'Edvard Munch qui s'appelle *Tête d'homme dans les cheveux d'une femme*. On aperçoit le visage d'un homme perdu dans une chevelure. On pourrait croire qu'il y vit, comme s'il ne voulait entretenir de relation qu'avec la partie capillaire de cette femme...

---

1. Dès le lendemain, j'irais acheter ce livre. Effectivement, il évoque deux femmes en ne parlant que de leur bouche : « Une bouche commença à "se rapporter" à l'autre, et je voyais en même temps le mari de Léna qui lui parlait, Léon qui se mêlait à la conversation, Catherette qui s'affairait autour de la table et la bouche qui se rapportait à l'autre bouche comme une étoile à une autre étoile, et cette constellation buccale confirmait mes aventures nocturnes, que j'aurais voulu oublier... Cette bouche et cette bouche... d'un côté la hideur d'une déviation latérale fuyante, et de l'autre cette virginité frêle et pure qui se refermait et s'entrouvrait légèrement, que pouvaient-elles avoir de commun ? »

— Ah, je ne connais pas ce tableau, dit-elle. C'est une belle idée, c'est vrai... »

Un point partout. J'avais tenté de répliquer à son auteur polonais par un peintre norvégien. C'était la seule riposte culturelle que j'avais trouvée sur le moment. C'était un peu juste. Mais au moins, j'étais parvenu à éviter de citer *Le Cri*, tableau dont la célébrité aurait anéanti l'impact de ma référence à Munch.

J'ai adoré cette soirée où nous avons parlé — certes, plus ou moins sincèrement — de nos goûts et dégoûts. Il n'y avait aucun temps mort dans notre conversation. J'étais heureux de partager ce qui me semblait être le meilleur de moi. J'avais enfoui pendant des années mes enthousiasmes culturels. Je m'étais recroquevillé à l'abri de l'opinion des autres. On se découvrait des sensibilités communes ; on se mentait aussi un peu quand, par exemple, je ne lui disais pas avoir été insensible à un film qu'elle avait tant aimé. Les rencontres sont pleines d'une politesse émotionnelle ; autant que d'enjolivements légers de la réalité. On cherche à se retrouver à mi-chemin de nos différences. Pauline me plaisait, et elle aurait pu me faire lire n'importe quel roman à l'eau de rose, ou m'emmener voir une rétrospective de films albanais non sous-titrés. Je voulais courir vers son monde.

Ensuite, nous avons parlé de choses plus personnelles. Lors de notre deuxième rendez-vous, j'avais évoqué mon divorce et quelques éléments de ma vie ; Pauline avait surtout parlé de son histoire avec le reporter de guerre, mais je ne savais pas grand-chose d'elle. Quel magnifique moment que celui de la découverte. J'allais lui demander son métier, et elle pouvait tout être : fleuriste, avocate, journaliste, comptable, infirmière, libraire, banquière, attachée de presse, pédiatre, etc. Dans quelques minutes cet univers des possibles n'existerait plus. Je ne pourrais plus jamais faire marche arrière vers ce moment où je ne savais pas quelle était sa profession. Lentement, en peaufinant la connaissance d'une personne, on délimite le champ infini des hypothèses. On réduit les espaces pour parvenir aux contours d'une vie.

« Je suis décoratrice.

— …

— Décoratrice d'intérieur. »

Je fus surpris. J'avais parlé de mon métier, des années passées dans un cabinet d'architectes, et elle avait écouté sans rien dire. Sans jamais me couper pour évoquer sa propre profession, qui était comme une cousine de la mienne. Nous étions de la même famille, celle de l'agencement des lieux à vivre. Tout cela était si étrange. J'étais en train de réaménager un hôtel, et j'avais justement besoin de quelqu'un avec qui réfléchir à la nouvelle décoration. Quelle étrangeté. Tant de fois des amis m'avaient raconté les circonstances « incroooyables » d'une rencontre qu'ils venaient de faire. J'avais vécu jusqu'ici comme abandonné par cette beauté-là. La vie ne m'avait jamais élu pour participer à la magie des coïncidences ; si bien que j'avais pu douter parfois qu'elles existent : j'étais peut-être entouré de mythomanes, de romanciers en herbe, qui voulaient laisser croire que le destin possède parfois l'éclat du miracle. Notre rencontre pouvait relever du simple hasard, mais pas pour moi. Cet événement était un bouleversement symbolique. Ma vie pouvait maintenant, comme celle des autres, être frappée par la grâce.

« Je cherche justement quelqu'un avec qui travailler, pour mon hôtel…

— Je suis hors de prix…

— ...

— Mais bon... puisque c'est vous... on peut s'arranger »,
dit-elle en souriant.

Quelques minutes plus tard, nous sommes sortis. Le temps
passait sur nous sans la moindre turbulence. La perfection du
moment était telle qu'on pouvait croire que la nuit me mentait.

« On peut aller à l'hôtel, dit Pauline.

— ...

— ...

— À l'hôtel ?

— Oui, ton hôtel. J'ai envie de commencer à travailler... »

6

Intensité de la douleur : 0,5.
État d'esprit : cosmos.

7

Nous avions laissé le vouvoiement derrière nous, au restaurant. Nous avons marché une heure pour rejoindre l'hôtel.
Il n'y a pas de mots pour cette promenade, celle que nous
faisions, là, maintenant, dans la nuit.

J'avais sous-estimé l'aspect romantique de notre destination. Nous sommes arrivés dans un hôtel en chantier, désert.
Nous avons marché lentement, de chambre en chambre. Pauline semblait prendre mentalement des notes. Elle commen-

tait parfois ce qu'elle pourrait faire ici ou là. Je regardais cette femme qui marchait devant moi. J'observais son corps, sa nuque aussi — en entrant dans l'hôtel, elle s'était attaché les cheveux. J'apprendrais plus tard qu'il s'agissait là d'un des multiples détails de sa féminité : elle ne pouvait pas se concentrer les cheveux détachés. Il était plus de minuit, nous étions deux adultes dans la pénombre, et il n'y avait plus de doute : notre destination était sensuelle. Nous avions l'embarras du choix. Il suffisait de trouver la meilleure chambre. On prenait notre temps, délice du manège de la séduction. Nous n'étions éclairés que par les veilleuses des issues de secours. Pauline s'est assise sur un lit, elle m'a regardé. Si dans un premier temps, je m'étais senti moins à l'aise qu'elle, par simple manque de pratique, par frayeur de la beauté, par excès d'envie, que sais-je encore, une douce assurance s'empara de moi, je n'avais plus peur de rien, je savais que je pouvais m'approcher d'elle, glisser ma main entre ses cuisses, tout me paraissait simple maintenant, y compris l'acidité érotique. Je me suis avancé pour caresser ses cheveux, son visage était contre mon ventre, j'ai senti sa main remonter le long de ma jambe : je pourrais me rappeler chaque détail. Nous nous sommes allongés, le sommier a grincé :

« Il faudra changer les lits, dit-elle.

— Oui. On les essaiera tous, on verra les priorités. »

Je lui ai dit : « Déshabille-toi », et elle s'est déshabillée. J'ai regardé son corps, et j'avais l'impression de le reconnaître. Peut-être était-ce à cause de mon rêve, mais non, il ne me semblait pas avoir vu la nudité de Pauline dans son apparition nocturne. On parle souvent du sentiment de *déjà-vu* au sujet de situations, et de lieux. On parle de la mémoire des murs. Il n'est pas rare d'arriver dans un endroit pour la première fois et d'éprouver le sentiment d'y être déjà venu. C'est ce que j'ai ressenti avec le corps de Pauline. Je connaissais déjà son pays. J'avais l'impression de savoir où aller, instinctivement. Je n'avais pas besoin de guide. Elle m'a dit : « Déshabille-toi », et je me suis déshabillé aussi. Sur mon torse, elle a vu ma cicatrice. J'avais été opéré du cœur à l'âge de seize ans. Elle a fait des allers-retours avec son doigt sur ma plaie, avant de dire : « Elle est belle », puis d'ajouter : « Ta cicatrice, c'est le mur de Berlin. » Encore une phrase si juste. Toujours, je m'étais senti comme traversé par deux mondes différents. Celui du rêve, celui de la réalité. Celui de la création, celui du concret. Mon mal de dos avait forcément un lien avec ce déséquilibre. Mon corps s'était épuisé du partage incessant, de l'impossibilité de l'unification. En parcourant de son doigt ma cicatrice, Pauline venait de faire de moi une seule et même personne. Elle me rassemblait.

J'ai pensé que nous irions ensemble à Berlin. Nous avons fait l'amour avec cette ville au-dessus de nous. Il y a toujours une géographie du désir. J'étais dans un état de délassement complet, et pourtant le visage d'Élise est venu se mêler à mon bonheur. Une partie de moi trouvait si étrange d'être contre le corps d'une autre femme ; la partie non animale de moi, celle qui transporte toute une vie dans l'instant présent. Élise était près de moi, comme le fantôme de mon référent féminin. On ne peut pas s'échapper ainsi, si facilement, d'un passé si long. Finalement, Élise a eu l'élégance de nous laisser seuls, et s'est échappée de mon esprit. Pauline m'entraînait sur des terrains inédits. Notre entente sexuelle se libéra à cet instant de toute pudeur. Je léchais son corps, je voulais tant lui donner du plaisir. Nous avons fait l'amour longuement, et c'était un nouveau monde. J'étais sur elle, je sentais ses mains agripper mon dos. Et même : dominer mon dos. On se regardait parfois, non pas pour vérifier le désir de l'autre, mais pour être certains de la réalité du moment. Ce que nous vivions était donc vrai.

Nous avons passé la nuit enlacés, alternant les moments de sommeil, et ceux où nous nous regardions sagement. Depuis combien d'années mon corps n'avait-il pas connu un tel apaisement ? Par le corps de Pauline, j'avais chassé ma douleur. Dans ce bien-être, j'ai eu l'impression que mon mal de dos remontait à nettement plus longtemps. Comme s'il avait vécu d'une manière souterraine en moi avant de se manifester récemment. Tant d'années et de difficultés avaient noué mon dos. En me libérant, je commençais une nouvelle ère. Certes, tout n'était pas complètement fini. J'avais arrangé les choses avec mes parents, mes enfants, mon travail, et ma femme d'une certaine façon, mais mon passé me tiraillait. Il me faudrait un peu de temps pour comprendre ce qui me gênait encore.

Au petit matin, Pauline m'a embrassé tendrement, puis, à ma grande surprise, elle est partie sans rien dire. Je me suis dit qu'elle voulait laisser notre réveil à la magie de la nuit. Éviter la lumière, et l'obligation de se parler. Moi, j'aurais eu envie de prolonger le moment avec elle. Mais c'était ainsi. À mon âge, j'avais cessé de chercher à comprendre tous les comportements d'une femme. Au bout de quelques minutes, j'ai éprouvé comme un doute. Je m'étais senti tellement bien avec elle que cela provoqua chez moi une nouvelle fébrilité. C'est l'effet secondaire du bonheur. C'est si fragilisant de se sentir bien avec quelqu'un. On est parfois nettement plus heureux dans la solitude, sans avoir à rassembler toutes ses forces pour travailler une histoire d'amour. Plus tranquille, c'est certain. Une heure après son départ, je me suis dit que je devais lui envoyer un message. Ce que j'ai fait. Quelque chose de très simple. « Merci pour cette soirée. C'était merveilleux. » Devais-je ajouter que j'avais hâte de la revoir ? Non, c'était évident. Évident que je voulais la revoir, évident qu'on allait se revoir. Pas un seul détail de notre soirée ne relevait d'une histoire sans lendemain. Peut-être même nous reverrions-nous dès ce soir, j'en rêvais. Elle me manquait déjà terriblement. Son odeur, sa peau, sa voix. Je suis resté devant mon téléphone. Je ne pouvais plus rien faire d'autre. J'attendais qu'elle me réponde. J'ai maudit l'inventeur de cet objet ; on pense que c'est une bénédiction moderne, mais c'est parfois un pur instrument de torture ; en nous liant les uns aux autres si facilement, on matérialise avec une effarante immédiateté le rejet. Pourquoi ne me répondait-elle pas ? Son silence a fait naître en moi une angoisse, qui elle-même a provoqué une tension dans mon dos. C'était un cercle vicieux.

8

Intensité de la douleur : 2.
État d'esprit : entre bonheur et inquiétude.

9

Les travaux ont progressé rapidement. Dans quelques semaines, nous pourrions organiser une fête pour la réouverture de l'hôtel. Je connaissais une femme qui savait très bien organiser cela. Elle contacterait une attachée de presse pour qu'on puisse avoir des articles sur l'événement. Vassilis ne semblait pas comprendre à quoi ça servait de fêter l'ouverture d'un hôtel, mais il me faisait confiance. Je le sentais parfois déstabilisé : il était à la fois très heureux de la mutation qui s'annonçait, et en même temps je pouvais percevoir dans son regard comme la nostalgie de son hôtel miteux. C'était un homme qui allait enfin atteindre son rêve, tout en se rendant compte que les années passées soi-disant dans la frustration avaient possédé l'éclat bienveillant de la simplicité. Mais bon, la plupart du temps, il était ébahi et fier. La transformation de son hôtel, c'était un peu comme si son fils intégrait une grande école. Le soir, il s'asseyait dans le hall, et observait la réception avec des airs d'hypnotisé pendant de longues minutes.

J'avais eu l'idée d'en faire un hôtel littéraire. Cela n'avait rien d'original, mais je trouvais amusant d'accomplir mon destin littéraire de cette façon. Créer un lieu en forme de panthéon des mots, c'était comme donner la main aux écrivains. Nous marchions à travers les couloirs; en passant devant les chambres, j'ai exposé ma théorie à Vassilis :

« Les touristes adorent retrouver un peu de chez eux à l'étranger. Ils aiment bien qu'on leur fasse des clins d'œil.

— Et alors ?

— On va donner un nom d'écrivain à chaque chambre. Et on fera en sorte de mettre les Espagnols dans la Cervantès. Les Allemands dans la Musil. Les Irlandais dans la Joyce. Les Italiens dans la Calvino. Les Russes dans la Gogol ou la Tchekhov...

— Oui, ça va, je crois que j'ai compris. On pourra mettre les Grecs dans la chambre Aristote... ou Platon..., ou Socrate... difficile de choisir..., nous avons tellement de génies dans notre histoire...

— C'est vrai... », dis-je pour le conforter dans cet élan subit de patriotisme philosophique.

En continuant de progresser à travers notre hôtel, nous sommes arrivés devant la chambre où Pauline et moi avions fait l'amour.

« Là, ça sera la chambre Gombrowicz, ai-je alors soufflé.

— Qui ça? Gombrich quoi?

— C'est un auteur polonais.

— Ah d'accord... remarque, c'est vrai, on a des Polonais parfois. Ils sont souvent très sympa d'ailleurs... »

Vassilis a mouliné quelques phrases sur les Polonais en redescendant vers la réception. Il m'a semblé l'entendre dire : « Mon hôtel est international » ou quelque chose comme ça. Et moi, je suis resté devant la chambre polonaise.

Après notre première nuit, Pauline n'avait pas répondu tout de suite à mon message, mais seulement en fin de journée. L'attente avait été une torture. Elle avait écrit : « Je me sens bien avec toi. » Elle avait mis du temps à répondre, comme pour digérer le bonheur. Tout comme moi, elle avait été déstabilisée par l'aisance de la soirée. C'est l'un des infinis paradoxes du bien-être, et la preuve que l'être humain possède en lui un sens inné de la neurasthénie passive. Je ne sais pas pourquoi, mais nous étions tous les deux un peu effrayés. Elle et moi avions vécu nos dernières années sans la moindre mise en danger : notre cœur avait battu sans excès, sagement. Je ne comprenais pas toujours l'attitude de Pauline, et elle ne comprenait pas toujours la mienne. Je manquais de simplicité. Je réfléchissais avant de lui envoyer le moindre message. À nouveau, j'étais rattrapé par toute cette immense fragilité associée au bonheur fou de l'avoir rencontrée. Nous avons mis plusieurs jours avant de nous revoir, et finalement le mieux, c'était de ne plus parler. Nous avons fait l'amour de nombreuses fois pendant un week-end entier que nous avons passé chez elle. Le corps nous délivrait de nos appréhensions. Notre sexualité, elle, était simple et libre. J'avais l'impression de découvrir l'amour une seconde fois.

Notre histoire a immédiatement été sérieuse. Très vite, nous nous sommes dit des choses qui concernaient l'avenir. Elle m'a dit : « J'ai hâte de rencontrer tes enfants. » Un soir, j'ai voulu lui présenter Alice, mais elle n'était pas disponible. Plusieurs fois, elle trouva des excuses pour ne pas rencontrer Pauline, et il me sembla qu'elle tenait à me faire éprouver ce qu'elle avait ressenti, elle. Ce n'était pas méchant, je le savais bien. Elle était aussi déstabilisée par la rapidité avec laquelle je me lançais dans cette nouvelle histoire. Et puis elle, je l'avais mise dans la confidence, alors que je n'avais rien dit à Élise. Cela accentuait la gêne. Je ne savais pas toujours comment agir. J'essayais d'être simple, mais il n'est jamais simple de rompre avec une si longue période de vie. Avec Élise, les relations étaient bonnes. On se parlait au téléphone deux ou trois fois par semaine, mais en évitant toujours la sphère intime. On évoquait l'hôtel, son travail, nos enfants, mais on ne se posait aucune question sur notre vie l'un sans l'autre. Pauline fit une remarque un jour à propos des liens qui m'unissaient encore à Élise. Elle n'était pas jalouse, elle savait notre histoire finie, mais ses mots m'ont fait comprendre que j'étais encore attaché à mon passé. Et comment faire autrement ? Nous avions vécu une vie ensemble. Mon attachement n'était plus amoureux, mais je ne pouvais pas dire qu'il était amical non plus. Je me sentais clair et sans ambiguïté, mais quelque chose me gênait. C'est encore une conversation avec Pauline qui me permit de comprendre ce que je ressentais profondément. Elle m'avait dit que le photographe voulait la revoir.

« Tu lui as dit quoi ?

— J'ai dit non, mais il insiste tellement.

— Il est encore amoureux, c'est normal.

— Peut-être, je ne sais pas. J'ai surtout l'impression qu'il veut qu'on parle de nous, de notre fin. Ça me surprend un peu, je dois dire.

— Pourquoi ?

— Parce que je ne le pensais pas si sensible. Je ne le pensais pas capable de se mettre dans un tel état.

— Justement, tu devrais éviter de le voir...

— Je ne sais pas... »

Je n'éprouvais pas de jalousie, moi non plus. Je n'avais pas peur qu'elle retourne avec lui, et peut-être avais-je tort ? Mais il me semblait assez normal que les histoires d'amour se chevauchent ainsi. Il y a alors comme une zone mixte du cœur. Cela provoque parfois de la confusion ; souvent de la douleur. Au fond, c'est sûrement ce qu'il y a de plus difficile à faire, finir une histoire. Je venais de le comprendre, en écoutant Pauline parler de son photographe.

10

Intensité de la douleur : 1.
État d'esprit : l'envie d'en finir avec le passé.

11

Je suis arrivé chez Élise sans prévenir. Depuis plusieurs semaines, je n'étais pas revenu dans mon ancienne maison.

Je suis resté un instant devant la porte, comme arrêté par mon passé. Tant de fois, j'étais entré ici mécaniquement, en sortant les clés de ma poche; ces clés que je n'avais plus. En sonnant, j'allais inaugurer mon nouveau statut : celui de visiteur. Je n'avais pas voulu la prévenir de ma visite. Certains actes ne peuvent pas être annoncés, ne peuvent pas être soumis à une quelconque conversation *au préalable.* C'est seulement sur le perron que j'ai pensé qu'elle pouvait ne pas être là. Et même n'être pas seule? Cette possibilité me fit hésiter. À ce moment précis, Élise ouvrit la porte.

« Qu'est-ce que tu fais?

— Je...

— Je t'ai vu passer dans la rue, il y a cinq minutes. Ne me dis pas que tu hésites à sonner depuis tout ce temps?

— Non. Enfin, si. J'avais peur de te déranger, c'est tout.

— Tu ne me déranges pas. J'étais en train de lire. Tu veux entrer?

— Oui. »

Je me suis retrouvé dans le salon. L'ambiance m'a paru sinistre. J'ai balayé du regard les lieux. Rien n'avait changé. On aurait dit un mausolée de notre histoire. Ici, je voyais mon passé. J'étais persuadé qu'Élise allait tout modifier après mon départ; et surtout sa vie. Les ruptures s'accompagnent souvent d'un vent de liberté. On veut boire, sortir, se donner l'illusion de toucher concrètement une nouvelle jeunesse. Mais là, rien de tout ça. La maison était plongée dans une pénombre austère. La pièce survivait grâce à l'éclairage modeste d'une lampe, près du fauteuil. Élise lisait un très gros roman : et ça non plus, ce n'était pas une image du bonheur; quand on est heureux, on lit des romans courts; c'est une marque de fragilité que de vouloir s'enfouir ainsi sous des centaines de pages. Je me suis assis sur le canapé en silence. Au bout d'un moment, Élise s'est mise à sourire :

« Tu t'assois, et tu ne dis rien. Tu sais, quand on arrive quelque part... on annonce la raison de sa présence.

— Oui, pardon. Je voulais te parler.

— Tu veux boire quelque chose ?

— Je veux bien... »

Elle est partie dans la cuisine pour revenir avec une bouteille de vin. Elle a alors allumé la lumière, et nous avons été saisis par cette irruption de clarté brutale.

« Je suis fatiguée, dit-elle. Je suis sortie tard hier soir.

— ... »

En quelques secondes, j'allais changer complètement d'avis. Moi qui pensais avoir progressé dans ma capacité à analyser les situations avec justesse et lucidité, voilà que j'étais encore parti dans la mauvaise direction. Élise, qui m'avait semblé à l'orée du sinistre, était simplement crevée. Par ailleurs, avec la lumière, je pus constater que le salon n'était pas si bien ordonné que ça. Je découvris même, ici ou là, des objets non rangés, des vêtements éparpillés. Elle qui avait toujours été si maniaque s'accordait maintenant le droit au désordre. Ce simple détail annonçait une mutation majeure.

« Ah bon ? Tu es sortie... hier ? ai-je balbutié, au moins une minute après qu'elle eut prononcé sa phrase.

— Oui, Paul m'a créé un compte Facebook, et j'ai reçu un mail d'un ancien copain du collège.

— ...

— C'était drôle de le revoir. »

Encore une fois, je constatais qu'on vivait tous les mêmes vies. Tel était le cycle : on se rencontrait, on se perdait de vue ; et maintenant, la mode était de se retrouver. Avec le temps, on se rend compte que la vie réduit nos possibilités en termes de relations humaines, alors on recycle les vieilles connaissances. C'est la solitude moderne qui veut ça.

« C'est drôle, ai-je dit.

— Qu'est-ce qui est drôle ?

— Moi aussi, j'ai revu une ancienne connaissance. Sophie Castelot.

— Tu ne m'as jamais parlé d'elle.

— J'étais en CE2 avec elle. Elle est devenue sexologue. »

Pourquoi ai-je aussitôt dit cela à son sujet ? Qu'est-ce que ça pouvait faire à Élise que Sophie Castelot soit sexologue ? À cet instant, j'ai surtout pensé que je ne l'avais jamais revue. Elle m'était complètement sortie de l'esprit. Pourtant, nos retrouvailles avaient été formidables. Nous nous étions promis de nous revoir, mais le déjeuner était demeuré un séisme du passé sans réplique. On aime revoir les gens, une unique fois. Même si l'entente est bonne, il est rare qu'une relation renaisse vraiment après une si longue séparation. L'excitation repose sur les multiples questions suscitées par le temps passé sans se voir : qu'est-on devenus ? Quelle est notre vie ? Mais une fois le résumé passé, on retrouve le goût légèrement artificiel du moment.

« Tu ne vas pas le revoir, ai-je dit.

— Ah bon ? Pourquoi tu dis ça ? J'ai passé une belle soirée.

— Oui, je me doute. Vous avez parlé de quoi ?

— De rien. De nos vies.

— Je me demande ce que tu lui as dit de nous, de notre histoire, de notre fin.

— …

— …

— Tu sais, je ne suis pas pressée de vivre autre chose », a-t-elle dit subitement.

Faisait-elle allusion à Pauline ? Non, j'étais certain qu'Alice ne lui avait rien dit. Peut-être le sentait-elle ? C'était possible. Je me suis souvenu du trait d'esprit qu'elle avait eu à l'hôpital, quand ils voulaient me garder en observation : « Ils devraient me questionner, je t'ai tellement observé... », avait-elle dit. C'était si vrai. Le regard d'Élise me semblait aussi perçant qu'un détecteur de mensonges. Elle pouvait lire en moi, et pourtant j'essayais de fermer le livre en ne laissant rien transparaître sur mon visage.

Non. Elle avait simplement prononcé une phrase, et je devais l'entendre comme telle. J'avais cette manie de chercher partout des sous-entendus, alors que la plupart du temps les mots sont à prendre au premier degré. Élise n'était pas pressée de vivre une autre histoire. C'était sans doute simplement vrai. Ce n'était pas son ambition ; son désir avait surtout été de se sentir libre. Quitter notre vie, c'était un espoir de liberté. Pas l'espoir d'une autre histoire. Quelle terrible réalité : on se quitte pour retrouver la liberté. Le couple enferme. Quoi qu'il arrive. Il enferme dans l'obligation de partager sa vie. L'expression *vie commune* veut tout dire : on vit une seule vie pour deux. Alors forcément vient un moment où l'on se sent à l'étroit dans cette moitié de vie. On étouffe, on a besoin d'air, et on se met à rêver de liberté. Nos enfants, notre passé, c'était tout ça notre vie commune, et maintenant nous avions des vies distinctes. Pourtant, je ne croyais pas qu'on puisse se défaire si vite de vingt années passées ensemble. Élise était partout dans ma vie. Nos souvenirs ne cessaient d'apparaître dans mon présent. En fait, il manquait à notre histoire une fin. Notre amour s'était essoufflé, mais je sentais encore les respirations d'Élise près de moi alors que je voulais commencer une nouvelle partie de ma vie.

« Tu ne m'as toujours pas dit pourquoi tu étais là, fit-elle remarquer.

— J'ai dénoué tant de choses. Et mon dos va mieux.

— Oui, ça se voit. Tu te tiens droit. Tu es beau debout.

— Ah... merci...

— Et donc ?

— Il reste une chose qui n'est pas réglée.

— Quoi ?

— Notre séparation.

— C'est-à-dire ?

— Je crois que nous nous sommes séparés d'une manière trop polie.

— ... »

Enfin, j'avais réussi à mettre des mots sur mon ressenti. Notre histoire s'était achevée sans le moindre heurt, comme l'agonie d'une bougie. Pour avancer, j'avais besoin de violence, de cassure, de brisure. J'avais besoin de matérialiser la rupture pour prendre mon envol. Était-ce si étrange ?

« J'ai besoin qu'on se dispute.

— Quoi ?

— Oui, reproche-moi des choses. Énerve-toi. Trouve un truc.

— Mais...

— Par exemple, les poubelles.

— Quoi les poubelles ?

— Ça t'énervait que je ne les sorte jamais. Eh bien, c'est le moment de crier. Dis-moi que tu ne supportes plus que je ne sorte pas les poubelles.

— Mais je m'en fous des poubelles.

— Non, c'est très important. Énerve-toi ! Dis-moi que je suis un gros fainéant, un abruti de premier ordre. Je ne sais pas, invente ! Fâche-nous !

— Mais je ne peux pas...

— Oh tu ne comprends rien. Tu m'énerves. Si c'est ça, je m'en occupe ! »

Je me suis alors avancé vers Élise et je lui ai donné une grande baffe.

« Mais, ça ne va pas ! Tu es fou !? »

Elle est restée hypnotisée, la main sur sa joue. J'avais tapé fort. Peut-être que j'étais allé trop loin ? Nous sommes restés un moment ainsi, avant qu'elle ne s'exprime :

« C'est donc ça que tu veux... hein... ah ça oui, je peux te dire tout ce qui n'allait pas entre nous. Je peux te faire la liste de tes défauts. Et je peux même crier, si ça te fait plaisir.

— ...

— Tu es mou. Tu es incroyablement mou. C'est pas possible de vivre avec un paillasson comme toi. Je n'ai jamais vu ça. Et puis, tu es lent. Tu mets des plombes à prendre une décision. Parfois, je me suis même demandé si tu n'étais pas un peu con.

— ...

— Tu entends ? J'ai soupçonné TA CONNERIE !

— ...

— C'est bien comme ça ?

— Oui, c'est bien. Mais pour faire une bonne dispute, il faut aussi qu'on casse des choses, d'accord ?

— Ah d'accord...

— ...

— Je vais commencer par ta collection de disques. Tu l'as laissée ici.

— Ah non...

— Si ! Tu me gonfles avec tes disques de vieux CON ! »

Élise est alors partie en courant dans notre ancienne chambre. Je l'ai suivie. Elle a attrapé un disque. Un enregistrement live de John Coltrane au Japon. Une pièce très rare...

« Non, pas celui-là… je t'en prie…

— … »

Elle m'a regardé dans les yeux, et a brisé le vinyle avec une violence inédite chez elle. En riposte, je me suis précipité vers sa garde-robe pour déchirer son chemisier préféré. Puis je suis parti vers la cuisine. Et j'ai cassé toutes les assiettes. À son tour, elle a brisé les verres, et les plats. La pièce était un pays en état de guerre. Il y avait des morceaux de verre partout. Élise a aussi pris les œufs dans le frigo pour me les envoyer comme des missiles. J'ai failli tomber à la renverse. K.-O., j'ai levé le bras pour me rendre. Je demandais la paix. Elle s'est approchée de moi, et nous nous sommes serrés dans les bras. Elle a alors soufflé :

« Tu avais raison, ça m'a fait du bien à moi aussi. »

Nous sommes restés ainsi un long moment, entourés par le désastre, avec la force de pouvoir vivre maintenant l'un sans l'autre. Notre histoire était finie.

12

Intensité de la douleur : 0.
État d'esprit : vers l'avenir.

13

Je me suis regardé dans le miroir pendant un moment. Ça faisait si longtemps que je n'avais pas porté de costume. Pauline est venue près de moi, faisant mine de tomber sous le charme d'un inconnu. Je lui avais fait un cadeau pour la remercier. Son aide avait été si précieuse. Cette soirée, c'était la nôtre. Son travail avait été remarquable. En ouvrant le paquet, elle a émis un petit cri de joie. « Oh je rêvais d'y aller avec toi ! » Nous nous sommes embrassés. Un baiser interrompu par Vassilis : « Bon, les amoureux, c'est le grand soir ! » Il était terriblement stressé. Mais nous étions certains que tout allait bien se passer.

Quelques heures plus tard, la fête respirait à pleins poumons. L'organisatrice et l'attachée de presse étaient parvenues à faire venir quantité de journalistes, et aussi des personnalités du monde littéraire. Tous semblaient apprécier notre travail. Un éditeur vint me voir pour me dire : « On devrait créer le prix littéraire des Pyramides. » Ah oui, pourquoi pas ? Je n'y connaissais rien. Un écrivain s'est approché de nous : « C'est un bel endroit... mais je ne comprends pas pourquoi il n'y a pas de chambre à mon nom ! » Il s'est mis à rire, et plusieurs personnes autour de lui l'ont accompagné. Il m'a posé une petite tape amicale sur l'épaule, avant de repartir vers d'autres publics. Je me suis alors dirigé vers Sylvie qui buvait une coupe dans un coin, toute seule. J'avais été surpris de la voir débarquer avec Édouard. Plus étonnant encore, ils semblaient heureux comme au premier jour.

« Ça va ? ai-je demandé. Tu ne t'ennuies pas ?

— Non, c'est vraiment une très belle fête. On est tous fiers de toi.

— Je suis heureux de vous voir à nouveau ensemble, tu sais.

— Merci. Moi aussi.

— ...

— Après ce qui s'est passé entre nous... quand j'ai voulu... avec toi... enfin, tu te souviens... bref, après ça... j'ai compris que je n'allais pas bien... je tournais en rond dans ma vie… et Édouard m'infantilisait… j'étais en train de devenir acariâtre… j'avais besoin de prendre l'air…

— Je comprends…

— Mais comme Édouard ne voulait rien entendre… j'ai dû être violente… J'ai même inventé cette histoire de femme… pour qu'il me lâche un peu…

— Ah…

— Maintenant, j'ai fait le point. Et je vais mieux. Je vais arrêter la peinture… j'ai commencé à donner des cours de dessin… c'est parfait pour moi… je suis au milieu des enfants comme ça… »

À cet instant, j'ai cru qu'elle allait se mettre à pleurer. J'ai compris subitement ce que je n'avais jamais deviné, sa souffrance de ne pas avoir d'enfants. Édouard est alors arrivé :

« C'est quoi ces têtes ? C'est la fête ce soir !

— Oui… oui, c'est la fête. Tu as raison ! » a répliqué Sylvie, l'embrassant et reprenant aussitôt des couleurs. Voilà ce qu'Élise et moi nous n'étions pas. Eux, ils ne pouvaient pas vivre l'un sans l'autre. Ils étaient faits pour mettre leur vie en commun.

J'ai continué à déambuler à travers la foule des invités. J'ai rencontré de nombreux amis de Pauline. Et je lui ai enfin présenté mes enfants. C'était une bonne occasion. Paul était rentré de New York et avait finalement décidé de rester à Paris. Je lui avais proposé de vivre à l'hôtel, et il avait adoré l'idée. Élise aussi était venue ; elle n'avait jamais été aussi belle ; je pouvais presque penser que j'étais une machine à ne pas épanouir les femmes. Elle était avec une amie que je ne connaissais pas. J'appréhendais le moment de lui présenter Pauline. Pourtant, tout se passa simplement. Elles se firent la bise, de manière chaleureuse. Puis Élise, après m'avoir regardé, dit à Pauline : « Bon courage. » À plusieurs reprises dans la soirée, j'ai vu qu'elles se parlaient, et j'avais peur de ces conversations où on allait me décortiquer. Mais non, elles semblaient toutes les deux très détendues. C'était tout de même étrange d'assister à ces échanges. J'observais Élise, et je n'arrivais toujours pas à savoir à quel moment mon mariage s'était terminé. Après la mort de mon beau-père, la rupture avait été annoncée. Mais à quand remontait la naissance de notre fin ? On ne peut pas connaître l'origine des déclins. Au moment où, peut-être, j'avais faibli physiquement. Lorsque ma vie avait pesé sur mes nerfs et mon corps. Tout cela était loin maintenant. Je la regardais comme une femme qui n'était plus la mienne.

D'une manière symbolique, comme pour marquer le nouvel envol de mes jours, j'avais invité les personnages des derniers mois. Il suffisait de marcher avec moi pour tous les voir. Mes parents étaient là, assis dans un coin. Et mon père n'avait rien dit de négatif sur l'hôtel, ce qui était une sorte de miracle. Mon ancienne secrétaire Mathilde était venue, accompagnée de son futur mari. Je fus très heureux, et un peu surpris aussi, qu'Audibert se déplace. À un moment, il me dit : « J'espère que vous n'allez pas nous faire de concurrence ! » J'ai eu aussi beaucoup de plaisir à revoir Sophie Castelot. À plusieurs reprises, je l'ai interrogée à propos d'un invité : « Alors, tu penses que c'est quoi son problème, à lui ? » Elle était très drôle, en commentant la soirée du strict point de vue des problèmes sexuels de chacun. En continuant mon chemin, je retrouvais également les témoins de mes pires heures. L'ostéopathe, ami d'Édouard, avait répondu présent. Tout comme le psychologue dont je n'avais suivi qu'une séance. La magnétiseuse était bien sûr de la fête, elle qui était un peu à l'origine de mon couple tout de même. J'avais envoyé un carton au médecin qui m'avait fait passer des radios, et à celui de l'IRM. Aussi étrange que cela puisse paraître, ils s'étaient déplacés.

Et voilà, je voguais à travers tous ces figurants, unis par un étrange point commun : leur passage dans ma vie.

ÉPILOGUE

J'avais offert à Pauline des billets pour Berlin. Nous sommes partis pendant une semaine au tout début de l'année. La ville était vide, il faisait froid, ce qui était parfait : nous avions toutes les raisons du monde pour rester au lit. Hors de question de sortir de la chambre : c'est ridicule de visiter une ville, aussi belle fût-elle, quand on est amoureux. Ma porte de Brandebourg, c'est Pauline. Mon Checkpoint Charlie, c'est Pauline. Mon Reichstag, c'est Pauline. Ma colonne de la Victoire, c'est Pauline. Ainsi de suite… J'énumère les beautés de cette ville que je ne veux plus visiter.

Notre chambre est un cocon. Tout juste peut-on entendre le bruit de la pluie sur la ville. Pauline est sous la douche depuis longtemps (elle se prélasse debout, comme dans un bain vertical). À travers la vitre, je lui adresse des signes, mais elle ne me voit pas. Je me mets à ranger ses sous-vêtements qui traînent au sol, et les miens aussi d'ailleurs : on pourrait croire aux vestiges d'une folle scène sexuelle, mais non, nous sommes simplement bordéliques. Je prends au creux de mes mains l'une de ses culottes, et je me mets à la renifler comme un fou, comme un maniaque, comme un idiot.

À son tour, elle me regarde à travers la vitre sans que je la voie. Doucement, glissant comme si son corps était devenu savon, elle quitte la salle de bains pour se positionner devant moi. Je relève subitement la tête sans savoir si je dois être honteux ou héroïque. Finalement, elle tranche :

« Tu es un psychopathe.

— Quoi ?

— Tu m'as parfaitement entendue. Tu es un psychopathe.

— Parce que je respire tes culottes ?

— Pas seulement. Pour ta façon aussi de m'épier pendant que je prends ma douche.

— Je croyais que tu ne me voyais pas.

— J'ai fait semblant. Tu as déjà vu une femme qui ne sait pas qu'on la regarde ? »

D'innombrables scènes similaires se sont produites pendant notre semaine berlinoise. De courtes actions où nous parcourions toutes les possibilités de la mise en scène amoureuse. Les heures ont passé ainsi, dans une rapidité méchante. Le jour de notre départ, nous nous sommes éveillés en retard (un acte manqué ?). Nous avons commandé un taxi, tout en rangeant nos valises à toute vitesse. Une fois à l'aéroport, nous nous sommes mis à courir comme des fous pour trouver le bon guichet. Pauline courait devant moi, et je voyais ses cheveux détachés qui sautaient dans tous les sens. C'était la vision chaotique la plus apaisante qui soit (paradoxe). On courait, on courait, on courait. Je courais, je courais, je courais. Depuis si longtemps, je n'avais pas couru. Je n'éprouvais plus la moindre douleur. C'était une joie infinie, folle, libre. J'avais envie de raconter ce bonheur-là à tout le monde.